Cada dia mais perto

CB005586

IRVIN D. YALOM
E GINNY ELKIN

Cada dia mais perto

Terapeuta e paciente contam suas histórias

Tradução
Mauro Pinheiro

Rio de Janeiro, 2022

Copyright © 1974 by Basic Books, membro do Perseus Books Group.
Copyright da tradução © 2022 por Casa dos Livros Editora LTDA.
Título original: *Every Day Gets a Little Closer*

Todos os direitos desta publicação são reservados à Casa dos Livros Editora LTDA. Nenhuma parte desta obra pode ser apropriada e estocada em sistema de banco de dados ou processo similar, em qualquer forma ou meio, seja eletrônico, de fotocópia, gravação etc., sem a permissão do detentor do copyright.

Diretora editorial: *Raquel Cozer*

Gerente editorial: *Alice Mello*

Editora: *Lara Berruezo*

Editoras assistentes: *Anna Clara Gonçalves e Camila Carneiro*

Assistência editorial: *Yasmin Montebello*

Revisão: *Beatriz Seilhe e Rowena Esteves*

Capa: *Elmo Rosa*

Diagramação: *Abreu's System*

Créditos das imagens de capa: *Handmade rorschach test [Shutterstock/Alvor] e Short pencil that is sharpened on both sides [Shutterstock/Zerbor]*

Dados Internacionais de Catalogação na Publicação (CIP)
(Câmara Brasileira do Livro, SP, Brasil)

Yalom, Irvin
Cada dia mais perto / Irvin Yalom ; tradução Mauro Pinheiro. -- Rio de Janeiro : HarperCollins Brasil, 2022.

Título original: Every day gets a little closer : a twice-told therapy
ISBN 978-65-5511-384-6

1. Esquizofrenia - Doentes - Biografia
2. Psicoterapia - Estudo de casos I. Título.

22-113752 CDD-616.8982

Índices para catálogo sistemático:
1. Esquizofrenia : Pacientes : Medicina 616.8982
Cibele Maria Dias - Bibliotecária - CRB-8/9427

Os pontos de vista desta obra são de responsabilidade de seu autor, não refletindo necessariamente a posição da HarperCollins Brasil, da HarperCollins*Publishers* ou de sua equipe editorial.

HarperCollins Brasil é uma marca licenciada à Casa dos Livros Editora LTDA.
Todos os direitos reservados à Casa dos Livros Editora LTDA.
Rua da Quitanda, 86, sala 218 – Centro
Rio de Janeiro, RJ – CEP 20091-005
Tel.: (21) 3175-1030
www.harpercollins.com.br

Sumário

Prefácio de Marilyn Yalom

É VERDADE QUE a literatura e a psicoterapia já contam com muitas obras que narram a saga da recuperação. Desde a virada para o século XX, os psiquiatras têm decidido, cada vez mais, publicar históricos de casos ilustrativos e incomuns, e, para não serem superados, os pacientes têm apresentado cada vez mais suas próprias versões retrospectivas. Este livro é único por traçar simultaneamente a trajetória do tratamento do ponto de vista de ambos, paciente e médico, à medida que eles desenvolvem um relacionamento delicado e difícil, com uma importância pessoal para os dois.

Esta obra é a ramificação de uma experiência realizada pelo meu marido, dr. Irvin Yalom, da Universidade de Stanford, e por uma de suas pacientes, que será chamada de Ginny. No outono de 1970, meu marido chegou à conclusão de que seria desaconselhável para Ginny prosseguir com a terapia de grupo coordenada por ele e por um assistente, considerando que ela praticamente não progredira após um ano e meio de experiência. Ele sugeriu que a partir de então passassem a realizar sessões individuais de terapia. Devido ao fato de um dos problemas de Ginny ser o "bloqueio de escritor" (um problema grave para aspirantes a romancistas), o dr. Yalom estipulou que ela pagaria pelo tratamento escrevendo relatórios após as sessões, o que ofereceria um incentivo óbvio para sua escrita. Ao mesmo tempo, ele resolveu que também elaboraria um relato após os encontros semanais, combinando que ele e Ginny trocariam relatórios em intervalos de seis meses, na esperança de alcançar benefícios terapêuticos. A partir de então, durante dois anos, médico e paciente registraram suas recordações da hora partilhada por eles, frequentemente acrescentando algumas ponderações, interpretações, emoções e associações que não haviam sido formuladas durante a sessão.

Embora meu marido quase nunca discuta seus pacientes comigo, fiquei a par de algumas das reflexões sobre Ginny, já que ele considerava este método capaz de encorajar o processo de escrita da jovem. Como sou professora de literatura, sabia que esse projeto seria de verdadeiro interesse para mim. Sugeri que ele preservasse com cuidado os relatórios de ambos até o fim da terapia e então resolvesse se mereciam ou não um público mais amplo. Pessoalmente, eu me perguntava se os relatórios pós-sessões não poderiam constituir uma obra literária publicável, com dois personagens distintos e dois estilos literários identificáveis, não muito diferente de um romance epistolar.

Foi assim que, dois anos depois, com um interesse particular, li o manuscrito pela primeira vez. Minha avaliação entusiástica, além da de juízes menos suspeitos, conseguiu persuadir os autores a publicá-lo. Embora algumas mudanças fossem necessárias, a fim de ocultar a identidade da paciente e adaptar as transcrições do médico para o público, as palavras são essencialmente as mesmas encontradas nos textos originais. Nenhuma ideia suplementar ou evento fictício foi adicionado ao drama simbiótico da psicoterapia. No caso dos relatos do médico, nenhuma reflexão foi acrescida ou omitida — exceto as que se encontravam em algumas fitas que foram, infelizmente, extraviadas e perdidas para sempre. Excluindo algumas mínimas correções estilísticas, os relatos de Ginny estão praticamente inalterados.

Ouvindo as sugestões de inúmeros leitores que acharam o manuscrito difícil de abordar sem algum material explicativo, e de outros que ficaram ansiosos em saber o que aconteceu com Ginny ao fim da terapia, dr. Yalom e a paciente escreveram um prefácio e um posfácio, elaborados um ano e meio após a última sessão terapêutica que tiveram. Isso de fato acrescenta informações e esclarecimentos consideráveis de natureza pessoal e teórica. Ainda assim, minha convicção é de que a essência do livro pode ser lida como um romance, como a história de dois seres humanos que se encontraram na intimidade de um *tête-à-tête* psiquiátrico e que agora permitem que vocês os conheçam tal como eles conheceram um ao outro.

Marilyn Yalom
Editora
20 de fevereiro de 1974

Prefácio do Dr. Irvin Yalom

Sempre me entristece muito reencontrar antigos cadernos de anotações repletos de nomes quase esquecidos de pacientes com quem tive as mais sensíveis experiências. Tantas pessoas, tantos momentos agradáveis. O que aconteceu com elas? Meus armários cheios de arquivos, meus acúmulos de fitas de gravação frequentemente me fazem pensar num vasto cemitério: vidas espremidas dentro de pastas clínicas, vozes aprisionadas em fitas eletromagnéticas, silenciosas, tocando eternamente seus dramas. Viver com esses monumentos me imbui de um senso agudo de transitoriedade. Mesmo quando me encontro imerso no presente, pressinto o espectro da decomposição vigiando e esperando — uma decomposição que finalmente derrotará a experiência vivida e, ainda assim, devido à própria inflexibilidade, oferece pungência e beleza. O desejo de relatar minha experiência com Ginny é irresistível; fico fascinado com a oportunidade de adiar a decomposição, de prolongar o alcance de nossa breve vida juntos. É muito gratificante saber que ela existirá na mente do leitor, e não dentro de um depósito abandonado de anotações clínicas nunca lidas e fitas eletromagnéticas nunca ouvidas.

A história começa com um telefonema. Uma voz trêmula me diz que seu nome é Ginny, que acaba de chegar à Califórnia, que fez terapia durante vários meses com uma colega minha na Costa Leste, que a recomendou a mim. Como eu retornara recentemente de um ano sabático em Londres, ainda dispunha de bastante tempo livre e marquei um encontro com ela dois dias depois.

Encontrei-a na sala de espera e a conduzi pelo corredor até meu consultório. Eu não conseguia caminhar suficientemente devagar; ela me seguia alguns silenciosos passos atrás. Seu estado não era bom, nada combinava — seu cabelo, seu sorriso, sua voz, seu jeito de andar, seu suéter, seus sapatos, tudo havia sido reunido ao acaso —, e havia a possibilidade imediata de tudo aquilo — cabelo, modo de andar, membros, jeans esfarrapado, meias do exército — vir a se desintegrar. *Sobraria o quê?*, me perguntei. Talvez apenas o sorriso. Não era uma visão bela, nem mesmo rearranjando algumas partes! Ainda assim, curiosamente atraente. De alguma forma, em poucos minutos, ela conseguiu me transmitir que eu poderia fazer o que quisesse e que ela se entregaria por completo às minhas mãos. Isso não seria um problema para mim. No momento, não me pareceu um fardo pesado.

Ela começou a falar, e eu descobri que tinha 23 anos, era filha de uma ex-cantora de ópera e de um executivo da Filadélfia. Tinha uma irmã quatro anos mais nova e um dom para a escrita. Tinha vindo para a Califórnia porque havia sido aceita, graças a alguns contos de sua autoria, num programa de escrita criativa numa faculdade próxima.

Por que estava em busca de ajuda? Ela disse que precisava continuar a terapia que começara no ano anterior e, de um modo confuso e aleatório, contou suas maiores dificuldades na vida. Além de suas queixas explícitas, reconheci durante a entrevista várias outras áreas problemáticas importantes.

Primeiro, seu autorretrato — relatado de modo rápido e ofegante, com algumas metáforas cativantes pontuando uma ladainha de aversão a si mesma. Ela era pessimista em relação a tudo. Durante toda a sua vida, negligenciara as próprias necessidades e os próprios prazeres. Não tinha respeito algum por si mesma: sentia-se como um espírito desencarnado, um canário chilreando, pulando de um ombro para outro, enquanto caminhava pela rua com suas amigas. Ela imaginava que só como um fragmento etéreo poderia despertar interesse nos outros.

Não tinha noção de si própria. Dizia: "Preciso me preparar para ficar com as pessoas. Planejo o que vou dizer, não tenho sentimentos espontâneos — quer dizer, eu os tenho, mas presos dentro de uma pequena gaiola. Sempre que eu saio, sinto medo e tenho que me preparar". Ela não reconhecia ou exprimia sua raiva. "Sinto muita pena das pessoas. Sou um clichê ambulante: 'Se não puder dizer algo de agradável sobre as pessoas, não diga nada'." Ela se lembrava de ter ficado furiosa somente uma vez em sua vida adulta: anos antes, ela berrara com uma colega de trabalho que estava insolentemente dando ordens para todo mundo. Ficou tremendo durante horas depois daquilo. Não tinha direitos. Não lhe ocorria que podia ficar zangada. Estava tão absorvida, fazendo com que gostassem dela, que nunca pensava em perguntar a si mesma se gostava dos outros.

Ela estava consumida pelo desprezo por si mesma. Uma voz interior a insultava incessantemente. Quando se esquecia de si própria por um instante e se envolvia espontaneamente com a vida, essa voz estraga-prazeres a levava de volta energicamente para seu esquife de constrangimento. Na entrevista, ela não conseguiu se permitir o menor sentimento de orgulho. Pouco depois de mencionar seu programa de escrita criativa, ela se apressou em me dizer que tinha chegado a ele por pura indolência: ouvira casualmente falarem desse programa e se inscreveu apenas porque ele não exigia nada além de enviar alguns contos que escrevera nos dois anos precedentes. É claro, não comentou a presumível alta qualidade de seus contos. Sua produção literária havia gradualmente minguado e agora se encontrava bem no meio de um severo bloqueio criativo.

Todos os seus problemas na vida eram refletidos em seus relacionamentos com homens. Embora desejasse desesperadamente um relacionamento duradouro com alguém, nunca fora capaz de manter um. Aos 21 anos, ela passara de uma inocência em relação ao sexo para uma maratona de intercurso sexual com vários parceiros (ela não tinha o direito de dizer "não!"), e lamentava que tivesse entrado pela janela do quarto sem passar pela antessala do namoro e das carícias. Ela gostava de se sentir fisicamente em contato com um homem, mas não era capaz de se soltar sexualmente. Experimentou o orgasmo por meio da masturbação, mas essa insultuosa voz interior se certificava de que ela raramente o atingisse durante o coito.

Ginny mencionava muito pouco seu pai, mas a presença de sua mãe era ampla. "Sou o pálido reflexo de minha mãe", dizia. Elas sempre foram incomumente próximas. Ginny contava tudo para ela. Ainda se lembrava de como as duas costumavam ler e achar graça das cartas de amor de Ginny. Ela sempre foi magra, cheia de aversões alimentares e, durante mais de um ano, na pré-adolescência, vomitava com tanta regularidade antes do café da manhã que sua família acabou tomando isso como parte de sua rotina matinal de higiene. Sempre comeu muito, mas quando era mais jovem tinha muita dificuldade em engolir. "Eu comia uma refeição inteira e, no final, ainda tinha tudo dentro da boca. Então tentava engolir tudo de uma só vez."

Tinha pesadelos horríveis nos quais era violentada sexualmente, em geral por uma mulher, mas às vezes por um homem. E também um sonho recorrente no qual era um seio enorme e pessoas se agarravam a ela, ou ela mesma se agarrava a um seio imenso. Cerca de três anos antes, começara a ter sonhos assustadores nos quais era difícil saber se estava dormindo ou acordada. Pressentia pessoas olhando em sua direção pela janela e lhe tocando; assim que começava a sentir prazer com os toques, surgia a dor, como se seus seios estivessem sendo arrancados. Durante todos os sonhos, havia uma voz distante lembrando-lhe de que nada daquilo estava acontecendo realmente.

Ao cabo de uma hora, fiquei consideravelmente preocupado com Ginny. Apesar das muitas forças — um charme suave, profunda sensibilidade, sagacidade, um senso de humor altamente desenvolvido, um dom notável para imagens verbais —, descobri patologias em vários pontos: demasiado material primitivo, sonhos que obscureciam o limite entre fantasia e realidade, mas acima de tudo uma estranha difusão, as "fronteiras do ego" indistintas. Ela parecia incompletamente diferenciada de sua mãe, e seus problemas alimentares sugeriam uma tentativa frágil e patética de libertação. Senti como se ela estivesse encurralada entre os terrores de uma dependência infantil, que exigiam uma renúncia da personalidade, uma estagnação permanente, e a premissa de uma autonomia que, sem um sentido profundo de si, parecia rígida e insuportavelmente solitária.

Raramente me preocupo demais com os diagnósticos. Mas eu sabia que devido à confusão das fronteiras de seu ego, ao seu autismo, à sua vida de sonhos e à inacessibilidade ao afeto, a maioria dos médicos fixaria nela um rótulo de "transtorno da personalidade esquizoide" ou, talvez, "transtorno de personalidade limítrofe" (borderline). Eu sabia que ela estava seriamente perturbada e que a terapia seria longa e incerta. Parecia-me que ela já possuía muita familiaridade com seu inconsciente e que eu deveria guiá-la para a realidade, em vez de escoltá-la mais profundamente em seu submundo. Naquele momento, eu estava formando às pressas um grupo de terapia que meus alunos deveriam observar como parte do programa de treinamento, e como minha experiência em terapia grupal com pessoas com problemas similares aos de Ginny havia sido boa, decidi lhe oferecer uma vaga no grupo. Ela aceitou a recomendação com certa relutância; gostou da ideia de estar com outras pessoas, mas temia que viesse a se tornar uma criança dentro do grupo e nunca conseguisse exprimir seus pensamentos mais íntimos. Esta é uma expectativa típica de um novo paciente numa terapia grupal, e eu lhe garanti que, à medida que sua confiança no grupo fosse se desenvolvendo, ela se sentiria capaz de partilhar seus sentimentos com os outros. Infelizmente, conforme veremos, seu prognóstico sobre o próprio comportamento se revelou perfeitamente exato.

Além das considerações práticas resultantes do fato de estar formando um grupo e em busca de pacientes, eu tinha reservas quanto a tratar Ginny individualmente. Em particular, sentia certo desconforto com a profundidade de sua admiração por mim, que, como um manto pronto para ser usado, era lançado assim que ela entrava no consultório. Considere o sonho que ela teve na véspera de nosso primeiro encontro. "Eu estava com uma diarreia grave, e um homem ia comprar para mim um remédio que tinha Rx escrito no frasco, ou seja, era uma prescrição médica. Fiquei pensando que tomar Kaopectate seria mais barato, mas ele queria comprar o remédio mais caro possível." Parte de seus sentimentos positivos em relação a mim derivava da elevada consideração de sua terapeuta anterior, outra parte de meu título acadêmico, e o restante provinha de razões desconhecidas. Mas sua avaliação exagerada era tão extrema que suspeitei que aquilo se tornaria um obstáculo para a terapia individual. A participação numa terapia grupal, raciocinei, ofereceria a Ginny a oportunidade de me ver através dos olhos de vários indivíduos. Além disso, a presença de um terapeuta assistente no grupo deveria lhe permitir elaborar uma opinião mais equilibrada sobre mim.

Durante o primeiro mês do grupo, Ginny teve um desempenho bastante fraco. Pesadelos aterradores interrompiam seu sono noturno. Por exemplo, ela sonhou que seus dentes eram de vidro e sua boca se transformava em sangue. Outro sonho refletia alguns de seus sentimentos em relação a compartilhar seus problemas comigo e com o grupo. "Eu estava deitada, prostrada na praia, e fui erguida e carregada até um médico que deveria realizar uma operação no meu cérebro. As mãos do médico ficaram paralisadas e foram manipuladas por dois dos membros do grupo, que acidentalmente cortaram uma parte de meu cérebro que o médico não pretendia cortar." Outro sonho envolvia sua ida comigo a uma festa, na qual rolávamos pelo chão numa brincadeira sexual.

Após o primeiro mês, meu terapeuta assistente e eu concluímos que sessões grupais uma vez por semana não bastavam para Ginny, e que alguma terapia individual de apoio era necessária, tanto para evitar que ela se desintegrasse ainda mais quanto para ajudá-la a atravessar o difícil estágio inicial do grupo. Ela exprimiu o desejo de me ver individualmente, mas achei que seria mais complicado do que útil, se nos víssemos em sessões individuais e grupais; então, recomendei-a a outro psiquiatra em nossa clínica. Ela se consultou individualmente com ele duas vezes por semana durante aproximadamente nove meses, e continuou frequentando as sessões de terapia grupal por um ano e meio. Seu terapeuta observou que ela era "assediada por fantasias sexuais masoquistas assustadoras e apresentava sintomas de esquizofrenia borderline durante o processo". Ele tentou "apoiar seu ego e se concentrar em testes e distorções da realidade em seus relacionamentos interpessoais".

Ginny frequentou religiosamente o grupo, com raras ausências, mesmo quando, um ano depois, se mudou para São Francisco, o que exigia um trajeto longo e inconveniente em transporte público. Embora ela recebesse apoio do grupo durante essa época, não evoluiu quase nada. Na verdade, poucos pacientes teriam demonstrado perseverança em continuar por tanto tempo no grupo com tão pouco benefício. Havia razão para acreditar que Ginny continuava no grupo principalmente para manter contato comigo. Ela insistia em sua convicção de que eu, e talvez somente eu, tinha o poder de ajudá-la. Repetidamente, os terapeutas e os membros do grupo fizeram essa observação; eles notaram que Ginny estava temerosa em relação às mudanças, já que uma melhora significaria perder o contato comigo. Somente persistindo em seu estado desamparado ela poderia garantir minha presença. Mas não havia mudança. Ela continuava tensa, recolhida e com frequência não se comunicava com o grupo. Os demais membros ficavam intrigados com ela; quando falava alguma coisa, normalmente era receptiva e prestativa com os outros. Um dos homens do grupo apaixonou-se profundamente por ela e outros disputavam sua atenção, mas nada nunca aconteceu — ela continuou paralisada de terror e nunca foi capaz de exprimir suas emoções livremente ou interagir com os outros.

Durante o ano e meio em que Ginny ficou no grupo, eu tive dois assistentes, ambos do sexo masculino, cada um deles permanecendo conosco por aproximadamente nove meses. Suas observações sobre ela eram muito semelhantes às minhas: "Etérea; melancólica; se distrai de modo arrogante, mas constrangido, durante todo o procedimento; a realidade nunca mobiliza inteiramente suas energias; uma 'presença' no grupo; uma transferência atormentada para o dr. Yalom, que resiste a todos os esforços interpretativos; tudo o que fazia em grupo era considerado à luz da aprovação e da reprovação dele; alternância entre ser alguém extraordinariamente sensível e reativa aos outros e alguém que simplesmente não está sequer presente; um mistério no grupo; uma esquizofrênica borderline, ainda que nunca tenha chegado perto do limite da psicose; esquizoide; consciência excessiva do processo primário".

Durante o período de suas sessões de terapia grupal, Ginny buscou outros métodos para escapar do labirinto de constrangimento que construíra para si própria. Ela frequentava regularmente o Instituto Esalen e outros centros de desenvolvimento pessoal locais. Os líderes desses programas designaram uma série de técnicas de confronto (programas de choque) para mudar Ginny instantaneamente: maratonas sem roupa para superar suas reservas e privacidade, técnicas de psicodrama e caratê psicológico para vencer sua submissão e falta de assertividade, além de estimulação vaginal com vibrador elétrico para despertar orgasmos inativos. Tudo isso sem resultado! Ela era uma excelente atriz e podia facilmente adotar outro papel no palco. Infelizmente, quando a performance terminava, ela largava seu novo papel rapidamente e saía do teatro da mesma forma que chegara.

A bolsa de Ginny na faculdade chegou ao fim, suas economias estavam acabando e ela precisou procurar emprego. Finalmente, um trabalho em regime de meio expediente apresentou um conflito de horários incompatível, e ela, após semanas agonizantes de ponderação, informou que deixaria o grupo. Quase ao mesmo tempo, meu terapeuta assistente e eu concluímos que havia pouca probabilidade de Ginny se beneficiar da terapia grupal. Encontrei com ela para discutir os planos para o futuro. Estava claro que ela precisava de terapia contínua. Embora sua compreensão da realidade fosse mais segura — apesar de as noites assustadoras e os sonhos acordados terem diminuído — e estivesse vivendo com um rapaz, Karl (sobre quem falaremos adiante), e a despeito de ter formado um restrito grupo de amigos, ela aproveitava a vida com apenas uma pequena fração de suas energias. Seu demônio interior, a pequena voz estraga-prazeres, atormentava-a incessantemente, e ela continuou vivendo diante de um horizonte de pavor e constrangimento. O relacionamento com Karl, o mais íntimo que já experimentara, era uma fonte particular de agonia. Conquanto o apreciasse profundamente, estava convencida de que os sentimentos dele em relação a ela eram tão condicionais que qualquer palavra tola ou falso movimento viraria a balança contra si. Consequentemente, ela extraía pouco prazer dos confortos materiais que compartilhava com ele.

Cogitei a possibilidade de encaminhar Ginny à terapia individual numa clínica pública de São Francisco (ela não tinha condições financeiras de consultar um terapeuta particular), mas várias questões me incomodavam. As listas de espera eram longas, e os terapeutas, às vezes, inexperientes. Porém, o principal fator era que a grande fé de Ginny em mim conspirava com minha fantasia de libertador para me convencer de que somente eu poderia salvá-la. Além disso, tenho uma característica muito persistente: odeio desistir e admitir que não posso ajudar um paciente.

Assim, não me surpreendi quando propus continuar tratando de Ginny. Eu queria, contudo, romper aquela sequência. Uma série de terapeutas tinha falhado tentando ajudá-la; então, procurei uma abordagem que não repetisse os erros anteriores e, ao mesmo tempo, me permitisse capitalizar, para fins terapêuticos, a poderosa transferência positiva de Ginny para mim. No posfácio, descrevo com alguns detalhes meu plano terapêutico e o raciocínio teórico subjacentes à minha abordagem. Por ora, preciso apenas comentar um dos aspectos deste método, uma ousada manobra processual que resultou nas páginas a seguir. Pedi a Ginny que, no lugar de um pagamento financeiro, escrevesse um resumo honesto de cada sessão, contendo não só suas reações ao que acontecia, mas também uma descrição da vida subjacente à sessão, uma anotação sobre o subsolo — todos os pensamentos e fantasias que nunca emergiam à luz do dia da comunicação verbal. Achei que a ideia, inovadora até onde eu sabia na prática psicoterapêutica, era ótima. Ginny estava tão inerte que qualquer técnica que exigisse esforço e movimento parecia valer a pena ser experimentada. Seu bloqueio total para escrever, que a privava de uma fonte importante de amor-próprio, tornava obrigatório o procedimento que exigia um exercício de escrita ainda mais interessante. (Incidentalmente, este plano não acarretava qualquer sacrifício financeiro, já que eu tinha um salário de tempo integral da Universidade de Stanford e qualquer dinheiro que recebesse pelo trabalho clínico era transferido para a universidade.)

Devido ao interesse de minha esposa pela literatura e pelo processo criativo, mencionei o plano para ela, que sugeriu que eu também escrevesse notas sumárias não clínicas após cada sessão. Achei a ideia muito boa, embora por razões inteiramente diferentes: ela estava interessada no aspecto literário do empreendimento; eu, por outro lado, estava curioso com um exercício potencialmente intenso de autorrevelação. Ginny não conseguia se abrir para mim, ou para qualquer outra pessoa, num confronto direto. Ela me considerava infalível, onisciente, imperturbável, perfeitamente integrado. Eu a imaginava me enviando uma carta, por exemplo, com seus desejos e pensamentos não revelados em relação a mim. Imaginei-a lendo minhas próprias mensagens pessoais e profundamente falíveis para ela. Eu não podia saber os efeitos precisos de tal exercício, mas tinha certeza de que o plano desencadearia algo poderoso.

Eu sabia que nossa escrita seria inibida se tivéssemos consciência da leitura imediata do outro; assim, concordamos que só leríamos o relatório após alguns meses, e minha secretária os guardaria para nós. Artificial? Elaborado? Veríamos isso mais tarde. Eu sabia que a arena da terapia e da mudança seria o relacionamento existente entre nós. Acreditava que se pudéssemos, um dia, substituir as cartas por palavras pronunciadas imediatamente de um para o outro, que se pudéssemos nos relacionar de uma maneira honesta e humana, então todas as demais mudanças desejadas viriam em seguida.

Prefácio de Ginny

FUI UMA ALUNA excelente durante o ensino médio em Nova York. Embora fosse uma pessoa criativa, isso era secundário ao fato de me sentir atordoada na maior parte do tempo, como se tivesse sido golpeada na cabeça por uma monstruosa timidez. Atravessei a adolescência com os olhos fechados e a cabeça em contínua enxaqueca. Aposentei-me razoavelmente cedo de minha vida escolar. Embora de vez em quando realizasse "excelentes" trabalhos, eu só queria ser um quadrante solar humano, tirar um aconchegante cochilo ao ar livre. Eu tinha medo dos garotos e não saía com nenhum. Meus poucos casos subsequentes foram todos surpresas. Como parte da minha educação universitária, passei algum tempo na Europa trabalhando, estudando e compilando um currículo dramático que era de fato composto de anedotas e amigos, não do meu progresso. O que parecia coragem era uma forma de energia e inércia nervosa. Eu tinha medo de voltar para casa.

Depois que me formei, voltei para Nova York. Não encontrei trabalho, e, na verdade, não tinha objetivo algum. Minhas qualificações derretiam como os relógios de Salvador Dalí, já que me sentia atraída por tudo e por nada. Por sorte, consegui um emprego de professora do primário. Na verdade, nenhuma das crianças (e eram somente umas oito) era minha aluna; éramos almas gêmeas, e o que fizemos foi brincar durante um ano.

Enquanto estava em Nova York, frequentei aulas de interpretação sobre como urrar, respirar e ler falas de modo que soassem como se estivessem em minha corrente sanguínea. Mas havia uma calmaria na minha vida, independentemente do quanto eu me dedicasse às aulas e aos amigos.

Mesmo quando não sabia o que estava fazendo, eu sorria um bocado. Um amigo, se sentindo pressionado contra uma Poliana, perguntou: "Por que está sempre tão feliz?" Na verdade, com meus poucos grandes amigos (sempre os tive) conseguia ficar feliz; meus defeitos pareciam apenas pequenas distrações comparados à naturalidade e à facilidade da vida. Entretanto, meu sorriso era sufocante. Minha mente estava tomada por um carrossel dissonante de palavras que rodopiava constantemente em torno de humores e aromas, só ocasionalmente sendo convertido em minha voz ou em meus escritos. Eu não era muito boa quando se tratava de fatos.

Eu morava sozinha em Nova York. Meu contato com o mundo exterior, exceto pelas aulas e pelas cartas, era mínimo. Comecei pela primeira vez a me masturbar e achei assustador, só porque era algo privado acontecendo em minha vida. A qualidade transparente de meus receios e alegrias sempre fazia com que eu me sentisse leve e tola. Um amigo disse: "Você é como um livro aberto". Eu era uma espécie de Puck* que não precisava de nenhuma responsabilidade, que nunca fizera nada mais sério do que vomitar. E de repente passei a agir de maneira diferente. Logo comecei minha imersão na terapia.

A terapeuta era uma mulher, e nos cinco meses em que estive com ela, duas vezes por semana, ela tentou fazer meu sorriso desaparecer. Ela estava convencida de que todo meu objetivo na terapia era fazer com que ela gostasse de mim. Nas sessões, ela insistia em meu relacionamento com meus pais. Nossa relação sempre havia sido ridiculamente afetuosa, aberta e irônica.

Eu sentia medo na terapia porque tinha certeza de que havia um segredo horrível que minha mente estava escondendo de mim. Alguma explicação de como minha vida parecia um daqueles quadros em que as crianças fazem seus desenhos: quando você levanta a folha, os pequenos

---

* Duende do folclore inglês. *Puke*, por sua vez, significa vomitar, sugerindo um jogo de palavras na frase, algo que se repete nos textos de Ginny e que nem sempre pode ser traduzido. (N. do T.)

rostos engraçados, as linhas ilegíveis, tudo é apagado, sem deixar vestígios. Naquela época, não importava o quanto me esforçasse ou quantos melhores amigos eu amava; eu dependia dos outros para me darem rumo e disposição. Eu era ao mesmo tempo vibrante e morta. Precisava do empurrão deles; nunca tinha iniciativa própria. E minha memória era basicamente implacável e aviltante.

Meu progresso na terapia chegara a um ponto em que ambos, eu e meus sentimentos, estávamos sentados na mesma poltrona de couro. Então, uma circunstância incomum mudou minha vida, ou pelo menos minha localização. Eu tinha cismado de me inscrever num programa de escrita na Califórnia, e fui aceita. Minha terapeuta em Nova York não ficou feliz com a notícia; na verdade, se posicionou contra minha partida. Disse que eu estava estacionada, que não assumia a responsabilidade pela minha vida e que nenhuma bolsa de estudos conseguiria me livrar daquilo. De qualquer jeito, eu não podia agir de forma madura em relação àquilo e escrever para o departamento responsável pelas bolsas, dizendo: "Por favor, adiem meu miraculoso incentivo enquanto eu tento encontrar minhas emoções e me sentir confiante e humana". Como sempre fazia, me lancei no novo ambiente, embora com medo de que as palavras de minha terapeuta estivessem certas e eu estivesse simplesmente partindo no começo do processo de terapia, arriscando minha vida por um ano de sol garantido. Mas eu não podia recusar a experiência, já que era meu álibi, o pano de fundo para meus sentimentos, meu modo de pensar, de avançar. Sempre a visão cênica, em vez de um itinerário sério, refletido.

Minha terapeuta finalmente me deu sua bênção, convencida de que eu poderia obter excelente auxílio de um psiquiatra que ela conhecia na Califórnia. Parti de Nova York, e, como sempre, havia algo de emocionante em ir embora. Não importa quantas coisas de valor você tenha deixado para trás, ainda restam sua energia e seus olhos, e, pouco antes de partir, meu sorriso, como um logotipo permanente, voltou, com a alegria de partir. Eu apostava que o processo psicológico ainda estaria esperando por mim quando chegasse à Califórnia, e não seria preciso começar do zero como uma tela em branco.

Por causa do trabalho intensivo e heroico que eu fizera em Nova York com teatro, terapia e solidão, fui à Califórnia com todos os meus sentimentos limitados e acolchoados ainda intactos. Era um grande momento de minha vida, porque eu tinha um futuro garantido e nenhum homem que tivesse de testar, a que me dedicar e pelo qual ser julgada. Não tivera nenhum namorado desde a faculdade. Achei uma pequena cabana com uma laranjeira na frente; nunca me ocorreu colher as laranjas da árvore, até que um amigo sugeriu. Substituí o tênis pelo teatro. E contribuí com minha cota habitual de excelente namorada. Na faculdade, estava me saindo bem, embora agisse como uma ingênua.

Passei de um terapeuta para outro, ao mudar de Nova York para Mountain View.

Com uma disposição vacilante, abocanhando Tchecov e Jacques Brel, e outras amargas e doces tristezas, primeiro fui ver o dr. Yalom. As expectativas, que ocupam grande parte de mim, eram ótimas, já que ele havia sido recomendado pela minha terapeuta de Nova York. Ao entrar em seu consultório, vulnerável e acolhedor, talvez até Bela Lugosi* tivesse resolvido meu problema, mas eu duvido. O dr. Yalom era especial.

Naquela primeira entrevista com ele, minha alma se apaixonou. Eu consegui falar direito; eu podia chorar, podia pedir ajuda e não sentir vergonha. Não havia recriminações esperando para me escoltar até minha casa. Todas as suas perguntas pareciam adentrar-se além do sentimentalismo tolo de meu cérebro. Ao entrar em seu consultório, parecia que eu tinha licença para ser eu mesma. Confiei no dr. Yalom. Ele era judeu — e, naquele dia, eu também era. Ele tinha um ar natural e familiar, sem ser do tipo psiquiatra Papai Noel.

O dr. Yalom sugeriu que eu ingressasse numa terapia grupal que ele estava realizando com outro médico. Era como se me matriculasse no curso errado — eu queria poesia e religião numa sessão a dois, e, em vez disso, me vi no meio de um jogo de bridge para iniciantes (e sem bombons

* Ator de origem húngara que fez sucesso nos Estados Unidos interpretando o conde Drácula. (N. do T.)

ao final). Ele me mandou para o outro terapeuta que o auxiliava com o grupo. Na minha entrevista preliminar com esse outro médico, não houve lágrimas nem verdades, apenas o subtexto de um gravador impessoal sussurrando.

A terapia em grupo é realmente difícil. Especialmente se a mesa estiver cercada de inércia, como era o nosso caso. Éramos sete pacientes, além de dois médicos, que se reuniam em torno de uma mesa redonda com um microfone pendurado no teto; de um lado havia uma parede de espelhos como uma teia de vidro, na qual meu rosto ficava preso de vez em quando, ao olhar para si mesmo. Um grupo de médicos residentes ficava sentado do outro lado e olhava por uma janela de vidro, através da qual podia nos ver sem ser visto. Aquilo não me incomodava de verdade. Embora seja tímida, sou também um pouco exibicionista, e me isolava e "representava" como uma Ofélia empalhada. A mesa e a cadeira nos colocavam numa postura que era difícil de aguentar.

Muitos de nós tinham o mesmo problema — uma incapacidade de sentir as coisas, uma raiva mal resolvida, problemas amorosos. Havia alguns dias miraculosos em que um ou outro de nós pegava fogo e alguma coisa acontecia. Mas os limites de tempo da sessão de uma hora e meia, em geral, extinguiam qualquer evento importante. E, na semana seguinte, já tínhamos afundado em nosso *rigor mortis* psicológico habitual. (Falo apenas por mim. Os outros conseguiam obter bastante ajuda.) Em grupo, era divertido compartilhar os problemas, mas raramente partilhávamos soluções. Ficamos amigos; nunca nos tocávamos (o que é praticamente uma regra na Califórnia). Já no final, saíamos para um rodízio de pizzas. Eu gostava do dr. Yalom como líder do grupo, mesmo quando fui ficando mais distante e desequilibrada, quase nunca interagindo com ele, exceto visualmente. Parte de meu problema era que, como sempre, eu não estava tomando decisões na minha vida pessoal; ficava apenas à deriva na presença das pessoas e de amigos. Não conseguia manter a cabeça erguida. (Tive alguns meses de terapia individual, além da grupal. Foi com um jovem médico. Eu andava tendo uns sonhos terríveis, e o dr. Yalom me sugeriu isso.)

Eu estava começando a me sentir sem vida novamente e pretensiosa, então busquei respiração artificial a partir de grupos de encontro, que eram nativos do lugar. Eles eram realizados nas magníficas residências que tinham na floresta — sobre tapetes ou esteiras de palha, em banheiras de ofurô, à meia-noite. Agradava-me mais o ambiente do que o conteúdo. Físicos, dançarinos, pessoas de meia-idade, lutadores de boxe, todos compareciam com suas habilidades e seus problemas. Havia luzes cênicas, músicas de Bob Dylan no canto da sala; você *sabe* que alguma coisa está acontecendo, mas não é capaz de dizer o quê.

Essa forma de teatro, com sua alma sendo testada, me agradava. Havia lágrimas, gritos, gargalhadas e silêncio — tudo muito energizante. Medo, golpes verdadeiros nas costas e demonstrações de amizade no lodo da meia-noite. Casamentos se dissolviam diante de seus olhos; empregos de executivos eram abandonados. Eu realmente me envolvia naqueles dias de julgamento e ressurreição, já que não havia nada disso em minha vida.

Algumas vezes, porém, você era simplesmente derrubada, sem qualquer incentivo para se reerguer e se salvar. Você devia ser capaz de acompanhar um determinado ritmo e batida rituais, de medo e pânico para uma percepção fantástica, confissão e aclamação. E se isso falhasse, você devia ser capaz de dizer: "Muito bem, sou uma panaca, uma inútil, e daí? Vou começar a partir deste ponto", e aguentar suas dores abdominais.

Finalmente, contudo, me dei conta de que estava dividida entre dois salvamentos opostos — a terapia grupal, comprimida, sólida, lenta, constante e paciente, que era exatamente como a minha vida; e as folias medievais da mente e do coração dos psicodramas. Eu sabia que o dr. Yalom não aprovava esses encontros, e em especial o líder de um grupo particular, que era inspirado e brilhante, mas sem outras credenciais que não a simpatia. Na verdade, nunca escolhi meu lado, mas continuei com ambas as terapias, cada vez mais abatida. Enfim, nas sessões em grupo, comecei a sentir que eu arrastava meu casulo para lá e o amarrava na cadeira uma vez por semana, aguentava por uma hora e meia e ia embora. Recusava-me a rompê-lo.

Eu estava saturada com aqueles longos meses de terapia, mas não fazia nada para sair daquela situação. Minha vida estava boa, e, ainda assim, como de hábito, me sentia um tanto submersa e confusa. Por intermédio de amigos, arrumei um namorado chamado Karl, um cara inteligente e dinâmico. Ele tinha o próprio negócio de livros, no qual eu ajudava, sem ganhar nada, mas conseguindo importuná-lo com minhas piadas e me animando interiormente. Entretanto, no início, eu não me sentia naturalmente atraída por ele, o que me preocupou. Havia algo no seu olhar que parecia um pouco violento e estranho. Mas gostava de estar com ele mesmo assim, ainda que tivesse algumas dúvidas, porque, diferentemente dos poucos outros casos que tive, não senti uma paixão intensa imediatamente. Karl não era alguém que eu escolheria de cara.

Após algumas semanas incríveis de paquera, nós nos estabelecemos num desinteresse suportável. Um dia, como se fizesse um aparte, ele me disse que sabia de um apartamento no qual poderíamos morar juntos, e me mudei de Mountain View para a cidade. Certa vez, Karl disse, me abraçando, que eu tinha levado humanidade à sua vida, mas ele não era inclinado a fazer muitas declarações de amor.

Fomos morar juntos de modo descontraído e divertido. Era o começo de nossa vida a dois, e havia um bocado de coisas novas a fazer — filmes, livros, caminhadas, conversas, abraços, refeições, reunir nossos amigos em comum e nos livrar de outros. Eu lembro que fiz um exame físico na época, numa clínica gratuita, e eles escreveram: "Mulher branca de 25 anos com saúde excelente".

Deixei então o psicodrama, e a terapia grupal era apenas um hábito que eu não ousava abandonar. Como de costume, eu estava esperando o que aconteceria nas sessões, em vez de escolher meu próprio destino. Um dia, o dr. Yalom me chamou e perguntou se eu gostaria de começar uma terapia individual e gratuita com ele, com a condição de que ambos escrevêssemos sobre ela em seguida. Foi uma dessas ótimas sugestões que surgem do nada, às quais sou muito suscetível. Fiquei extremamente contente.

Quando comecei a terapia como paciente particular do dr. Yalom, tinham se passado dois anos desde minha primeira e fértil entrevista com ele. Eu tinha substituído novamente o teatro pelo tênis, a procura de alguém com quem trocar, a experiência da solidão pela tentativa de recordá-la. Por dentro, eu tinha a impressão de ter escapado de meus problemas e de que eles estariam todos esperando por mim numa emboscada noturna, numa noite qualquer. Os críticos, como a minha terapeuta de Nova York, e meus amores, que eu carregava comigo teriam me dito que havia muito trabalho a ser feito. Que eu havia tido êxito muito facilmente sem o devido merecimento, e que Karl, que tinha começado a me chamar de "meu amor", na verdade não sabia meu nome. Tentei fazer com que passasse a me chamar pelo nome — Ginny —, e sempre que ele o fazia minha vida fluía. Algumas vezes, porém, em consideração aos meus cabelos louros e meu temperamento, ele me chamava de A Atormentada Dourada.

Um ano e meio de hibernação em terapia grupal me deixou grogue e deprimida. Comecei as sessões individuais com ansiedades desconhecidas.

CAPÍTULO I

O PRIMEIRO OUTONO (9 DE OUTUBRO — 9 DE DEZEMBRO)

9 de outubro DR. YALOM

GINNY VEIO HOJE, o que significa, no seu caso, que está em relativa boa forma. Suas roupas não têm remendos, seus cabelos provavelmente foram penteados, seu rosto parece menos decomposto e bem mais distinto. Com certo embaraço, ela descreveu como minha sugestão de que pagasse pelas sessões com relatórios escritos em vez de dinheiro iria lhe dar um novo impulso na vida. Inicialmente tinha ficado orgulhosa, mas conseguiu reduzir seu otimismo, fazendo piadas sarcásticas sobre si mesma para outras pessoas. Quando perguntada sobre que tipo de piadas sarcásticas fizera, ela disse que eu provavelmente publicaria as anotações sob o título de "Entrevistas com uma paciente ambulatorial catatônica". Desejando esclarecer nosso acordo, eu lhe assegurei que tudo que escrevêssemos seria propriedade mútua, e, se algo fosse publicado, nós o faríamos juntos. Disse-lhe que isso ainda era prematuro e algo em que eu ainda não havia pensado realmente (uma mentira, já que eu tinha imaginado a publicação desse material algum dia).

Depois, tentei colocar as coisas um pouco em foco, para que não nos dissipássemos eternamente na confusão temporal tão característica de Ginny. O que desejava trabalhar na terapia comigo? Aonde queria "chegar"? Ela respondeu descrevendo sua vida atual como sendo, em geral, vazia e sem sentido; o problema mais urgente era sua dificuldade com sexo. Incentivei-a a ser mais explícita, e ela descreveu como nunca conseguia se soltar quando pressentia estar a ponto de ter um orgasmo. Quanto mais ela falava, mais soavam dentro de mim ecos de uma conversa que eu tivera recentemente com Viktor Frankl (um analista existencial importante). Ela passa tanto tempo pensando em sexo quando está no meio do ato, se perguntando o que pode fazer para se entregar completamente, que qualquer espontaneidade possível fica inibida. Pensei em meios de ajudá-la a se desconcentrar e, finalmente, disse apenas: "Se ao menos houvesse algum modo de você se desconcentrar de si mesma..." Ela lembrou a centopeia num livro infantil que, quando lhe pediam para prestar atenção por onde andava, se tornava incapaz de controlar seus cem pares de pernas.

Quando lhe perguntei como eram seus dias, Ginny falou como era para ela o tempo vazio, começando com o vazio que sentia ao escrever de manhã, o que conduzia a um vazio durante o resto do dia. Questionei por que a escrita era tão vazia e se existia algo que lhe dava um sentido na vida. Mais sombras de Viktor Frankl! Atualmente, é muito frequente que leituras ou conversas com outros terapeutas se infiltrem em minha terapia, o que faz com que me sinta um camaleão sem cor.

Em seguida, ocorreu de novo. Comentei com ela que toda a sua vida era vivida contra um pano de fundo suave e musical de renúncia. Havia um eco daquilo que um analista kleniano* certa vez me disse, anos atrás, quando considerei a possibilidade de fazer análise com ele: que as sessões seriam realizadas contra um pano de fundo musical de meu próprio ceticismo em relação à sua posição teórica.

Na sua voz filiforme, Ginny continuou se apresentando como uma pessoa carente de propulsão e direção. Ela é atraída pelo vazio como um ímã, e então o absorve e o cospe na minha frente. Poderia se pensar que nada em sua vida existe, exceto o nada. Por exemplo, ela contou que enviou algumas histórias para a revista *Mademoiselle* e recebeu uma carta encorajadora

* Escola analítica de Londres, fundada com base nos ensinamentos de Melaine Klein. (N. do A.)

do editor. Quando lhe perguntei quando tinha recebido a carta, ela respondeu que havia poucos dias; observei que poderia ter acontecido anos atrás, considerando o tom apático de sua voz. Ocorre o mesmo quando ela fala sobre Eve, uma grande amiga, ou Karl, seu namorado, com quem está morando. Há um pequeno demônio dentro de Ginny roubando o significado e o prazer de todas as coisas que ela faz. Ao mesmo tempo, ela tende a observar a si mesma e romancear sua situação de um modo trágico. Ela flerta, eu acho, com a visão de si mesma como uma Virginia Woolf, que um dia encherá os bolsos com pedras e entrará no mar.

Suas expectativas em relação a mim são muito irrealistas; ela me vê de um modo tão idealizado que me sinto desencorajado, algumas vezes desesperado, de conseguir um dia realmente fazer contato com ela. Eu me pergunto se não a estaria explorando, ao pedir para escrever esses relatórios. Talvez esteja. Racionalizo a questão dizendo que pelo menos isso a fará escrever, e tenho a forte impressão de que, após seis meses, quando trocarmos nossas anotações, algo de bom haverá de sair disso tudo. Caso contrário, Ginny terá que começar a me ver de um modo diferente.

9 de outubro
GINNY

Deve haver um meio de falar sobre essas sessões que não seja repetindo exatamente o que aconteceu e mesmerizando a mim mesma e a você. Eu tinha criado expectativas, mas me concentrei principalmente na ideia de mudança do horário. Comecei e acabei a sessão com este pensamento ocupando minha mente. Com inquietação, e não sentimento.

Eu me senti como uma diletante em seu consultório. Você estava me perguntando quais eram meus planos, o que eu queria que acontecesse. Meu histórico é longo quando se trata de não responder ou levar muito a sério as perguntas. Nunca utilizo minha mente ou a projeto para além do momento presente, exceto quando a uso para fantasias. Não deixo que ela mude ou modele a realidade, apenas que comente sua passagem. Sua insistência, contudo, quando você ficou repetindo a pergunta: "Muito bem, o que significa sua escrita não conduzir a nada?", acabou por me irritar. Era como uma contagem regressiva numa luta. Eu sabia que precisava me levantar àquela altura e dizer alguma coisa, senão estaria tudo acabado. Após três ou quatro repetições da mesma pergunta, eu disse: "O que acho que eu sinto é que não se trata da escrita, é essa parte crítica dentro de mim que não leva a lugar algum, permanece apontando para o zero, flutuando levemente em ambas as direções, quando há um aplauso ou uma crítica". Não revelei, quando estava falando sobre Karl e sobre mim com aquela voz tão sombria, que as manhãs de domingo e de segunda foram adoráveis, com muita ternura e diversão. Por que deturpei a minha própria imagem? (A crítica favorita de meu pai: "Durante toda a sua vida você tem se rebaixado, Ginny".) Mas por que não fui capaz de contar algumas coisas boas a você, especialmente considerando que gosta de ouvi-las?

Quando estava conversando com você, eu tinha consciência do esforço para tentar lembrar o que dissera na vez anterior. Queria ter certeza de não estar me repetindo nessa sessão. Ao final, porém, achei que o fizera.

Não queria chegar e falar sobre sexo, pois isso soa muito como Ann Landers,* maduro e impessoal. E, além disso, a importância do sexo ocorre para mim não por ser às vezes bom, às vezes ruim, e sim na represália no momento seguinte; a chance de odiar a mim mesma, temer o castigo e o reconhecimento por parte de outra pessoa e tentar lidar com as trevas e a consciência.

Quando você usou a palavra "desconcentrar" tão calmamente, gostei bastante. (Depois, usei a mesma palavra em três piadas naquele mesmo dia.) Ela bateu fundo em mim, e fiquei feliz que você quisesse mais de mim do que simples descrições e aparências.

Já perto do final da sessão, quando falei sobre Sandy, meu velho amigo que cometeu suicídio, e minha raiva contra os pais que não dão ouvidos aos psiquiatras, a menos que algo específico seja receitado, eu estava sentindo raiva sem ter consciência disso. Quando passou, percebi que estava

* Pseudônimo de Esther Pauline Friedman Lederer (1918-2002), autora de uma polêmica coluna social nos Estados Unidos durante mais de 45 anos. (N. do T.)

ficando triste, calma e aberta. Senti uma sensação suave, como a energia aprazível de uma criança sonhando com sexo.

Então, você disse que a sessão tinha acabado. Sempre que pressinto essa dica, começo a ficar insegura novamente. A luz que estava brilhando sobre mim começa a se extinguir. O desajeitado procedimento parlamentar do psiquiatra para fazer com que o paciente se vá. "Às duas horas está bom para você?", perguntou, o que não me convinha, mas não pude notar de imediato. Somente ao voltar para casa tive tempo de remoer o problema e transformá-lo numa enorme quantidade de possibilidades.

Àquela altura, resolvi que não me esforçaria demais para escrever sobre as sessões, que deixaria o estilo se desenvolver à medida que minhas percepções e experiências evoluíssem. Antes de começar a escrever isto, eu desisti. Durante a sessão, me senti como uma pessoa exausta que está lendo há muito tempo, por conta do hábito, que está olhando fixamente apenas para a estrutura inflexível das letras impressas e não para o enlevo das palavras. Ontem, como quase sempre, eu estava muito constrangida, colada à superfície, à estrutura superficial do que devo dizer, do que devo ser. Recitando para um espelho. Um espelho que não ficaria feio se estivesse partido. (Mas estas não são palavras de luta. Apenas mais ganidos.)

Você disse que queria ouvir somente o que aconteceu em nossas sessões. De início, pareceu restritivo, depois animador, pois assim se apara a densa folhagem excedente. E você só lerá isto daqui a seis meses, o que quer dizer que as sessões não serão uma crítica ao que foi escrito, e não haverá um resgate por meio das palavras. E, em seguida, ficou claro para mim que você havia dito *seis* meses, o que representava uma garantia reconfortante de um semestre.

14 de outubro
DR. YALOM

A sessão estava marcada para as 12h30. Vi Ginny na sala de espera às 12h25. Havia algo que eu queria entregar à secretária, mas não era realmente importante, e eu poderia ter recebido Ginny às 12h25. No fim das contas, enrolei um pouco com alguma coisa relativamente desnecessária e acabei recebendo-a três minutos atrasado. Não consigo entender por que faço isso com os pacientes. Algumas vezes, sem dúvida, é uma medida de minha contratransferência e resistência. Mas não com Ginny. Gosto de vê-la.

Ela parecia bem hoje, com uma saia elegante, blusa e meia-calça, os cabelos quase penteados, mas estava visivelmente trêmula e insegura. Nos primeiros 20 ou 25 minutos da sessão, tateamos um pouco sem que eu soubesse onde nos levaria a propulsão principal da sessão. Fiquei sabendo que ela tinha se sentido terrivelmente mal na noite anterior, com surtos de ansiedade surgindo a cada 10 ou 15 minutos, e todos estreitamente ligados a horríveis emoções e experiências passadas, que parecem ser as únicas coisas capazes de lhe dar um senso de continuidade e temporalidade.

No começo, vasculhei em vão a cronologia de seus momentos de ansiedade noturna, me perguntando se estariam relacionados com nossas sessões. Houve três na última semana — um ocorreu na véspera e outro após nossa última consulta, mas o terceiro situava-se no meio da semana, portanto isso não nos esclarecia muita coisa. Lidar com o conteúdo conceitual de seus períodos de ansiedade era como andar sobre areia movediça. Pisei muito fundo e fui sugado para baixo, e passei o restante da sessão tentando me desvencilhar novamente, porque é tudo um material primitivo, prematuro e vasto.

O que tentei em seguida revelou-se uma escolha mais acertada. Simplesmente passei a agir de modo concreto e preciso. Eu disse: "Vamos começar pelo início e rastrear realmente o seu dia de ontem e o que aconteceu na última noite". Faço isso frequentemente com os pacientes e aconselho meus alunos a tentar essa abordagem, pois é raro que ela deixe de me dar algum ponto de apoio no lodaçal da confusão. Muito bem, Ginny descreveu seu dia — tinha acordado se sentindo bem e escreveu por uma ou duas horas. Embora tentasse subestimar seus escritos, ela admitiu que havia sido mais ativa do que de hábito, trabalhando num romance. Isso faz com que me sinta bem; fico especialmente orgulhoso, muito orgulhoso, vendo-a capaz de trabalhar sua escrita. Depois, ela se deitou e leu um livro sobre impotência feminina escrito por uma psiquiatra que desconheço, acabou se sentindo inundada por emoções sexuais e se masturbou. E este foi o início de seu declínio naquele dia. Logo depois, ela foi até o correio, encontrou Karl por acaso e se sentiu tomada de vergonha, com sentimentos de culpa. Nesse ponto, ela começou a se censurar de modo característico; se não tivesse se masturbado, poderia ter se preservado para Karl naquela noite, ou talvez o tivesse despertado sexualmente etc. etc. As coisas foram ficando piores — a refeição que preparou foi um fracasso; à noite, quando estava bem-disposta e queria sair, Karl estava exausto e foi dormir; ela queria que eles fizessem amor, mas ele acabou dormindo; seu temor era de que talvez ele estivesse de fato a rejeitando, já que não faziam sexo há duas ou três noites. Ela não consegue sequer tentar abordar o assunto com ele.

Ginny falou também sobre o sábado anterior, quando Karl ficou ocupado com outras pessoas a manhã toda e deu um passeio sozinho durante o resto do dia, só voltando para casa às 20h30. Ela não foi capaz de lhe dizer que gostaria de passear com ele. Simplesmente começava a chorar cada vez que ele se aproximava. Pensei em suas emoções ambivalentes em relação a ele, especialmente quando Ginny descreveu sua fantasia recorrente, na qual ele a deixava e ela podia viajar para a Itália com sua amiga Eve, e escrever e tomar xícaras de chocolate. Pois bem, tudo isso junto me levou a pensar que, apesar de suas garantias de abnegada obediência em relação a Karl, há uma parte de Ginny que quer se soltar dele. Mas não foi fácil seguir esse caminho; talvez seja alguma coisa com a qual ela não consiga lidar neste momento. Talvez não — não devo deixar sua postura de "flor frágil" assumir controle sobre mim a ponto de gerar uma bondade impotente.

O que fiz foi inundar a sala com Viktor Frankl. Acontece que eu estava lendo um de seus livros na noite anterior e pensando nele. Ler alguém e depois me ver usando suas técnicas na sessão de terapia seguinte, sempre me deixa desgostoso comigo mesmo. Seja como for, tentei abordá-la como penso que Frankl teria feito, e acho que me saí muito bem. A primeira coisa que sugeri a Ginny foi a noção de que ela nasceu com ansiedade, que sua mãe e seu pai são ansiosos, e que não é inconcebível pensar que ela possua de fato uma fonte de ansiedade genética, e talvez mesmo de tensão sexual. Eu tinha algumas coisas em mente. Se ela tiver confiança suficiente em mim neste momento, poderei remover parte de sua culpa em relação à masturbação, e em várias ocasiões durante a sessão voltei a esse assunto, me perguntando por que ela se sentia tão culpada com isso. Quando ela disse coisas como "é esquisito" e "é sujo", e que ela devia "se preservar para Karl", eu lhe disse que esquisito era ela vomitar todas as manhãs porque certo psiquiatra bioenergético da Costa Leste lhe dissera para agir assim como meio de aliviar sua tensão! Afirmei que não via nada de errado na masturbação; se ela tiver um excesso de voltagem sexual, por que não se masturbar todo dia? Isso não vai necessariamente retirar alguma coisa de suas relações sexuais com Karl, podendo na verdade acrescentar, já que ela não ficaria tão ansiosa. Acho que será bastante útil, embora tenha certeza de que ela passará para outro tipo de sintoma e preocupação.

O que fiz em seguida foi destacar para ela que excesso inato de ansiedade e tensão sexual (que descrevi em termos bastante específicos, ou seja, uma incapacidade de metabolizar adequadamente a adrenalina) não é de fato sua essência. Ela, Ginny, é muito mais do que esses fatores extrínsecos. Acho que estava iniciando um exame dos valores básicos. Perguntei-lhe o que na vida era realmente importante para ela, o que tinha de fato valor para ela, o que é significativo para ela. Senti-me tentado a perguntar por qual tipo de coisa ela seria capaz de morrer, mas felizmente me contive. Bom, ela disse algumas das coisas que são "corretas" no meu ponto de vista. Falou que queria de fato entrar "em cena", fazer parte da "tendência atual"; ela dá um valor imenso à sua experiência com Karl, e acabou dizendo que sua escrita é muito importante. Naturalmente, como um reflexo, eu me lancei sobre isso, e àquela altura ela logo chamou seus textos de "frívolos", acrescentando que sabia que eu ia dizer que não eram. Acompanhei a maré e disse: "Não são frívolos". Ela riu. Continuei, comentando que ninguém mais poderia escrever seus textos por ela, que há algo que só ela pode fazer, e que isso é importante, mesmo que alguém jamais os leia. Ela pareceu aceitar isso, e foi neste ponto que a sessão terminou. Eu estava sendo um tanto autoritário, mas acho que preciso ser assim com Ginny. Gosto muito dela. Quero muitíssimo ajudá-la. É difícil acreditar, às vezes, que uma pequenina alma vibrante como esta exista de fato e que sofra tanto.

14 de outubro
GINNY

A sessão foi muito importante para mim. Acho que consegui falar, pensar e sentir através das minhas lágrimas. Não foi só chorar e pronto. Pude me manter mais concentrada e não deixar o sarcasmo ou o charme dominar. Alcancei um tipo de equilíbrio.

Não usei a terapia para afastar meus sentimentos. Eu me senti menos extenuada no fim. Ainda gosto que você fale e me diga coisas. Não sinto como se estivesse sozinha naquela sala. Se estivesse, eu ficaria confusa e começaria a delirar. Quando você disse que todo mundo se masturba, fiquei ardendo de vergonha, porque pensei que podia estar me dizendo algo sobre você mesmo. Não consegui olhar para você. Eu finjo que todo mundo é estruturado e que não se pode ver a vida privada das pessoas, somente a minha, que é transparente.

Acho que a sessão me ajudou a canalizar a tensão que sentia, e sinto, para algum bom uso e compreensão.

Eu me pergunto, porém, por que sempre coloco meus homens sob uma luz desfavorável. Ao recontarmos os incidentes, sei que assumimos uma visão unilateral. Causa-me aborrecimento pensar que sou injusta e que de algum modo serei punida.

Deixo transparecer que Karl e eu somos como o sapo e o inseto, dentro de um aquário escolar — tão apertado — quando, na verdade, há muito mais momentos descontraídos e bons entre nós do que fica parecendo. Imagino que eu me concentre nos maus momentos porque eles são devastadores demais.

No que diz respeito à abstenção, meu lema é: "Não farei isso e talvez aquilo aconteça". Como se eu tivesse uma conta corrente na cabeça, na qual tenho sempre que estar no vermelho para poder sair dessa situação mais à frente. Depois da sessão, eu me senti mais centrada, menos estranha. Podia me entregar a pelo menos três impulsos — comer, sentar num bosque de cactos perto da sepultura de Stanford ou respirar profundamente as plantas e as árvores.

Quando você me disse que minha aparência estava melhor, eu me senti mal por não ter lhe dito como você estava bonito dentro da sua conglomeração de paisagens de terno marrom e várias listras coloridas chovendo em várias direções. Eu retenho as coisas.

Porém, se vou tentar agir como você me falou, não sei. Tenho consciência de que isso vai me deprimir no começo e me castigar temporariamente. E vai me deprimir porque estará acontecendo em *minha* vida, comigo particularmente. É por esta razão que o abandono me assusta tanto. Temo ser abandonada pelas pessoas, já que há muito tempo abandonei a mim mesma. Portanto, não há *ninguém* lá, quando estou sozinha. Estou camuflada pela minha experiência, e você me pede para aceitar certa parte de mim (nervosismo) e seguir em frente a partir daí.

21 de outubro
DR. YALOM

Hoje foi melhor. O que foi melhor? Eu estava melhor. Na verdade, eu estava ótimo. É quase como se estivesse me apresentando diante de uma plateia. A plateia que lerá isso. Não, acho que isso não é totalmente verdade — agora estou fazendo justamente o que acuso Ginny de fazer, que é negar os aspectos positivos de mim mesmo. Eu fui bom com ela hoje. Empenhei-me e a ajudei a chegar a certas conclusões, embora me pergunte se não estava apenas tentando impressioná-la, tentando fazer com que se apaixonasse por mim. Meu Deus! Não me libertarei disso jamais? Não, ainda está presente. Tenho que ficar de olho nisso — o terceiro olho, o terceiro ouvido. Por que eu quero que ela me ame? Não é sexual — Ginny não desperta em mim emoções sexuais. Não, isso não é totalmente verdade. Ela desperta, mas isso não é de fato importante. Será que quero ser reconhecido por Ginny como a pessoa que cultivou seu talento? É um pouco isso. A certa altura, me surpreendo esperando que ela perceba que alguns dos livros nas minhas estantes não são apenas sobre psiquiatria — peças de O'Neill, Dostoievski. Nossa, como é pesada essa cruz em meus ombros! O ridículo disso tudo. E cá estou, tentando ajudar Ginny com seus problemas de sobrevivência, e ainda sobrecarregado com minhas próprias vaidades mesquinhas.

Falando em Ginny — como ela estava? Bem desleixada hoje. Cabelos despenteados, sequer repartidos, jeans gastos, camisa remendada em alguns lugares. Ela começou me contando sobre a péssima noite que passara na semana anterior, quando foi incapaz de alcançar o orgasmo, e depois não conseguiu dormir a noite toda porque estava temendo a rejeição de Karl. Em seguida, ela voltou à sua própria imagem, com o mesmo corpo de uma garotinha que costumava passar a noite toda em claro quando estava no início do ensino médio, ouvindo o mesmo pássaro piar às três da madrugada, e, de repente, lá estava eu de novo com ela, de volta a um mundo mágico, turvo, nublado e místico. Como é encantador tudo isso, como eu gostaria de perambular naquela neblina agradável por algum tempo, mas... é contraindicado. Isso seria realmente egoísta de minha parte. Então, abordei o problema. Voltamos ao ato sexual com seu namorado e conversamos sobre os fatores óbvios que a impedem de chegar ao orgasmo. Por exemplo, há algumas coisas bem claras que Karl poderia propor para fazê-la alcançar o clímax, mas ela é incapaz de lhe pedir, e então passamos para a incapacidade de pedir. Era tudo tão óbvio que cheguei a pensar que Ginny estivesse fazendo de propósito, para permitir que eu demonstrasse como posso ser observador e prestativo.

A mesma coisa com o problema seguinte. Ela descreveu como havia encontrado, por acaso, dois amigos na rua e como havia, o que é comum, bancado a idiota. Analisei isso com ela e chegamos a certas regiões que Ginny talvez não esperasse. Ela agiu de tal maneira, segundo as próprias palavras, que eles devem ter se afastado dizendo: "Coitada da Ginny, tão patética..." Então perguntei: "O que você poderia ter dito que mostraria a eles que você é uma pessoa legal?" Na verdade, provei que havia algumas coisas construtivas que ela poderia ter mencionado. Ela está experimentando participar de um grupo de teatro de improviso, tem escrito alguma coisa, tem um namorado, passou um verão interessante no interior, mas ela nunca consegue dizer algo de positivo sobre si mesma, já que isso não traria à tona a reação "Coitada da Ginny, tão patética...", e há uma parte importante dela que quer exatamente isso.

Ela faz o mesmo comigo durante a sessão, conforme a fiz observar. Por exemplo, ela nunca havia realmente me transmitido o fato de que tem plena capacidade de trabalhar com uma trupe de teatro profissional. Seu comportamento autodepreciativo é um tema bastante difuso, no que se refere ao grupo. Choquei-a um pouco ao lhe dizer que ela fazia questão de parecer uma pessoa desleixada, e que um dia eu gostaria de vê-la mais bonita, a ponto inclusive de passar um pente nos cabelos. Tentei desconcentrar seu olhar indulgente interior em relação a si mesma, sugerindo que talvez sua essência não esteja no meio de seu vasto vazio interior, mas talvez fora dela também, até com outras pessoas. Também observei que, embora para ela seja necessário olhar para dentro de si a fim de escrever, a introspecção pura, sem escrever ou realizar outra forma de criação, é frequentemente um exercício estéril. Ela admitiu que escreveu muito mais durante a última semana. Isso me deixa bastante feliz. Pode ser que esteja somente me dando um presente, algo que me mantenha prevendo sua melhora.

Tentei fazer com que falasse sobre sua noção de minhas expectativas em relação a ela, visto que se trata de um ponto genuinamente cego para mim. Desconfio que alimento enormes expectativas em relação a Ginny; estarei de fato explorando seu talento de escritora de modo que ela produza algo para mim? Até que ponto meu pedido para que ela escreva como forma de pagamento é puro altruísmo? Até que ponto é egoísta? Quero continuar incentivando-a a falar sobre o que pensa que espero dela; tenho que manter isso em foco — o Todo-poderoso Deus da "contratransferência"; quanto mais o venero, menos dou para Ginny. O que não devo fazer é tentar alimentar seu senso de vazio interior com minhas próprias expectativas de Pigmaleão.

Ela é uma alma encantadora e adorável, apesar de ser um dilema para o médico. Quanto mais gosto dela tal como é, mais difícil será para ela mudar; ainda assim, para a mudança ocorrer, tenho que mostrar que gosto dela e ao mesmo tempo transmitir a mensagem de que também quero que ela mude.

21 de outubro
GINNY

(entregue três semanas depois)

Algo poderia acontecer se eu tivesse uma aparência mais natural. Então conservei os óculos. Mas alguma coisa pode não acontecer.

Falei sobre a péssima noite de terça-feira, o que acabou sendo o fim de um péssimo começo de terça-feira. A ideia de uma Ginny sadia e cordial, que você me sugeriu e pediu, foi bem encorajadora. Meu registro habitual de "sucesso" é o quanto me libertei e fiz coisas difíceis, como chorar ou pensar de modo ordenado, sem fantasiar. E você me fez enxergar esta direção.

Eu me diverti na sessão, e, antes de aquilo me perturbar, gostei da sensação, daquela vivacidade. Parecia que eu via alternativas para meu modo de agir. E esta impressão durou até mais tarde, quando fui para o campus — embora durante a sessão, e depois dela, eu estivesse obviamente questionando este sentimento otimista. Com certeza, a felicidade deve ser mais difícil. Será que posso acabar sendo uma mocinha legal?

Eu estava observando seu modo de me tratar, como um adulto. Fico imaginando se você me acha patética, hipócrita ou apenas uma velha revista que se lê num consultório médico. Seus métodos são muito reconfortantes e absurdos. Você ainda parece pensar que pode me fazer perguntas que responderei proveitosamente ou com algum *insight*. Você me trata com interesse.

Penso, durante a sessão, que estou me gabando, tentando parecer boa. Menciono alguns traços e exemplos de autoindulgência, como me achar bonita (um fato realmente estático), como o grupo de teatro, como a bela frase que escrevi (como se estivesse boiando diante de seus olhos). Sei que essas coisas são um desperdício de tempo, já que não me fazem bem algum e me passam pela cabeça todos os dias, com ou sem você. Mesmo quando você diz: "Não estou entendendo", trata-se de uma espécie de elogio ao pior dos meus velhos hábitos, ser elusiva no discurso e na ação. E, por dentro, tampouco eu me entendo. Deus sabe que eu sei a diferença entre as coisas que digo e as que sinto. E o que digo não é satisfatório na maior parte do tempo. Nas poucas vezes, na terapia, em que reajo de maneira não predestinada pela minha mente, sinto-me viva de um modo perpétuo.

Então, a experiência de ontem foi estranha. Em geral, desconfio das coisas que digo. Discurso incentivador dos pais. Faço isso comigo mesma regularmente.

Mas não me senti deprimida quando a sessão terminou, ou abandonada. Foi engraçado ouvir você falando sobre meu cabelo e minhas roupas. Parecia um pouco meu pai, mas não muito. É claro que talvez você ache que Franny* se veste bem. Para mim ela parece atraente, mas sempre distante. Eu pareço um cabide torto, com as roupas caindo no chão. Gosto de parecer heroica, como se tivesse acabado de fazer alguma coisa, embora desejasse não possuir tamanho instinto estranhamente burlesco no que se refere ao modo de me vestir. Às vezes, eu tento e ainda assim fico com aparência desmazelada.

Na noite após a sessão, não consegui dormir nada. Senti uma agitação enorme no peito e na barriga, e pude ouvir meu coração batendo a noite toda. Terá sido porque não houve liberação na sessão, ou porque mal conseguia esperar para um novo dia começar? Eu estava impaciente para sair. Digo isso agora porque não quero dizer na próxima sessão.

---

* Membro do grupo de terapia. (N. do A.)

Acho que é errado eu me sentir tão constrangida na terapia e dizer coisas como: "Estou sentindo alguma coisa na perna". São provavelmente apartes sem importância que sobraram das tardes de consciência sensorial, que bloqueiam a direção para a qual você está me conduzindo. Você deve estar enjoado dessas coisas, aflição, indulgência.

Foi engraçado quando você disse que eu não poderia fazer uma carreira a partir da esquizofrenia. (Ainda acho que trago a catatonia escondida na manga.) De certo modo, isso suprime um bocado do romance com que tenho flertado. Sinto-me estranha e carente, e não consigo me conectar com situações sociais. Deve haver outro jeito. Em relação ao dr. M.,* acho que ele pensou que as coisas que eu dizia eram "fantásticas", estranhas e que deviam ser registradas pelas suas nuances. Acho que você sabe que são uma merda. Eu sempre o ficava vendo anotar as coisas. Não estou muito consciente de seu rosto, a não ser que ele parece estar ali parado, esperando alguma coisa. E você parece ter bastante paciência. Não gosto de olhar para seu rosto porque sei que eu não disse nada. Se isso começasse a iluminar os lugares errados, eu começaria a desconfiar de você.

Nestas primeiras poucas sessões, sinto que posso ser tão má quanto desejar; assim, mais tarde, a transição parecerá adorável.

4 de novembro
DR. YALOM

Um gosto levemente metálico em minha boca, depois da sessão. Não totalmente satisfeito. Reprimido, esta é a palavra. Ginny chegou se desculpando por não ter levado sua descrição de nossa sessão anterior. Disse que escrevera, mas não tivera tempo de datilografar. Quando lhe fiz perguntas mais específicas, ela disse que havia tantas coisas embaraçosas relacionadas à masturbação quando estava indo datilografá-la que não quis fazê-lo com Karl por perto. Perguntei se normalmente ela leva tanto tempo

* O outro terapeuta do grupo. (N. do A.)

para datilografar o que escreveu. Ela respondeu que não, em geral faz isso um ou dois dias depois, mas sabia que não se encontraria comigo antes de duas semanas. Durante todo esse tempo, é claro, fico imaginando o que significa para ela não ter me visto na semana passada, o quanto havia de ressentimento e decepção. Parece estranho que tenham se passado duas semanas e ela não tenha trazido nenhum relatório, já que nunca havia deixado de preparar suas anotações. Tenho certeza de que, em algum nível, ela está zangada e tentando me castigar.

Então, o que ela diz em seguida parece confirmar minha suspeita. Ela tinha me visto na Union Street, em São Francisco, com uma mulher. Eu disse que era minha esposa, do que ela pareceu ter certeza; acrescentou que a mulher parecia tão jovem e bonita, e que parecíamos tão felizes juntos, que ela mesma se sentiu bem com aquilo. Ela se perguntou também se aquela fora a razão de eu não a ter recebido na semana passada — se eu apenas decidira passar a semana com minha esposa. Como ela se sentia em relação a isso? "Muito bem." Eu tinha minhas dúvidas!

Perguntei se ela muda ou não o que escreve no momento de datilografar. Ela afirma que sim, às vezes. Por exemplo, na semana anterior ela apagou algo que soava como um flerte direto comigo, porque se sentiu constrangida posteriormente por tê-lo escrito. Assim, toda a primeira parte da sessão foi um intercâmbio reprimido, constrangedor. A certa altura, perguntei-lhe com toda a franqueza se ela podia ou não discutir a parte mais profunda da sessão, achando que poderíamos assim alcançar seus sentimentos não ditos. Mas ela não mordeu a isca, insistindo em vez disso que não havia realmente nada mais sobre o que não tivesse falado. Está tudo indo tão bem, relativamente falando, que ela não consegue especificar um único problema.

E, de fato, tudo parece ir bem; ela já não acorda aterrorizada no meio da noite tantas vezes; tomou o comprimido que lhe dei na última sessão, que interrompeu o ciclo, embora ela tenha feito questão de me dizer que o medicamento não foi um sucesso completo, visto que no dia seguinte sentiu uma ressaca sonolenta e deprimente. Para falar a verdade, esqueci de anotar exatamente o remédio que lhe receitei: lembro apenas que era um tranquilizante muito leve, que não deveria ter produzido efeitos assim tão sedativos. Mas ela tem escrito, tem estado ativa. Começou a citar uma lista de atividades: aulas de alemão duas vezes por semana, ioga, várias festas em sua casa, aulas de dança. Parece de fato que está conseguindo dar alguns passos importantes. Ela está grata por termos conversado sobre masturbação; desde a nossa conversa, vem tendo uma impressão de liberação e se masturba sem sentir culpa e sem se fixar no assunto pelo resto do dia.

Fiquei realmente impressionado com a beleza dela hoje. Eu tinha disposto as poltronas num ângulo de noventa graus, como Sullivan,* e estava olhando para ela mais de perfil. Houve outras vezes, especialmente em grupo, em que considerei Ginny uma mulher um tanto rústica; ainda assim, hoje eu a vi como uma pessoa encantadora.

Numa tentativa quase desesperada de me dar um presente, ela conta voluntariamente alguns sonhos. Nós tentamos, sem sucesso, analisá-los; um deles apresentava alguns componentes edipianos bem nítidos: ela está deitada na cama e um homem aparece com um charuto prateado no lugar do pênis. Tais associações tinham a ver com seu costume de ficar acordada à noite quando era jovem, escutando o som do colchão rangendo, o que significava que seus pais estavam tendo relações sexuais, e depois com um episódio, quando estava com 21 anos, em que magoou seu pai ao falar para ele que a mãe tinha dito que sexo não era tudo na vida. Há muitas evidências de um desejo de separar seus pais, se colocar entre eles, mas seria insensato de minha parte abordar esse assunto. A reconstrução do passado, as interpretações, esclarecimentos deste tipo não serão muito úteis para Ginny. Visitar o passado com ela é uma viagem ilusória e encantadora; mas ela conhece bem demais esse terreno — nunca deixa de transportá-la para longe do presente e do benefício que, eu sei, virá a partir de nosso entendimento de tudo o que acontece entre nós dois. Então, mudei o assunto para o presente.

---

* Harry Stack Sullivan (1892-1949), psiquiatra norte-americano. (N. do T.)

Ela tem estado preocupada com a fantasia de que Karl irá deixá-la, e que se isso acontecer ela irá para uma cabana na floresta e se tornará gradualmente mais madura. Em seguida, exclamou que isso é horrível, porque deve significar que ela quer que Karl a deixe, mas eu salientei que essa fantasia tinha alguns aspectos compensadores, já que está voltada para a vida e oferece esperança de que ela não venha a se extinguir, caso Karl decida deixá-la. Utilizei um conceito paradoxal, sugerindo que ela força deliberadamente o aparecimento dessa fantasia sempre que Karl chega tarde em casa, e lhe dá pelo menos cinco minutos de atenção. O mesmo com as relações sexuais: Ginny afirma ouvir aquela voz dentro dela dizendo-lhe que ela não está de fato ali, que está isolada, que não está realmente unida a Karl, que "na verdade, a coisa não é assim", e ao fim do ato ela se castiga por não ter tentado o bastante. Sugeri que ela tomasse parte nessa voz ativamente, se dirigisse a ela, de maneira a controlá-la, para não ser por ela controlada. Faço isso na esperança de que Ginny finalmente veja que não é nada que acontece a ela, e sim algo que ela faz acontecer.

Já no fim da sessão, ela cita algo de Alexander Pope sobre uma mulher que parece ela mesma, e ela não quer ser assim. Como não leio Pope há 15 ou 20 anos, me surpreendi desejando que ela mencionasse escritores com os quais estou mais familiarizado, para poder responder com mais conhecimento e facilidade. Acho que isso também reflete alguns sentimentos de tensão que tenho em relação à apresentação amanhã no seminário do Pensamento Moderno, no qual meu interesse em literatura é amplamente superado pelas evidentes lacunas de conhecimento.

4 de novembro
GINNY

Ontem eu estava bastante nervosa, desesperada, pensando em alguma coisa para dizer. Foi nesse momento que vi você e sua esposa na minha frente. Eu estava dentro do carro, com Eve, discutindo *The Freedom of Sexual Surrender* [A liberdade da entrega sexual], um livro que desacredita o orgasmo clitoriano como algo que não ocorre no corpo de uma mulher madura. Então, no meio dessa conversa sobre sexo, você e sua esposa atravessaram a faixa de pedestres à nossa frente, como dublês num seriado da televisão.

Percebi que o que estou fazendo é fingir que alguma parte de mim está fazendo o que estou de fato fazendo. Por exemplo, nos últimos cinco minutos, essa "parte de mim" ficou olhando sua braguilha aberta e imaginou que viu algo. Fiquei imediatamente constrangida e comecei a falar sobre outra coisa. Imediatamente você cruzou as pernas. E eu me dividi, porque tinha feito algo que "eu", como me conheço, não faço. E provoco essas coisas porque sei que isso interrompe minha concentração e meu progresso. É como trapacear a própria mente.

Sempre gosto quando você me dá orientações. Fico bem mais consciente de meu comportamento, não como algo mágico, mas apenas como comportamento. Ontem à noite, me conscientizei de como os medos aparecem. Penso em alguma coisa, prendo a respiração para escutar, isso dói no estômago, me faz sentir como se estivesse dentro de um elevador e não conseguisse sair. E, antes que eu perceba, estou no andar errado.

A sessão me deixou muito nervosa, mais nervosa do que estava ao chegar.

12 de novembro
DR. YALOM

Uma sessão um tanto esquisita. Eu não achava que me sairia muito bem, já que tinha dormido apenas duas horas à noite. Fiquei na casa de um amigo, à beira-mar, e a estranheza de dormir fora, além do barulho das ondas, me manteve acordado a noite toda. Pensei então em como era irônico que devesse ver Ginny no dia seguinte, considerando que ela frequentemente aparece se queixando de insônia. Minha vigília na noite passada foi diferente, já que se tratou de algo prazeroso, porque estava distraído com o visual e o som do mar, lendo Kazantzákis, mas já passei por noites do outro tipo também. Não há momento em que me sinta mais como uma fraude do que quando, após uma noite em branco e inquieta, recebo um pobre paciente insone que, na verdade, dormiu mais horas do que eu. Mas quem seguiria um general que, na véspera da batalha, caminhasse com as mãos suadas em desespero? Não cancelei a consulta, pois me sinto funcional hoje, e durante a sessão mal me dei conta do meu estado de fadiga.

Eu estava mais ou menos dez minutos atrasado, ainda que, para me ajudar a despertar, tenha levado uma caneca de café para o consultório, algo incomum. Ofereci-lhe uma, que ela recusou, envergonhada. Ela começou falando sobre sua inveja da irmã caçula, que a está visitando no momento. Ginny vê sua irmã como uma pessoa muito mais decidida, mais "comprometida" do que ela, por exemplo, ao ir morar com alguém. Tentei fazer com que entendesse que se trata apenas de uma questão de atitude; perguntei-lhe se isso significava realmente que sua irmã possuía mais senso de comprometimento ou se queria dizer apenas que conseguia ignorar algumas das emoções negativas ligadas a uma determinada situação, ou talvez até que enganasse a si mesma em relação a seus sentimentos conflitantes. O que há de invejável em tamanha "positividade"? Ela concordou sinceramente que este era o caso.

Em seguida, passei a falar sobre aquele diabinho interior que estraga toda a satisfação de cada um de seus empreendimentos, que a impede de ter prazer com o sexo, de se divertir numa viagem à Europa, de aproveitar a vida. Aquela é sua própria e única vida. Não há reembolso da entrada nem nova apresentação quando ela estiver se sentindo melhor. "Ginny, você está vivendo neste instante, e isso não pode ser adiado." Não sei ao certo até que ponto esta tática funcionou. Estaria eu sendo apenas pedante?

O outro tema importante foi sua raiva, ou melhor, sua falta de raiva em situações de enfurecimento. Por exemplo, ela falou sobre sua relação com a proprietária de seu apartamento, uma pessoa tão insana, tão inconstante, capaz de deixar qualquer um louco. A reação de Ginny a ela resume-se a "sentir-se ainda mais morta por dentro" e fazer um esforço enorme para ser simpática. Nós nos concentramos em como um sentimento de raiva ou irritação em relação ao outro pode de algum modo se converter num sentido de apatia pessoal. Com o desenrolar do debate, eu temi que ela interpretasse meus comentários como uma sugestão para *não* ser simpática com as pessoas a fim de desabafar todos os seus sentimentos de raiva, e em seguida lhe assegurei que ela não devia sentir vergonha por ser "simpática" ou generosa — são traços autênticos que não devem ser reduzidos a qualquer outra coisa, mas é necessário que ela entenda seus verdadeiros sentimentos nessas situações. Ela prosseguiu dizendo que, quando realiza atos generosos ou altruístas, de algum modo sempre consegue transformá-los em vícios, e eu então lhe pedi que parasse com esse reducionismo freudiano e aceitasse a generosidade ou a gentileza como verdades positivas e importantes relacionadas a si mesma, que se sustentam sozinhas, dispensando mais análises.

Ela não fala muito sobre seus sentimentos. Estava tensa hoje, e inquieta. Sempre que eu perguntava o que estava sentindo num momento específico, ela respondia com uma generalização abstrata sobre o curso de sua vida, sem sequer tocar na imensa poça subterrânea de emoções subjacentes a cada uma de nossas consultas. Quando perguntei especificamente sobre isso, ela disse que grande parte do que não é revelado emerge quando volta a refletir sobre as sessões, ao escrever os relatórios. Ela mencionou diversas vezes, de modo casual, que passa grande parte do dia se preparando para se encontrar comigo. Ela teve que esperar durante duas horas o ônibus para voltar a São Francisco, portanto, trata-se de fato de algo que lhe toma o dia todo, e ela fica muito ansiosa para usar esse tempo construtivamente. Ao mesmo tempo, acho que o nosso relacionamento é bastante sólido. Sinto-me bastante apaziguado e à vontade quando estou com Ginny. É uma pessoa notável, não somente em sua capacidade de se angustiar, mas em sua sensibilidade e beleza.

19 de novembro
DR. YALOM

Ginny surgiu com seu jeans remendado e aparentando especialmente ser a Ginny-gentil e a Ginny-frágil. Falando suavemente, ela confessou só ter tido tempo de escrever suas anotações da semana anterior depois de cinco dias de nossa sessão, não as tinha datilografado ainda, e há a possibilidade de tê-las perdido. Senti que aquilo era terrivelmente importante e que precisaríamos passar bastante tempo explorando o assunto. Ela se recusou a mudar de atitude. Disse que não fazia a menor ideia do que se tratava quando expus a questão. Fui ficando cada vez mais enérgico, afirmando, por exemplo, que é altamente improvável que ela de repente se esqueça de seu dever; por que agora se passam cinco dias entre a consulta e suas anotações sobre ela, enquanto anteriormente ela as escrevia no dia seguinte? Quando me respondeu que era preguiçosa, pressionei ainda mais e perguntei por que estava preguiçosa *agora*. Mas não obtive resposta. Tive certeza de que ela não seria capaz de falar sobre mais nada. Ela titubeou tentando encontrar outras questões, sem sucesso. Bem no início da sessão, ela mencionou que havia discutido com Karl sobre psiquiatras, já que ele acha que esses profissionais são na verdade desnecessários e inúteis. Eu me perguntei se ela estaria achando que precisaria escolher entre Karl e mim. Isso tampouco nos levou a algum lugar. Um pouco impaciente com ela, deixei-a chafurdar no próprio desamparo por alguns minutos.

Talvez o ponto decisivo, analisando retrospectivamente, tenha surgido quando eu disse enigmaticamente: “Afinal, não existe mágica”. Ginny perguntou o que eu queria dizer, mas eu sabia que ela tinha entendido, e ela concordou, apesar de ter feito a pergunta. Eu quis dizer que não havia mágica, afinal de contas, no fato de eu a ter retirado do grupo e consultá-la individualmente, que nada iria acontecer até que ela fizesse com que algo acontecesse. Ela se sentiu alarmada com isso e perguntou se eu a tinha retirado do grupo de propósito, a fim de lhe mostrar que não havia esperança para ela fora de si mesma. Eu lhe assegurei, é claro, que não se tratava disso, mas que de fato não há esperança para ela, a menos que faça um esforço a partir de seu interior.

Durante o restante da consulta, tentei pressioná-la mais e mais para uma discussão sobre mim e ela. A certa altura, ela disse que eu parecia um personagem que vira recentemente num filme — um velho libertino. Quando lhe perguntei sobre os sentimentos sexuais que ela poderia ter por mim, não obtive qualquer pista. Comecei então a questionar como ela queria que eu a visse, até que ponto tinha que proteger suas declarações por conta de como esperava que eu as interpretasse. Ginny afirmou que só queria que eu soubesse que ela estava tentando ficar bem. Mas não estaria ela decepcionando a nós dois de qualquer forma, considerando que admitia não se empenhar em grande parte do tempo?

Só mais tarde, na sessão, ela conseguiu falar sobre o fato de querer ser uma mulher aos meus olhos (já que se sentia como uma criança), que queria parecer atraente para mim, ainda que estivesse vestindo jeans hoje, porque não estava se sentindo muito bem na noite anterior e queria dormir no ônibus. (Estava com enxaqueca na véspera, pela segunda vez, um pouco antes de me encontrar.) Fui bem áspero com ela hoje. Por exemplo, deixei claro que, embora dissesse querer me agradar, deliberadamente ela fazia algo destinado a me desagradar, ou seja, não levar o material escrito. Mais uma vez, salientei, e desta vez ela pareceu entender, que havia algo por trás do fato de não haver escrito, o que estava provavelmente associado aos sentimentos em relação a mim; era surpreendente que, ao mesmo tempo, ela parasse de escrever e também parasse de falar nas sessões. Decidi ajudá-la também em seu exame da realidade, destacando que a redação do resumo da consulta anterior não era algo opcional — fazia parte do contrato adulto (embora não tenha usado esta palavra) que ela fizera. O que não foi revelado foi a ameaça implícita, e estou sendo perfeitamente honesto quanto a isso, de que não continuaria consultando-a se ela não mantivesse sua parte do acordo. Ela pareceu um tanto reprimida com isso, disse que se sentia como uma jovem aluna diante de um professor substituto.

Mais tarde, ao discutirmos sua atratividade como mulher, ela exprimiu alguns sentimentos ruins sobre seu corpo, especialmente sobre seus grandes lábios vaginais alongados, que fazem com que ela se sinta feia e diferente. Suspeito que seja o sentimento análogo dos homens que acham que seu pênis é muito pequeno. Considerando que ela, na verdade, nunca comparou esta parte de seu corpo com ninguém e usa isso secretamente para alimentar a imagem negativa que tem de si mesma, eu lhe perguntei de brincadeira com quem ela tinha feito tal exame comparativo.

Em seguida, perguntei se achava que agora estava me agradando mais. Ela disse que sim. Perguntei quando havia começado. Ela começou a chorar, exprimindo através das lágrimas que era como se tivesse que falar sobre partes desagradáveis de si mesma para agradar a mim e a si mesma. Não era desse modo que eu me sentia, e lhe disse isso. Gosto quando ela é simplesmente mais honesta com seus sentimentos e quando para de resistir e negar as questões. Faz pouca diferença para mim se são ou não assuntos intrinsecamente agradáveis, desde que ela seja honesta. Ela pareceu ouvir isso, e terminamos num clima mais amigável e harmonioso, acho, embora a sessão tenha sido inquietante para ela. Tentei tranquilizá-la um pouco lembrando-lhe que na quarta-feira seguinte era véspera do Dia de Ação de Graças, mas eu estaria lá, caso ela planejasse aparecer. Imagino que o que eu estava de fato dizendo era: "Eu me preocupo com você e estarei aqui, apesar de ser praticamente feriado".

19 de novembro
GINNY

Quando estava indo de ônibus, eu disse "desconcentrada", e essa palavra se tornou a palavra-chave para a manhã. Durante três quartos da sessão, foi assim que me senti. Para não parecer estúpida ou entediante, tive de me concentrar naquilo que eu estava fazendo. Apesar de você estar vendo isso simultaneamente, tenho que dizer coisas como "estou conversando com minhas unhas, resmungando". Tenho que dizer as coisas dentro de mim, primeiro. Como se compartilhasse a observação com você para não deixá-lo totalmente por fora. A parte de mim que eu trouxe para você não comove profundamente, apesar de eu poder resmungar sobre isso durante quarenta minutos. É como ir ao jardim zoológico e olhar para um animal, mas na verdade só se concentrar na jaula. Não se pode considerar o animal pela jaula.

Quanto a lhe dizer que você parece Don Lopez, de *Tristana*, eu contei isso para Karl, primeiro como uma espécie de piada sobre você. Divertindo-me à sua custa. Mas não era realmente algo negativo, a meu ver. Gostaria de poder induzir um sonho assim, no qual conseguisse desempenhar um papel ativo.

Comecei me sentindo verdadeira na sessão, quando falei que estava triste porque sabia que estava decepcionando você. Nunca senti isso no grupo, já que não achava que você estivesse esperando algo em particular. Havia tantos rostos mudos... Você parecia mais imaginário do que agora. Então comecei a falar, dizendo coisas que podiam ser colocadas na "categoria sexual" ou de "coisas ruins". Mas, enquanto as dizia, percebi que estava protegida dentro dessa embalagem, das minhas meias, desse sorriso de garotinha. Acho que, sempre que eu sentia essa presença dentro de mim, começava a chorar. Sinto como se estivesse arrastando essa criança deplorável, mas real, dentro de mim. E a questão mais importante foi quando me perguntou: "Você pensa em si mesma como uma mulher?" Eu sabia: "Não, não". É por isso que há sempre uma certa quantidade de combatividade e flerte, mas se trata principalmente de eu flertar com uma identidade feminina. Não posso de fato ser deflorada. Não se trata de uma mulher seduzida por um homem. A proprietária e eu, em nossas brigas, não somos duas mulheres. É uma velha excêntrica e uma garotinha que fez algo errado e quer ficar do lado certo da vida.

Então você perguntou: "Você me agradou?" Eu sabia, mas, quando você começou a analisar, isso trouxe de volta outra parte de mim, aquele semelhante irreal que preciso ser. Só quero ser protegida e acalentada por você. Acho que saí dos eixos. Foi nesse ponto que eu concordei com as categorias. Detesto olhar para trás desse modo, e sempre faço isso. Você exige isso. Você me induz a analisar as sensações, enquanto eu só quero tê-las. Mas antes, enquanto eu estava falando, tive sentimentos prazerosos. Um alívio em falar, não tendo que manter certa aparência. É claro, meu agente melodramático e sarcástico estava me colocando de lado, com o título "Esquisita" — de certa forma para me atrair para fora de minhas emoções e mudar de assunto.

Então eu falei: "Vão ser tão horríveis esses pensamentos que vão sair..." Não quis dizer que estava tentando pacificar e concordar com a parte sarcástica. Na verdade, sentia-me grata. O que eu estava contando não pareciam fatos, apenas emoções.

Senti também uma progressão. Como se eu não quisesse recomeçar do início na sessão seguinte. Tampouco queria terminar a consulta.

Aquele sonho da carne arrancada foi um dos raros sonhos sexuais nos quais a carne estava realmente envolvida. As pessoas ao meu redor, que estavam arrancando minha pele, eram médicos. Eu me concentrei na sessão durante quarenta minutos, quando me sentei no gramado e escrevi isto. Mas depois fiz coisas práticas que achei que podiam me ajudar. Tive consciência dos pensamentos prazerosos nesta semana, momentos com Karl que pareciam verdadeiros, sem lágrimas. Da mesma forma, estava ciente daquele sentimento que não é um sentimento, e sim uma suspensão. Como antes, sei que tenho que escrever e não o faço; antes que perceba, tenho que datilografar isso e não o faço; antes que perceba, devia estar pensando nisso, mas não estou. Sei que uma grande parte de mim se consome, se contendo. Exatamente como faço nas sessões, uma réplica imperfeita da vida.

25 de novembro
DR. YALOM

Um encontro fluido e íntimo com Ginny hoje. Deveria ter sido ruim, mas trabalhei arduamente e bem, e Ginny ficou disposta a se expandir. Uma enxaqueca, ela diz; começou ontem. Mais uma, digo. Acho que várias acontecem no dia que antecede nossa sessão. Pergunto sobre isso — delicadamente, é claro. Ela banca a ingênua. Pergunto novamente, diversas vezes. Ela se mantém elusiva; não sabe o que quero dizer. Sem usar o pronome "você", responde a cada uma de minhas perguntas relacionadas a seus sentimentos sobre me ver. Isso me convence ainda mais de que ela está me evitando. Fico surpreso. Nós nos conhecemos tão bem; agora, já faz dois anos, e me surpreende redescobrir que ela ainda não consegue falar sobre mim, e chega mesmo a se esquivar de pensar em mim. Ela explica que, se falar sobre mim, isso tornará ainda mais difícil para ela se relacionar com Karl. *Isso é incrível*, penso, e o digo, como se dando voz aos meus pensamentos eles se tornassem realidade. Ela concorda e fala um pouco mais. Comento abruptamente sua incapacidade de se dirigir a mim usando "você" e questiono meu papel em suas fantasias. Neste ponto, ela se expande um pouco e abre delicadamente a porta. Revela que tem tido uma fantasia em que escreve uma história, ganha 300 dólares por ela e me compra um presente. Perguntando que presente era esse, tento fazer com que adentre mais na fantasia. Não consegue se lembrar. Pergunto por que ela quer me dar um presente. Ela diz que é para retribuir a fé que deposito nela. Consequentemente, isso teria que ser feito escrevendo uma história. Eu me pergunto o que mais significa para ela me dar um presente.

Neste ponto, estou recatadamente convidando-a a falar algo agradável. Ela não consegue. Diz que isso faz com que se lembre de ter dado um presente a um professor, mas geralmente só se presenteia o professor no fim do semestre. Crio coragem e pergunto: "Não é possível dar um presente a um professor porque você gosta dele?" Àquela altura, ela faz a associação e diz, de modo desconcertante: "Ora, você sabe que gosto de você". Mantenho a compostura: "Agora você diz isso com tanta facilidade!" Lembro-lhe de que ela tem se esquivado de admitir isso desde que nos conhecemos. Além disso, gostar não é algo unidimensional — gostar de mim deve ter uma quantidade considerável de facetas, e ainda assim ela não é capaz de exprimir nenhuma delas. Ela escuta. Abre-se um pouco mais e fala sobre como gostava de mim no ano passado, quando eu orientava o grupo, e sobre como, silenciosamente, torcia por mim, se eu tivesse que dizer algo que ajudasse algum dos pacientes. Só que este ano é diferente, porque ela é a paciente; é difícil ser o objeto e o observador ao mesmo tempo. Silêncio. Pergunto-lhe por onde andam seus pensamentos. Ela se retrai e diz que tinha começado a pensar sobre seu ex-namorado, Pete. Eu deixo que prossiga.

Conversamos sobre Pete, e ela me contou que ele lhe telefonou minutos antes de Karl chegar em casa, que ela disse que precisava desligar, mas que se sentiu culpada por isso e ligou para ele vinte minutos depois. Ficou obcecada com todas as coisas ruins que fizera. Examinei cada uma dessas coisas ruins, como já fiz era antes com outros eventos, sublinhando em cada oportunidade o fato de ela analisar tudo excessivamente. Por que não conseguia parar algumas vezes com um bom e puro sentimento ou senso de altruísmo, sem ficar sempre transformando-o em vício? Na verdade, ela se preocupava com Pete, deu-lhe o que foi possível e ficou feliz no dia seguinte, quando descobriu que ele arranjara uma nova namorada. Em todas as situações, ela vira as coisas contra si mesma, dizendo que não se preocupa o *bastante* ou que não se entregou o *bastante*, ou que foi em seu próprio interesse que tentou fazer algo de bom para ele. O alquimista autodestrutivo dentro dela transforma tudo de bom em ruim. Tentei salientar que ela tem sido magnânima em seus sentimentos em relação a ele, mas tropecei, como sempre faço, na palavra "magnânima"! Ela reagiu tropeçando na palavra "fecunda", que foi a última coisa que disse: "Esta será uma semana fecunda". Nós avançamos hoje, como sempre acontece quando consigo fazer com que se abra ao falar de seus sentimentos em relação a mim.

25 de novembro
GINNY

O problema com a enxaqueca é que você não pode deixar que nada perturbe seu equilíbrio. Esta é a postura que tenho adotado nas sessões. Por dentro, eu acho que quero ser radicalmente transformada — nenhum vestígio, fragmento ou sorriso pode sobrar. Assim, quando você tenta salvar alguns de meus modos de fazer as coisas, mostrando que não são todos assim tão ruins, isso é um pouco reconfortante. Mas o que sobra não significa muito. Sinto-me sarcástica em relação ao seu elogio.

Quando eu era religiosa, Deus era uma espécie de catalisador entre mim e minhas relações com o mundo. Eu desistia de muita coisa para tudo dar certo no mundo exterior. Dessa maneira, negociei anos de vida, disse que não me importaria se nunca arrumasse um namorado e nunca me casasse, desde que meus pais continuassem vivos. Eu, de minha parte, nunca fui tão boa quanto prometia, mas nos vagos intercâmbios entre mim e Deus as coisas funcionavam do lado Dele, enquanto eu ficava devendo.

Eu faria qualquer coisa só para me manter em um relacionamento — embora eu possa ficar totalmente camuflada, de maneira que a outra pessoa não saiba que estou ali.

É isso que farei com você, acho. Tentarei ficar à altura, mas não quero perturbar você ou a mim. E sei que não devo entreter você — então, em algum ponto intermediário, eu me estabeleço. Sou uma espécie de apoio para a exibição; não estou aqui para destruí-la ou acabar com ela.

Quando falei sobre Pete e você perguntou: "Por que você tem sempre que levar para o lado negativo?", foi como dizer que uma pessoa seria linda se seu nariz fosse alguns centímetros menor. Se eu tentasse parar deliberadamente após uma simples reflexão, antes que as coisas se tornassem fétidas e pesadas, eu teria consciência do que estava fazendo. Círculos viciosos são o encadeamento natural de meus pensamentos.

Sei que quero atenção demais e em tempo integral. Mas apenas uma proximidade física, não uma atenção muito profunda.

Agora, fico na defensiva nas sessões. Sei que você quer que eu sonde meus sentimentos em relação a você, e como eles não borbulham, simplesmente, para fora de minha boca e de minha mente, sinto-me ingênua procurando-os. Sempre fui honesta, eu refleti, dizendo o que penso, mas tudo o que tenho sido de fato é a parte superior de uma flor, e nunca rastejei pela terra e expus as raízes. Minha sinceridade é considerável e provavelmente superficial.

Sinto que em relação a tudo devo me reter, e quando o faço, à medida que eu e minhas emoções sumimos de vista (inevitavelmente, é assim que acaba), sou a primeira a me censurar.

E existem tantas palavras de censura... observo minhas ações e as justifico. Vejo que não sou recompensada. E isso é certo.

Essas palavras não pertencem a qualquer incidente particular. São apenas uma visão à qual estou presa. É por isso que, às vezes, não consigo me concentrar em incidentes particulares.

2 de dezembro
DR. YALOM

Eu me senti bem-disposto hoje, ávido por ver Ginny, ávido por falar com ela. Ao entrar, ela me entregou o que havia escrito sobre a última sessão. Colocando os papéis sobre a mesa, percebi seus olhos me observando. Parecia que ela estava sentindo alguma coisa, e eu lhe disse: "Vá em frente e diga". Ela não conseguiu. Falou que não era nada. Então, me disse que tinha acabado de reescrever o relatório pela manhã, porque estava tudo espalhado em pedaços de papel. Perguntei-lhe quanto tempo levara para escrever. Mais ou menos meia hora, ela respondeu, mas em seguida acrescentou rapidamente: "É o tempo máximo que consigo dedicar a qualquer coisa". Indaguei se aquilo era uma desculpa. Ela negou, dizendo que nunca passa mais tempo do que isso escrevendo qualquer coisa, que nunca pensa sobre o que escreve, que as palavras simplesmente fluem para fora dela.

Início oficial da sessão. Uma queixa. As coisas não estão indo bem com Karl, sexualmente. Em seguida, ela acrescentou outra mágoa — as coisas estavam assim desde que eu lhe dera aqueles comprimidos. Ela não elaborou mais do que isso. Tive a impressão de perceber uma acusação não muito dissimulada contra mim em suas palavras, mas nenhum outro vestígio disso voltou a aparecer no decorrer da sessão.

Ela tinha escrito bastante no dia anterior: duas horas compactas de trabalho, produzindo dez páginas, mas então começou a se sentir muito mal e piegas até o fim do dia. Passei um tempo tentando investigar aquela declaração, imaginando se poderíamos reexaminar racionalmente seus sentimentos. Ela logo pôde ver a falsidade de seu julgamento de valor. Perguntei o que ela queria dizer com "piegas". Minha teoria era de que ela passava pelo menos o resto do dia gerando ideias para escrever na manhã seguinte, de modo que tudo o que fizesse no restante do dia poderia ser interpretado como útil. Ela não quis aceitar isso, insistindo que as manhãs e as tardes são compartimentos completamente separados — nada alimenta a manhã seguinte, exceto um sonho ocasional. Ah, sim, tinha sonhado com uma mulher enorme de seios imensos e um grande pênis, e ela estava deitada em cima dessa mulher, o que a assustou um bocado. Esse sonho já foi mencionado algumas vezes. Ela quis que trabalhássemos nele, eu recusei. Se eu cair no mundo fantasmagórico e onírico de Ginny, vou perder contato com a pessoa de carne e osso, e ambos perderemos o contato com o que está acontecendo entre nós dois, e é desta linha do que se passa entre nós que, a meu ver, tudo depende. Então não mordi a isca do sonho; em vez disso, retornei à sua impressão de pieguice. A partir daí, seguimos por incessantes ciclos de sua tristeza, de sua sensação de que ela decepciona todo mundo, de que nada em si mesma tem valor. Logo fica claro, conforme já disse várias vezes, que todas suas experiências são filtradas através de um fundo musical de autorreprovação com seu refrão constante: "Eu não valho nada, eu não mereço nada, sou ruim".

Tento outra tática razoável. Como, pergunto, tantas pessoas gostam de você, tantas pessoas veem valor em você? Será que o julgamento que fazem de você é melhor do que o seu? Ela não responde, mas sei o que está pensando. "Elas não me conhecem realmente; ninguém consegue perceber o vazio dentro de mim." Ela fala de sua incapacidade de dar continuidade a qualquer coisa. Por exemplo, não fez muito esforço para ingressar no grupo, mas se manteve passiva dentro dele durante um ano inteiro. Ela apenas finge viver e dar. Faz o mesmo com Karl. Pergunto em voz alta por que Karl quer passar a vida com ela. Sabotando a si mesma de novo, ela alega que faz tudo para lhe agradar.

Então lhe faço a pergunta tendenciosa: "Por que você está aqui? Por que continuo as consultas com você?" Ela parece perturbada e, à beira das lágrimas, diz que não sabe, que não é capaz de me oferecer nada, que deseja desesperadamente conseguir sair melhor dali, não mais angustiada e sem esperança. Não sabe como fazer isso. Quero lhe dizer que, obviamente, continuo a atendê-la porque vejo algo de valor nela. Não digo isso de forma explícita; a mensagem é transmitida implicitamente. Ela diz que mal consegue olhar pra mim. Peço que faça isso, e ela obedece, e de repente percebo que ela nunca olhara para mim fixamente; então, olhamo-nos nos olhos por alguns momentos na sessão de hoje.

Ela diz subitamente que começou a se sentir tonta, enjoada e muito tensa; começa a choramingar. Tento descobrir o que está por trás daquele lamento. Ela só consegue dizer que não merece receber qualquer tipo de afeto de mim, e ainda assim se sente no limiar de receber este afeto. Ela precisa fazer algo primeiro, para merecê-lo. O que ela tem que pode me oferecer? Se eu quisesse que ela fizesse a faxina no meu consultório, ela o faria. (Recordo como me falou animadamente sobre uma série de romances de Anthony Powell, um escritor inglês, e como timidamente ela tentou sugerir que tinha certeza de que eu gostaria deles.) Comentei outra vez sobre seus sentimentos sombrios e de desmerecimento. Eu colo o rótulo de mito e me pergunto onde o mito surgiu. Ela diz que a escuridão e o infortúnio são inferiores ao vazio. Digo-lhe que ela mal é capaz de me olhar nos olhos sem se sentir tomada de sentimento; portanto, o vazio é também um mito. Espero que seja verdade. Talvez eu não esteja dando a seu sentimento profundo de vazio esquizoide o que ele merece. E, ainda assim, não quero dar atenção a isso nesse instante porque ela está muito emotiva, e prefiro trabalhar nesse nível. Ela chora quando digo isso. Asseguro-lhe que estamos juntos para o que der e vier e que examinarei isso com ela. Tentando deturpar minha pergunta, ela começa a falar sobre o sonho. Trago-a de volta, dizendo que eu acho que o sonho deve ser sobre mim, eu sou um adulto com seios e um pênis. Ela então me associa à sua terapeuta no Leste, que tem seios grandes.

Quase no fim da sessão, ela sente o começo de uma enxaqueca. Diz que estava muito orgulhosa por não ter sentido dor de cabeça antes de vir me ver esta semana, mas o período de risco ainda não acabou. Dedico os três últimos minutos a algumas técnicas de relaxamento, começando pelos dedos dos pés, com a importante sugestão de que deixe suas órbitas oculares por trás das pálpebras, já que ela reclama que elas parecem se projetar para fora do crânio. Os exercícios de relaxamento parecem ter sido úteis.

Ginny sai se sentindo bem melhor, e, ironicamente, parou de chover. Choveu na maior parte da sessão em ambos os lados da janela. Ginny diz que é como se estivesse bebendo alguma coisa que engorda e de repente se sentisse cheia. Talvez isso seja verdade. Penso em madame Sechehaye* e na realização simbólica. Está tudo bem. Posso trabalhar com isso também.

2 de dezembro
GINNY

Quando cheguei, após a semana de proficiência às avessas, eu não esperava nada, provavelmente só confessar isso.

Logo que comecei a chorar, foi por causa da tensão e da frustração. Mas, pelo menos por uma vez, não ficou só nisso. Chegou mesmo a pular imediatamente para se soltar, como ocorre algumas vezes. Ontem você rompeu o círculo. Como se me guiasse para fora. Senti que, se um dia eu voltar para dentro, não vendo e esperando, fingindo que não há nada em minha mente a não ser chuvisco, simplesmente agirei de modo recatado.

As coisas pareciam mudar. Dei novos passos. Tenho me recusado a responder a suas repetidas perguntas: "O que eu significo para você?", porque só poderia responder com palavras. Porque insisti em me restringir às palavras. Algo tipo um formulário de respostas breves.

Mesmo no fim, quando você me disse para fechar os olhos e relaxar, em outras ocasiões eu teria ficado impaciente com a passagem do tempo, achando que não funcionaria. Mas algo estava acontecendo. Não tive mais enxaqueca naquele momento nem no resto do dia.

Quando me preparei para partir e o sol realmente começava a brilhar, como se estivéssemos num filme de suspense psicológico de Hollywood, eu disse: "Pois é, mas vai chover de novo". Uma reação embotada, eu percebi, uma resposta leviana, mas não tive que me flagelar por ter dado a resposta errada e, de algum modo, fracassado. Encarei-a como o hábito

---

* Sechehaye, M. *Symbolic Realization.* Nova York: International Press, 1951. (N. do A.)

sarcástico que é. Mas, como me sentia diferente por dentro, pude acalmar o resmungo. Não me senti como um armazém repleto de ecos, como de costume.

Durante toda a sessão, parecia que eu estava tentando voltar à pista antiga, envolver-nos nos velhos hábitos de frases ambíguas. E você continuou me trazendo de volta.

Da mesma forma, eu estava consciente, exceto ao fim, de que só havia eu e você ali, sem temer que o que eu estava fazendo prejudicasse outras pessoas — Karl, meus pais, meus amigos.

Quando fiquei tonta e enjoada, consegui suportar. Não pensei imediatamente em beber três copos de água morna com sal e provocar meu vômito com o polegar. Tentei sentir algumas das sensações no outro lado do enjoo, que não são simplesmente medo, mas sentimentos prazerosos.

Sinto-me um pouco tonta, consciente agora de que, quando falo com as pessoas, não estabeleço contato. Com todo mundo, eu provavelmente não tenho que encarar um procedimento como o de ontem, mas me pergunto por que com algumas pessoas decido me esconder.

Quando você disse que eu estava formigando de emoções, inundada por elas, foi muito legal. Pelo restante do dia, fiquei consciente de mais sentimentos e tristezas. Mas tudo foi mais fácil. Não me senti obstruída por indecisões. Senti-me mais clara. Embora no resto da semana eu tenha regredido e recaído.

9 de dezembro
DR. YALOM

Ginny está em ebulição hoje. Ela usou essa palavra para descrever algo que tinha escrito — uma palavra que não uso há anos — e que foi certo para ela, hoje. Estava entusiasmada, otimista, de algum modo mudada pela sessão da semana passada. Chegou dizendo que realmente desejava que não tivéssemos que nos encontrar por mais alguns dias, porque não se sentia "pronta". Isso significava que ela tinha muitas expectativas para a sessão de hoje, mas não pude ver como conseguiria se encaixar no estado de espírito adequado. Ela não tinha certeza de poder fazer isso hoje. Tive de lhe perguntar a que se referia o "isso". Há tanta coisa acontecendo comigo nesta semana; a última sessão ainda ficou um pouco incompleta. De qualquer maneira, em um ou dois minutos, de repente, irrompeu na minha mente, e me lembrei de tudo que acontecera. Ela disse que "isso" exprimia claramente seus sentimentos. De modo pouco criativo, mas obstinado, sugeri que o "isso" estava exprimindo especialmente seus sentimentos sobre mim.

Ela disse que sua razão para não estar pronta era que tivera que preparar uma festa-surpresa para o aniversário de Karl, o que consumiu um bocado de energia. Essa explicação me convenceu ainda mais de que, em determinado nível, ela estava me opondo a Karl, que ela só poderia se dedicar ou a ele ou a mim. Era como se ela dispusesse somente de uma quantidade limitada de amor e afeto, e o que dava a um era retirado do outro. Quando lhe disse isso, ela observou que, quando voltou da sessão da semana passada, disse a Karl que eu falara que ela estava formigando de emoções. Ele tinha zombado daquilo e a abraçado de um modo brincalhão e divertido. Isso foi algo curioso, porque não acho que tenha usado a palavra "formigando" — não faz parte de meu vocabulário. Ginny também estava um pouco confusa e então mudou o assunto para o sexo e a sua atual incapacidade de alcançar o orgasmo com Karl. Ela me interrompeu repentinamente e disse que eu não estava mais interessado no que ela estava dizendo. Trata-se de um comentário inteiramente novo de sua parte. Ela raramente, provavelmente nunca, tinha dito algo assim. Quis encorajá-la a me criticar e lidar comigo de modo direto, mas ao mesmo tempo disse a ela que estava enganada, porque, na verdade, eu estava ouvindo com grande interesse. De fato, eu estava prestes a lhe perguntar o que Karl poderia fazer para ajudá-la a atingir o orgasmo e o que a impedia de falar sobre isso. Especificamente, eu estava indagando por que ela não permitia que ele a masturbasse. Então disse as duas coisas: assegurei-lhe que ela me interpretara mal e deixei implícito que estava feliz que ela tivesse apresentado a questão. No final da sessão, eu disse isso de maneira mais clara.

Teria de algum modo bisbilhotado sua vida sexual? Ela respondeu dizendo que se sentiu muito otimista no dia que se seguiu à nossa sessão, mas esse sentimento desapareceu gradualmente, e ela teve enxaqueca na noite seguinte. Comentei que ela tinha fugido de minha pergunta e a formulei novamente. Ela me contou um sonho recente no qual ela e o sr. Light ficavam olhando nos olhos um do outro por um longo tempo. Sr. Light era um antigo professor que a encorajara em seus escritos e aparentemente se apaixonara por ela. Na última vez que se encontraram, ele enfiou a mão sob seu minúsculo sutiã. Um mês depois, foi visitá-la e à sua família, e ela passou o dia na praia com ele, mas os dois não fizeram amor, principalmente por falta de oportunidade. Mais tarde, ele lhe escreveu dizendo que estava pensando em largar a esposa por ela. Pedi alguma associação com o sr. Light e ela só conseguiu produzir uma: "Eu lhe mostrarei a luz [light, em inglês]". Achei que estava claro que o sr. Light, de algum modo, me representava — não apenas por eu lhe mostrar a luz, mas também pelo fato de ela e eu termos nos olhado nos olhos na última sessão muito mais do que antes. Ela então se lembrou de outro fragmento de um sonho com um caubói durão, não Karl, e sim um namorado que lhe fazia lembrar Karl, puxando-a pelo braço para fugir com ela. Com certeza ela ficou envergonhada quando me contou a história sobre o sr. Light, e eu quis saber o motivo. Ela disse que foi porque estava mexendo de modo despreocupado e irreverente em algo que já tinha sido muito sério. Minha suspeita é que ela tinha se sentido constrangida porque estava indiretamente falando sobre mim. Perguntei-lhe se o exercício de relaxamento que lhe passei no fim da sessão foi um tipo de experiência sexual. Ela disse que não, mas que realmente fez com que se sentisse bem, e que ficou contente por aquilo. Após essa sessão, ela fora até o banheiro e deitara num sofá para relaxar um pouco mais. Disse que havia tentado vários exercícios de relaxamento em grupos de encontro, sempre com pouco sucesso, então tivera uma impressão negativa quando eu comecei. Mas deu certo, porque ela não sofreu enxaqueca naquele dia.

Continuei abordando o sr. Light e perguntei-lhe se a ideia de eu largar minha esposa lhe ocorrera. Ela disse que vira minha esposa e que ela não parecia tão diferente da própria Ginny, simplesmente uma mulher mais bem-integrada. Minha esposa e eu parecemos ser a pessoa certa um para o outro, e ela desconfia que uma separação não seria provável. A esposa do sr. Light, contudo, era um tipo de mulher diferente, fora dos padrões estéticos, nada intelectualizada, portanto Ginny representava algo realmente diferente para ele.

Observei que hoje eu estava dizendo muitas coisas que não costumava dizer. Ela perguntou se eram autênticas — ou eu estava apenas testando-a de algum modo? Contei-lhe a verdade: eu estava dizendo coisas de maneira menos censurada do que costumo fazer. Podia dizer praticamente a primeira coisa que me viesse à cabeça, como qual era meu papel em sua vida sexual e o que ela pensava sobre mim e minha esposa, porque eu a estava sentindo muito mais aberta, receptiva e destemida ao olhar para mim. (Hoje continuamos olhando um para o outro por mais tempo do que fazíamos no passado.)

Durante a sessão, ela recitou alguns versos de suas poesias, especialmente de um poema satírico escrito em resposta a um discurso feito por uma mulher partidária da liberação feminina. Alguns dos versos mais engenhosos divertiram-me um bocado, como: "Você quer que caminhemos com os peitos desfraldados?" Mas então ela começou a se castigar por ter escrito isso, considerando o conteúdo baixo e frívolo. Perguntei-lhe se não havia um termo descritivo mais generoso, e ela propôs irônico e mordaz. É raro que ela seja irônica; acha que é quase impossível exprimir sentimentos de desacordo ou raiva sem uma autopunição subsequente. Acha que não tem o direito de criticar; na verdade, ela não se permite quaisquer direitos que sejam, e há ainda uma parte importante dela agindo como uma garotinha, e que precisa manter reprimida qualquer parte de si mesma que represente um considerável reservatório de raiva.

Acho que ela saiu da sessão um tanto desapontada por conta das expectativas irrealisticamente altas. Quando nossa hora já se esgotava, senti um tipo diferente de emoção se instalando em mim, e meu pressentimento foi de que o otimismo elevado será refreado e ela ficará um pouco deprimida à medida que reconhecer alguns dos sentimentos irreais em relação a mim. Isso não quer dizer que não me sinta bem em relação a Ginny e que não estejamos avançando, mas estou consciente de que uma parte extraordinária e bastante poderosa de sentimento que não tem nada a ver comigo nem com nosso relacionamento, e sim com os fantasmas do passado, tem sido dedicada a mim.

9 de dezembro
GINNY

Acho que eu estava tentando entreter você. Queria ir mais fundo do que na semana passada, mas quando cheguei, não tive vontade. Queria apenas que nos divertíssemos.

Tudo que aconteceu na semana passada, porém, não se desgastou, já que eu estava mais ciente de nossa troca de olhares, pelo menos. Procurei seguir essa tendência.

Se você tivesse me repreendido ou dito: "Que jogo é esse que você está propondo esta semana?", eu teria mudado. Em vez disso, você não pareceu se importar (que eu fosse a garçonete e você, o cliente).

Fizemos um bom trabalho analisando alguém cujos motivos estavam lá, mas não as emoções.

Não me sinto mal. Eu disse quase tudo o que havia acontecido comigo e era importante, mas sem um "centro motriz" de uma necessidade de mudar.

Não percebi nenhum dos paralelos com o sr. Light, até que você me fez vê-los. De certo modo, aquele sonho estava mostrando e experimentando a falta de significado e o prazer no meu pequeno relacionamento com ele, e o fato de ter lhe contado enfatiza o lado absurdo. Talvez tenha lhe contado o sonho para lhe mostrar o lado irônico e absurdo de eu olhar você nos olhos. Para colocar a última sessão em sua ridícula perspectiva (com o cimento do sarcasmo).

Na verdade, a sessão me mostrou no meu estado mais puro, como sou todos os dias. Todas as coisas que eu quero mudar. As imagens sarcásticas, irrefletidas, anedóticas e de passatempo. Sinto raiva retrospectivamente por ter suportado e me divertido tanto com este lado superficial. A vingança é que não há nada para escrever neste relatório, porque não houve revelações. (Exceto talvez a ideia intelectual de que haja um paralelo entre você e o sr. Light e, depois, a perda permanente de não o ter explorado durante a sessão; apenas lhe dei um nome e revisei velhas histórias do meu passado compulsivo.) Pois eu estava falando bem longe de quaisquer sentidos emocionais. Sem consequência.

Capítulo 2

Uma longa primavera (6 de janeiro — 18 de maio)

6 de janeiro
DR. YALOM

Revivendo. Nós nos viramos para o passado. Três semanas atrás, Ginny me ligou dizendo que decidira, de repente, ir passar o Natal em casa, já que Karl e todos os seus outros amigos sairiam da cidade e ela não podia suportar a ideia de ficar aqui sozinha. Quando ela descreveu sua visita à Costa Leste, pareceu uma viagem rumo à culpa. Começou dizendo que deveria ter ficado lá mais tempo, que permaneceu apenas 13 dias, que não havia sido justa com sua mãe e seu pai, porque passara somente três dias com eles e o resto do tempo com os amigos, e não havia sido suficientemente sensível às carências de seus pais. No dia de Natal, a mãe se levantou e foi à praia, onde ficou durante três horas, sozinha, chateada. Ginny perguntou ao pai onde sua mãe estava, e completou: "Qual é o problema com a mamãe — está louca, indo à praia num dia como este?" Imediatamente a irmã de Ginny a atacou por sua falta de consideração ao dizer aquilo.

Num período de cinco a dez minutos, enquanto Ginny descrevia sua casa, me ocorreu, de repente, uma perspectiva inteiramente nova sobre a criação dela. De várias maneiras, eu pressentia que sua mãe fosse como uma máquina de induzir culpas. Quando exprimi de modo bastante franco alguns desses pensamentos para ela, Ginny logo se apressou em defender a mãe: ela fora à praia "para experimentar algumas de suas emoções mais tempestuosas". Ginny tentou então passar o ônus da culpa para sua avó, matriarcal e dominadora. Concordei que a intenção de sua mãe não era criar culpas, mas, mesmo assim, era isso que acontecia. Ginny continuou considerando como era terrível para sua mãe, pois suas duas filhas a estavam deixando. Sugeri que a missão de uma mãe é preparar seus filhos para serem capazes de sair de casa, mas Ginny descartou esse argumento com certa impaciência.

Em seguida, ela falou (no meu idioma) sobre sua incapacidade de diferenciar os limites de seu ego dos de sua mãe. Disse que sua terapeuta em Nova York ficava sempre chocada com o fato de ela e a mãe usarem o banheiro ao mesmo tempo. Ela queria que sua mãe visse seus sutiãs, queria lhe mostrar sua silhueta e lhe dizer como ela também estava engordando e ficando com o mesmo tipo de corpo de sua progenitora. E defendeu-a dizendo que ela tornara possível para Ginny se transferir para uma faculdade de primeira categoria, em vez de permanecer na segurança de sua terra natal. Lembrei-lhe, embora soubesse que não faria efeito, que as coisas são muito mais sutis do que isso, que sua mãe provavelmente tem sentimentos muito confusos em relação à sua partida e lhe passa duas mensagens conflituosas ao mesmo tempo (sempre o mesmo dilema — forma clássica).

E então conversamos sobre essas coisas, embora eu suspeite que sem muito benefício para Ginny. (Eu insisti porque era elucidativo para mim; obtive uma visão muito mais clara de Ginny dentro do contexto de sua família.) Ela quer muito que as coisas sejam diferentes, tinha muitas esperanças ao ir para casa e de fato passar para outro estágio. Mas o que ela realmente quer? Voltar para uma infância confortável, afetuosa e idílica que, na realidade, jamais existiu. Ou pelo menos eu acho que nunca existiu. É surpreendente como a pequena Ginny e eu temos conversado sobre a infância. Tomo muito cuidado para não ser sugado para uma recirculação proustiana do passado. Quero ficar no futuro com Ginny. Em breve ela terá um passado diferente.

Ginny me contou um sonho, prefaciando-o e concluindo-o pelo menos umas dez vezes com o comentário de que era um sonho bobo, que não significava nada. Naturalmente, vejo isso como uma revisão secundária, e só posso concluir que o sonho foi, de fato, importante. Nele, eu estava jantando com uma série de gurus, que eram obviamente incompetentes, e ainda assim estava dizendo que eles eram eficazes. O sonho foi perturbador porque, nele, ela disse que precisava encontrar outra pessoa com quem se consultar. Entretanto, quando acordada, ela sabia que não era assim; resolveu esconder o sonho de mim, para que eu não o levasse a sério. Suas associações em relação a isso vinham de artigos na imprensa que lera sobre mim (que me citavam um pouco equivocadamente), nos quais eu criticava o Esalen* e outros tipos de grupos de encontro, especialmente um líder que comandara o grupo em que ela estivera.

Ela falou sobre seu novo emprego como guarda de trânsito. Considera-o muito humilhante, e então brincou comigo, dizendo que eu pensava estar trabalhando com uma escritora e agora estou consultando uma policial. Fiquei bastante constrangido com aquilo e achei que ela estava, de algum modo, pelo menos em sua mente, fazendo a mesma coisa que sua mãe fizera — exigindo muito dela —, e sua impressão era de que deveria ser uma escritora e produzir para mim, e não para si mesma. Eu disse isso a ela, mas sem resultado importante. Certamente, há mais do que uma pequena verdade nisso. Quero que Ginny seja capaz de escrever. E, sem dúvida, em minha fantasia, eu ficaria muito contente se ela se tornasse uma escritora extraordinariamente capaz. Sim, não posso negar isso. No entanto, não deveria fazer tanta diferença para mim se isso nunca ocorresse — se Ginny acabasse com nossas consultas tendo crescido e encontrado alguma paz consigo mesma, e nunca mais escrevesse uma palavra, estaria tudo bem da mesma forma. Espero de fato que a verdade seja que estou seriamente interessado nela como pessoa, e desenvolvo um flerte apenas moderado com a outra, a escritora.

---

* Centro de tratamento que utiliza métodos alternativos. (N. do E.)

6 de janeiro
GINNY

Se fosse acusada de um crime, eu seria minha melhor testemunha. Sempre que falo sobre as pessoas de quem gosto, as faço parecer culpadas, e faço isso sorrindo. Porque, se eu sou culpada, elas são ainda mais aos seus olhos. Eu estava lhe dando informações, embora não saiba por quê, pois você não fará nenhuma avaliação ou apresentará uma resposta ou um plano. Qualquer coisa boa que acontece nessa terapia ocorre simultaneamente.

Eu sabia que estava lhe dando munição para usar contra meus pais. Isso fez com que eu me sentisse pior. Especialmente porque, naquele dia, eu estava lhes enviando uma carta — "Querida mamãe e papai" — e lhes transmitindo um bocado de amor verdadeiro. Sinto que se você fala com alguém sobre outras pessoas, você as está traindo. Eu provavelmente traio a mim mesma mais do que tudo, já que estou sempre contando coisas sobre mim.

Durante a sessão, porém, não me senti mal. Estava com muito calor — tinha a impressão de estar usando uma manta, como um bebê empacotado — e talvez devesse ter dito alguma coisa. Mas então me adaptei à temperatura, e ela passou a ser um agradável passatempo. Sou um menino preguiçoso pescando no barranco. Se colocar o tipo certo de isca materna, você sempre morde.

Não, eu sei o que você está tentando fazer. Dizendo-me para acreditar no que digo. Aceitar as limitações e as falhas de meus pais. Mas, toda vez que penso sobre essas coisas, pareço encolher. Ao me afastar deles, estou me afastando de mim mesma. E também me dou conta de que não mudei ou briguei com meus pais de modo algum!

Eu contei para eles quase tudo em minha vida. Mas minha vida não está lá, no meio de todos aqueles fatos e histórias. Ainda parece enterrada. A única comoção vital que tenho com esses fatos são os sonhos. E, neles, meus pais e eu somos muito mais ativos e assustadores.

O conforto que tenho tentado alcançar, eu o encontro cavando, me entocando de novo no ninho, me envolvendo de calma. Eu realmente acho que ainda devo estar entocada numa caverna, como a de Platão, já que eu escrevo e penso somente por meio de analogias. Tudo é como outra coisa. Até essas anotações são dissimuladas, não são diretas. Talvez você não as compreendesse. Aqui vai outra tradução. "Argh!" É assim que ficam minha boca, meus olhos, meu rosto e minha mente depois de eu rebelar (jogo de palavras — eu quis dizer "revelar", mas me enganei) só o bastante para continuar afundando, mas não me afogando.

13 de janeiro
DR. YALOM

Uma sessão bastante esquiva. Senti-me distante de Ginny, e acho que ela provavelmente se sentiu assim também, embora não tanto quanto eu. Na verdade, só com um esforço considerável consegui me concentrar para declarar isso. Houve uma lacuna de cinco minutos entre a primeira e a segunda frase. Ela começou dizendo que tem estado fora de si nos últimos dias, se sentindo nervosa e tensa. Não consegui achar nenhum modo conveniente de envolvê-la, ou a mim, no que estava acontecendo. Tentei abordar a semana passada, mas pouco me lembrava de nosso último encontro. Ela então falou sobre sua impressão de que não está mudando. Ela chega a um determinado ponto em suas relações sexuais com Karl, mas não consegue ir além. O mesmo ocorre na terapia comigo. Tentei destacar alguns exemplos de mudança que ela teve; na verdade, sugeri até que pegássemos uma das antigas fitas que gravamos alguns anos atrás. Ela não apreciou a ideia e mencionou algumas maneiras como determinadas mudanças ocorreram. Acho que vou tentar ajudar Ginny a encontrar meios de discutir seus progressos, mais por mim do que por ela.

Em seguida, ela retomou o assunto de seu relacionamento com Karl. Sua situação atual é que ela está simplesmente marcando passo, esperando que lhe digam quando tudo estará acabado. Alguns dias atrás, ele desistiu de seus negócios e arrumou um emprego. Ela sabe que essa mudança significa alguma coisa, e o que pode significar é que ele economizará dinheiro para ir ao México e então, um dia, ela ficará sabendo se ele quer ou não que ela vá junto. Se não quiser, o relacionamento acaba. Fiquei bastante surpreso com a desesperança expressa por ela. Ao mesmo tempo, percebi que tem orgulho de sua trágica postura desesperançada. Tentei até jogar uma isca, me referindo a ela como a pequena vendedora de fósforos, e depois acrescentei logo a sugestão de que ela resolva, como adulta, o que quer desse relacionamento. Não há uma decisão que deva tomar? Há alguma coisa nessa relação que possa induzi-la a terminar? Por exemplo, se Karl se recusar a sustentá-la, ou se nunca permitir que ela tenha filhos. Foi muito difícil incitá-la a dizer que ela podia tomar uma decisão. Na verdade, é até impossível para ela perguntar a Karl se ele pretende levá-la ao México; ela acha que deve esperar em silêncio até que ele diga algo. Concluí a sessão desesperado e confuso sobre como poderia infundir-lhe algum respeito pelos próprios direitos. A certa altura, ela disse que tentou me perguntar, algumas semanas atrás, sobre minhas férias, mas não conseguiu colocar isso para fora; era a mesma coisa com Karl. Sugeri que tentasse novamente comigo. Ela conseguia me perguntar agora sobre minhas férias ou outra coisa qualquer? Ela me questionou sobre como eu achava que as sessões estavam indo, mas como isso ocorreu um pouco depois do término de nossa hora, passivamente concordamos em retomar a partir daí na próxima semana.

13 de janeiro
GINNY

Ao final da sessão, tudo começou quando você me pediu para fazer uma pergunta. Foi como um grupo de meninos fingindo atirar pedras, até que um deles realmente lança uma. De início, quando você disse: "Pergunte-me sobre as férias", eu achei que tivesse inadvertidamente descoberto uma informação verdadeira — você estava partindo em longas férias. Sempre me sinto de fato ótima quando estou densa e não fico intuitivamente querendo saber tudo. Mas essa foi a parte mais real da sessão. Fiz a pergunta olhando em seus olhos, mas foi como se eu estivesse falando sozinha dentro de uma caixa d'água. Ou uma atriz insegura no palco falando com a plateia. Ela não consegue ver as pessoas por causa das luzes, mas sabe que estão lá e que deve manter a aparência de estar se entregando em busca de contato, olhando diretamente em seus olhos. Se ela precisar de ajuda tem que imaginá-los. Eu ainda não falei realmente com você, embora esteja assim tão próximo.

E, com Karl, eu tento ser boa em tudo, armazenando simultaneamente meus erros em meu cérebro. Com você, eu tento ser toda má. Digo todas as piores coisas sobre minha situação. E nenhum dos modos é realista. Eu me dei conta disso na semana passada.

Eu gostaria de fluir com meus tipos de humor e descontar em você. Mas, em vez disso, antes de entrar, eu tenho uma trilha sonora: "Estou nervosa". E o prelúdio segue tocando até o último minuto, quando a cortina está pronta a ser erguida com sua fala: "Faça-me uma pergunta", e percebo que haverá uma interrupção durante uma semana.

Vou para fora e faço o ar ter cheiro de pipoca para mim. Penso que estou com fome, e essa pelo menos é uma sensação verdadeira. Vou comprar um lanche com um milkshake, com a expectativa se estendendo para a infância, para quando eu tinha cinco anos, e um hambúrguer, que tampouco me agrada, e ainda pago 1,79 dólar. Isso me surpreende — que esteja aqui pagando por esse lixo, e sequer lhe dei alguma coisa. (Não estou me referindo a dinheiro, que não quero pagar. Eu quero dizer emoções reais.)

Provavelmente, as coisas horríveis que eu digo na sessão fazem com que me sinta culpada. Você tem razão em relação à magia das palavras. Embora, quando você disse isso, eu tenha pensado que se referia a todas as metáforas ruins que usei para encobrir as verdadeiras declarações.

Todas essas anotações após as sessões têm a ver com a magia das palavras que eu escondo. Que não gostaria que ninguém visse.

Mas a maior mágica que já aconteceu em minha vida não veio em palavras, mas em emoções e ações reais, como lágrimas e surras. Eu me perco falando. Não tenho nenhum subtexto.

Tenho sido capaz de apreciar as boas coisas que acontecem comigo.

20 de janeiro
DR. YALOM

Um encontro bastante importante. Tive a impressão, que pode ter sido ilusória, de que atingimos um novo patamar hoje. Mas então penso na velha história, ainda lá na Johns Hopkins, dos pacientes que compareciam durante anos e quase toda semana o registro dizia "paciente melhor, paciente melhor", e então, ao fim de vários anos, podia-se ver que não tinha havido de fato mudança alguma. De qualquer forma, mesmo levando isso em consideração, de alguma maneira sinto que nós adentramos hoje num território novo e fértil.

Tudo começou com Ginny se queixando de uma enxaqueca aguda. Sugeri que fosse ver um especialista, e ela mudou rapidamente de assunto, se lançando numa discussão que tivera com uma boa amiga, o que apenas reforçou algumas coisas sobre as quais tínhamos conversado em nossa última sessão: especificamente que essa amiga e o marido gostariam que Ginny os visitasse algumas vezes sozinha, porque não se percebe muito a presença de Ginny quando Karl está junto. Ela se rende quando ele está presente, tornando-se pouco mais do que uma sombra muda e indefinida. Bem no meio disso, tentei afirmar com bastante clareza e mais de uma vez que achava que o relacionamento com Karl era limitado, que ela não era ela mesma na relação e, além disso, que mudar pode não ser um modo de perder o relacionamento, e sim de reforçá-lo, considerando que suspeito que Karl, ou qualquer homem, se relacionaria melhor com uma mulher integral. Mencionei também a possibilidade oposta: pode ser que Karl tenha investido um bocado para que ela seja exatamente como é, e qualquer mudança o afastaria, e, nesse caso, eu disse que não tinha certeza de que isso fosse particularmente uma calamidade, já que um envolvimento com uma pessoa que não a deixa crescer dificilmente poderia ser considerado saudável para ambas as partes.

Ela prosseguiu, abordando sentimentos mais autodepreciativos. Por exemplo, tinha ficado deprimida o dia todo, e em vez de "ficar se sentindo assim à noite", ela se arrumou e foi jogar cartas na casa de uma amiga. Disse que se achava frívola por causa disso. Afirmei que se rotular como "frívola" é mais um exemplo de sua autoflagelação semântica. Por que não "corajosa" e "resistente"?

Ela ficou calada por um momento. Em seguida, comecei a provocá-la quanto a seus sentimentos em relação a mim. Ela afirmou que dificilmente escreve sobre mim em seus relatórios pós-sessão, e sabe que nunca fala de mim a seus amigos como uma pessoa real; na verdade, ela finge ser um pouco submissa a mim. Ela acrescentou que seus amigos estão curiosos em relação: por exemplo, querem saber a minha idade. Perguntei-lhe o que ela lhes disse, e ela respondeu "38", e eu disse que tinha chegado bem perto, pois estava com 39. Ela admitiu ter me manipulado com inteligência para que eu lhe dissesse minha idade sem ela perguntar. Voltamos à semana passada, quando, ao fim da sessão, sugeri que me perguntasse algo, e repeti a solicitação. Então ela perguntou minha opinião sobre as sessões, se estavam indo bem. Eu lhe disse que ela poderia provavelmente descobrir muito mais quando lesse o que tenho escrito; basicamente, eu estava em conflito — às vezes me sentia impaciente ou pessimista e, com frequência, sentia-me bem em relação a ela. Ginny indagou como poderia se sentir mais tarde em relação ao fato de eu ter dito que me sentia pessimista e desanimado. Salientei que tais sentimentos não me ocorrem sempre, e fiquei relutante quanto a dizer isso de modo aberto, porque ela sempre se apresenta como uma flor tão frágil que tenho medo de que tal comentário a deixe arrasada e indefesa.

Perguntei-lhe o que mais ela queria saber de mim, e então ela indagou se eu pensava nela entre uma sessão e outra. Tentei reformular a frase perguntando se ela queria saber se eu me preocupava com ela. Isso foi difícil para nós dois, por alguns momentos, e ela parecia à beira das lágrimas. Bruscamente, ela disse que não se importava realmente se eu me preocupava ou não com ela "daquele jeito", mas então começou a chorar e confessou que pensava em mim, em partes de meu corpo e em meu cabelo, e se perguntava como havia deixado que eu me tornasse uma parte tão importante de sua vida. Começamos também a discutir o fato de ela não conseguir sentir-se bem de verdade, porque, caso isso acontecesse, ela me perderia, já que seria improvável que continuássemos nosso relacionamento profissional no mesmo nível. Ao mesmo tempo, contudo, ela quer que eu a trate como uma adulta, e eu lhe disse, receando muito soar repreensivo como os pais, que para ser tratada como um adulto é preciso agir como tal. Isso na verdade soou odiosamente pedante, mas eu não sabia muito bem como dizê-lo de outra maneira. Acho que essa tática de ajudá-la a se relacionar mais comigo como uma pessoa adulta, auxiliando-a a inquirir mais sobre minha vida pessoal, será útil, então a encorajarei a prosseguir.

20 de janeiro
GINNY

Meu Deus. A sessão de ontem foi a primeira em que comecei a sentir meus próprios métodos. E por que derroto a mim mesma? Como no jogo infantil que diz: "Dê cinco passos", mas em vez disso, eu digo: "Posso?" Eu me recomponho ou sou recomposta. Após o horário, de alguns modos sutis, testei meu poder. E isso alongou ainda mais a sessão. Por exemplo, à noite, quando Karl ficou com vontade de ler, em vez de ir para a cama, embora não admitisse isso imediatamente, eu lhe disse que havia alguma coisa entre a leitura e o sono profundo.

No fim daquele arbusto espinhoso, eu disse: "Não quero que você goste de mim assim [longa pausa], mas que cuide de mim", e comecei a chorar um pouco. Era mais como se tivesse chorado porque estava de volta a meu velho clichê: "Você gosta de mim, se preocupa comigo?" Comecei a chorar e fiquei envergonhada porque evoluí muito pouco. Como uma criança que diz "mamãe" até os cinco anos de idade, mas chora de frustração porque quer dizer muito mais do que isso.

Quando estava em casa, vi como meus pais devem ter feito tudo para mim, quando eu era mais jovem. Confortando-me antes mesmo de eu precisar, me alimentando, comprando coisas maravilhosas para mim. Então, de algum modo, senti como se nunca tivesse feito um gesto de necessidade. Tudo estava simplesmente ao meu redor, em abundância. E é neste ponto que me coloco em torno de outras pessoas agora — como uma tigela de frutas deliciosas esperando na mesa, e as frutas já se estragando.

Como em relação a tudo, pareço ter ficado emperrada numa frase: "Eu preciso", ou "Você gosta de mim?". Três anos atrás, isso era revolucionário para mim. Exatamente como os fartos sentimentos e estímulos sexuais que tenho agora. Mas não os prolongo ou retardo mais do que isso.

O que me segue de perto é minha sombra catatônica que me convence de que

Não me mexo.
Não cambaleio.
Não avanço.
Apenas faço pose, um modelo para minha sombra,
uma sombra para minha silhueta.

8 de fevereiro
DR. YALOM

Uma impressão bastante insatisfatória desta sessão. Acho que fui muito intrusivo ao forçar meus valores sobre Ginny. Hoje, fui autoritário demais, orientador demais, e me envolvi demais em discursos e exortações. Mas foi difícil agir de outro modo. Ela começou a sessão falando sobre suas várias fantasias para abandonar Karl e, de algum modo, começar uma vida nova. Repetidas vezes, quando ouço essas fantasias, só consigo pensar que há obviamente uma parte importante dela que quer deixá-lo, que está extremamente insatisfeita com o relacionamento, ou que o considera sufocante. Então, ela descreve um incidente no qual ele lhe sugeriu que dividissem a gasolina. Atualmente, ele está ganhando uns 90 dólares por semana; ela, apenas 30. Ela cozinha, faz as compras e a faxina, e, embora considere injusto que colabore também com a gasolina, esboçou somente um vago protesto a seu pedido e acabou concordando.

Tento fazer com que entenda que ceder a alguma coisa que ela considera injusta é consequência de sua recusa em reconhecer os próprios direitos. Sinto que a longo prazo isso seja autodestrutivo; ela está praticamente assegurando que Karl, se for uma pessoa íntegra, logo se canse desse relacionamento. Se, por outro lado, ele for o tipo de pessoa que realmente necessita de uma companheira altruísta e privada de privilégios, ficará para sempre com ela. Mas, de qualquer maneira, é autodestrutivo. Ela disse que não gostaria de continuar permanentemente com esse relacionamento, mas às vezes ele é bastante agradável. Sem ele, a vida seria um abismo; sem ele, ela ficaria em pedaços. Eu lhe disse que achava que aquilo era uma asneira, e ela concordou, embora o sentimento profundo fosse bem real. Perguntei-lhe então o que teria de fazer para mudar as coisas, e ela prosseguiu, de modo eficaz, citando os tipos de coisas que diria a ele e também sua reação, que, em geral, terminava com ele castigando-a severamente e concluindo que eles deveriam romper o relacionamento.

Infelizmente, contudo, a hora de tratamento assumiu a aura de um discurso de incentivo, no qual eu a incitava a fazer coisas que ela podia não estar pronta para executar; ainda assim, de algum modo, quero comunicar a ela o conhecimento e o sentimento de que é realmente *sua* responsabilidade mudar a própria vida. Pode ser que Karl seja de fato uma pessoa bastante limitada e eles acabem rompendo, e eu imagino, a longo prazo, que isso será bom. Por outro lado, posso imaginar que Karl ou outro homem qualquer ficaria realmente impressionado com seu crescimento gradual, ela se tornando uma pessoa íntegra (*mensch*), e, se isso for demais para ele, que assim seja. Tenho certeza de que Ginny, com o tempo, encontrará um bocado de outros homens, que conseguirão apreciá-la como uma pessoa mais completa.

8 de fevereiro
GINNY

Tenho dificuldades para me lembrar do que aconteceu. Tudo pareceu bastante franco e direto (um clichê, como aquela frase "Como vai você?"). Quando vou à sessão desse jeito — cheia de mágoas que têm doído o dia todo —, sinto-me como se tivesse uma deficiência, uma carência de vitamina, e você tem que fornecer o negócio que faz saírem as minhas reclamações, que interrompe o disco arranhado de continuar repetindo.

Acho que nesta sessão você provavelmente conseguiu ver mais de mim do que as outras pessoas são capazes, ou como eu funciono. Não tento realmente interagir com as pessoas; eu intuo ou imagino quais serão seus comportamentos e as circunstâncias, e improviso minhas respostas à base de energia nervosa. Nenhum processo de raciocínio em lugar algum. Como, por exemplo, quando tive certeza de que você teria um intervalo livre de uma ou duas horas e ergui um labirinto de argumentos em torno disso. Eu me desenvolvo de um jeito meio convoluto.

Foi a primeira vez que você não concordou comigo — como quando disse: "Pois é, qualquer homem deixaria uma mulher que só revelasse a superfície". Gostei disso.

Acho realmente que Karl é uma pessoa forte e boa. E ele só é mesquinho porque não está apaixonado. Se ele me amasse, as coisas viriam naturalmente — a química funcionaria sem que eu tivesse que fazer uma tempestade por causa disso. Acho que estou realmente magoada porque, ao criar pequenas regras para Karl e para mim, sei que estou pedindo que elas tomem o lugar do amor e da generosidade.

Quando enfim falei isso para Karl, foi antidramático. Ele disse que não gostava de minha qualidade de mártir. "Atrás de toda mártir há uma bruxa." Ele diz que só quer ficar sabendo das coisas, e isso é verdade. Quando lhe digo algo, imediatamente ele se mostra bem flexível, aquiesce, não procura briga, desde que minha voz soe profunda e vibrante. No entanto, sempre que retardo a emoção, e então a retransmito, se detectar a menor estridência em meu timbre, ele me ataca, e, qualquer que tenha sido meu ganho, eu também perdi.

E o diálogo nunca se aprofundou como eu planejava. Mas ainda assim foi melhor colocar para fora.

17 de fevereiro
DR. YALOM

Tive um paciente logo depois de Ginny e alguns problemas inabituais de agenda que não me permitiram redigir nada sobre ela. Agora, faz vários dias, e nosso encontro começou a embaçar na minha mente. A coisa mais surpreendente foi que ela chegou e disse imediatamente: "Então, você não quer saber o que aconteceu?", e prosseguiu me contando que ela conversara com Karl sobre as coisas que havíamos discutido na última vez. O resultado não havia sido de todo o ideal, porque ele ficou um pouco irritado, vendo-a agir como mártir o tempo todo, mas na verdade acho que de vários modos funcionou, já que ela não pagará mais pela gasolina e conseguiu reivindicar seus direitos, ainda que minimamente. Fiquei um pouco surpreso que tenha começado assim tão intensamente, pois não tinha realmente percebido que ela seguiria em frente e literalmente faria algumas das coisas sobre as quais discutimos na última vez.

A certa altura da sessão, eu me perguntei sobre o que ela gostaria de trabalhar em seguida. Ela falou sobre fazer amor e sobre sua vontade de ser capaz de pedir as coisas. O que Ginny disse então foi tão saudável que ela não pôde deixar de rir de si mesma: queria simplesmente pedir a Karl que fizesse uma coisa por um pouco mais de tempo, porque a sensação era boa. Pedi que falasse isso algumas vezes em voz alta, de modo a poder tomar alguma distância e perceber o absurdo de sua incapacidade de dizer isso, e ela não conseguiu repetir sua afirmação sem zombar de si mesma ou dizê-la com um sotaque engraçado.

Ela também exprimiu o sentimento de que o que ela tem com Karl é muito precioso e eu vou acabar tirando isso dela de algum modo. Quando estava deitada em seus braços, pela manhã, ela se deu conta do quanto isso significa para ela, e que nada mais é de fato importante. Ginny também se sentiu orgulhosa de si mesma porque tivera uma enxaqueca na noite anterior, mas não tomara nenhum comprimido forte e, de algum jeito, conseguiu vencer a dor sem ficar o dia todo entorpecida.

É extraordinário como, quatro dias mais tarde, não consigo voltar e recapturar realmente os meus sentimentos durante a sessão. Eles se confundem todos numa impressão agradável generalizada, e descubro que ela estava alegre e saltitante durante a consulta. É claro, sempre gosto de vê-la assim. Agora consigo me lembrar que conversamos sobre como ela se sentia jovem. Ela de fato se manifesta para mim, com frequência, como uma garotinha. Lembro também que, como de hábito, ela arcou com toda a culpa pelas sessões terapêuticas que considera insatisfatórias. Obviamente deve haver ocasiões em que fica descontente com o que eu lhe dou, e de modo bastante sutil ela abordou o assunto, admitindo que às vezes deseja que eu me mostre mais a ela. Perguntei que tipo de coisas ela queria saber, mas essa questão não nos levou muito longe.

17 de fevereiro
GINNY

Quando cheguei, ontem, estava esperando uma surpresa. Algo que tornasse a sessão um pouco diferente. Uma obrigação emocional. A expectativa de me curar da enxaqueca. Minha fantasia e meu relaxamento mantêm o ritmo dos meus passos, enquanto circundo o longo atalho até o hospital. Estou sempre "curada" e exultante quando chego, e me sinto mais ou menos tão pesada quanto a pena de um pato.

Digo coisas na terapia que não são verdadeiras. Mesmo quando as estou dizendo, sei que não acredito nelas, que você ficará confuso. Como quando eu disse: "Você está sentado à minha frente e não está vendo nada". Se pelo menos eu fosse capaz de me conter quando digo essas coisas, de me contradizer, de dizer: "Não, não é isso que eu queria dizer", talvez então eu pudesse me levar a sério quando estou falando. Não luto por minhas palavras. Elas simplesmente vêm. É por isso que eu tendo a não acreditar nelas. E você diminui aos meus olhos quando o vejo as examinando com tanta seriedade — algumas delas.

Você disse algo ontem em que eu nunca tinha pensado antes e, portanto, veio como uma revelação — que se eu tenho tanto medo de dizer "coisas favoráveis assim, elas devem ser substitutas de coisas mais furiosas escondidas". Não sei se são coisas mais furiosas ou apenas mais fortes. Como não dizer "Eu te amo" para o K quando sinto vontade de dizer.

De qualquer maneira, toda a energia que tenho, mesmo ontem, parece ser desperdiçada em observações. Ainda assim, não se trata de observações de um momento presente, e sim da grande memória, anos de experiência que posso calcular com sarcasmo. E quando as coisas boas surgem, dificilmente elas influenciam meu modo de observar. Sou o que vejo, não o que os outros veem em mim. Sinto-me muito deslocada. Talvez seja por isso que não consigo me aproximar de você por meio das palavras. Porque não consigo me aproximar o bastante de mim mesma com as palavras. Se estas anotações fossem intelectuais, isso seria diferente. Mas eu nem sequer penso nelas. São automáticas. Elas são como se eu não levasse um problema para a terapia e esperasse que uma agenda-surpresa viesse salvar o dia.

Ultimamente, você tem me pressionado ligeiramente a fazer coisas. Como o problema da gasolina. Eu aprecio isso. Porque cada coisa pequenina que faço me dá mais elemento para trabalhar, mais exposição, além de decepção, porque é ainda algo remoto, que não teve origem em mim. Algo vindo de você.

24 de fevereiro
DR. YALOM

A sessão começou num cego desespero. Ginny disse que ficou acordada quase a noite toda em virtude de um incidente terrivelmente perturbador com Karl, que teria dito que ela era uma "desajeitada sexual". Lembro a declaração de Nietzsche: na primeira vez que encontramos alguém, sabemos tudo sobre essa pessoa, e a partir desse ponto, aos poucos, vão se apagando as impressões corretas. Minha primeira reação à sua descrição dos incidentes foi de confirmação de minhas primeiras impressões sobre Karl; foi uma observação terrivelmente insensível e deve ter trazido à tona alguma raiva em Ginny. Ela prosseguiu contando em detalhes, e fui absorvido pelo seu *pathos*, considerando com ela meios de romper o impasse que se desenvolvera entre eles. Ao que parece, ela havia, mais cedo na mesma noite, talvez premeditadamente, rejeitado seus avanços, se sentindo responsável por sua reação, e aceitou o termo "desajeitada". Ela começou a se sentir como uma desajeitada em todos os aspectos de seu ser, apesar de não poder de modo algum ser considerada uma desajeitada. Ela é vibrante, cheia de imaginação, profundamente criativa e bastante animada. Na verdade, mais cedo naquele mesmo dia, ela se vestira de modo bizarro só para divertir Karl, e mais tarde tiveram um longo acesso de riso numa aula de alemão a que assistiram juntos. Tudo isso sobressai num acentuado contraste em relação a ver a si mesma como uma desajeitada.

Tudo o que pude fazer àquela altura foi questionar sua disposição para aceitar uma definição dela feita por outra pessoa. Ela vive em constante terror de que Karl, de repente, anuncie que está cansado daquela vida a dois. Assustou-a tanto que ele estivesse pensando sobre o relacionamento ontem à noite porque, se estivesse, então seria o fechar das cortinas para ela; por isso, sentiu parcialmente que queria interromper os processos de raciocínio dele. Mais uma vez, nenhum reconhecimento de que ela possui direitos e escolhas dentro do relacionamento.

Gradualmente, porém, retornei à minha impressão sobre sua raiva. Nas suas fantasias, durante aquela noite, ela mais uma vez se imaginou deixando Karl e cometendo suicídio. Num sonho, ela e Karl estavam sendo perseguidos, e ele acabava sendo morto. Comentei que, embora reivindique não sentir raiva alguma de Karl, ele morria no sonho. Ginny salientou que estavam juntos e que implorara para que a vida dele fosse poupada, mas acho que isso era irrelevante. O importante é que ela expresse um pouco de sua raiva em suas fantasias e sonhos, mas seja absolutamente incapaz de fazer isso conscientemente. Enquanto conversávamos, ela se lembrou de uma impressão fugaz, um sussurro de esperança de que Karl pudesse se desculpar com ela de manhã, e tentei fazer com que reconhecesse aquela parte oculta de si mesma, que se sentia ofendida e esperava desculpas. Mas não houve meios de conseguir ajudá-la abertamente a experimentar alguma raiva em relação a Karl, nem mesmo numa interpretação teatral. Como um exercício de ensaio, sugeri que ela tentasse exprimir parte de sua decepção comigo. Isso foi muito difícil para ela. Terminamos a sessão com a impressão de que ela tinha fracassado mais uma vez. Tentei tranquilizá-la com a explicação de que tínhamos alcançado uma área realmente crucial para ela — na qual teríamos que trabalhar por um longo período: sua incapacidade de exprimir qualquer raiva, ou agressão, e de se afirmar e reivindicar seus direitos se encaixa bem em sua *gestalt*. O que a impede de sentir raiva, principalmente de exprimi-la, é algo que ainda não começamos a explorar. Tenho a intuição de que ela possui um reservatório de raiva cheio, mas oculto, e tem medo de começar a usá-lo a fim de não se revelar incapaz de fechar a torneira. A certa altura, comecei a provocá-la com a pergunta: "Será que a coitadinha da Ginny quer assassinar alguém?" Mas não surtiu efeito.

24 de fevereiro
GINNY

Durante a sessão, uma parte de mim estava ficando realmente entusiasmada, porém se encontrava sitiada pelo personagem da terapia, que fica sentado na poltrona de couro, e escuta e pensa "talvez". E, no momento certo, conclui mansamente que nada aconteceu de fato, embora ainda haja uma possibilidade.

Quando você insistiu para eu perseguir a raiva e eu não consegui, me senti desprezível por dentro, mas também me senti "bastante adulta" sentada lá fora. Foi quase como se você estivesse atendendo aos pais e à filha.

Eu ouviria aquela coisinha lá dentro e então lhe contaria sobre ela, assim que fosse removida. Interiormente, eu era infinita, dizendo coisas como: "Foda-se você. Foda-se ele. Foda-se ele". Mas ela apenas ficava ali; nunca se manifestando realmente, porque, se o fizesse, não poderia usar o mesmo tipo de palavras que eu uso ou o tom de conversa dublada.

Eu me apresento como sendo maior, mais "forte" e mais "convencional" do que a pequena raiva ou a tristeza interior. Que escorreria, umedeceria meus olhos, seria bastante incoerente, atacando as coisas que giram em torno de minhas lembranças. É como quando você diz: "Talvez Ginny esteja com tanta raiva que deseja matar alguém". Concordo com você — somos como duas mulheres num parque, uma tem um filho na coleira e há tantas coisas... balanços, brinquedos... que a criança quer experimentar, e nós discutimos abstratamente essas coisas. Sinto um leve puxão na coleira, como um homem que vai pescar só para dormir na praia ao sol e tomar umas cervejas. Ele sente um puxão, sorri, cochila e deixa o peixe comer e ir embora. Sempre sinto esse puxãozinho em nossas sessões.

Algumas vezes, como na noite passada, sinto-me desesperada e cansada. Mas nunca compreendo de fato o que está mordendo e puxando a linha. Simplesmente volto a ficar calma e tudo passa, os sentimentos aterradores, a desesperança.

Você me deu um bocado de esperança e confiança quando disse que tinha começado a ver a mim e a meus problemas mais claramente, que estávamos apenas no começo e muitas outras chances apareceriam. Esta é a pessoa sentada na poltrona de couro agradecendo a você, enquanto essa coisinha dentro de mim ainda grita: "Foda-se você. Foda-se ele".

3 de março
DR. YALOM

Um dia de trabalho, uma sessão prosaica. Ginny começou me dizendo que tinha andado pensando no conteúdo de nossa última consulta, especialmente sobre sua incapacidade de exprimir a raiva, que reconhece como muito verdadeira, de fato. Não só ela é incapaz de transmitir esse sentimento, como também fica terrivelmente constrangida perto de pessoas que conseguem fazê-lo. Ela descreve então uma conversa com Karl, após nossa última sessão, na qual ele, como de hábito, perguntou sobre o que nós tínhamos falado; quis saber se fora sobre a noite anterior. Isso me surpreendeu um pouco, porque parece que Karl está muito mais sintonizado no relacionamento do que ela algumas vezes deixa transparecer. Ele estava lhe dando a oportunidade perfeita para falar sobre sua angústia, o que ela fez até certo ponto, dizendo que não gostava de ser chamada de desajeitada, mas ele destacou que, quando disse isso, ela não fez nada — apenas ficou lá parada, agindo ainda mais como uma desajeitada. Isso, para mim, tendia a confirmar o que tenho sugerido a Ginny há algum tempo: que o medo de exprimir sua raiva, porque isso pode pôr em risco o relacionamento com Karl (ou com outra pessoa qualquer), revela de fato exatamente o que ela mais teme, ou seja, um relacionamento humano atordoado ou severamente danificado. Não dando vazão à sua raiva e à outras emoções profundas, permanecendo uma pessoa unidimensional, ela evita que os outros se relacionem com ela com o tipo de profundidade e igualitarismo que gostaria. Se Karl a deixar, não será porque ela o colocou para fora com sua raiva, e sim com sua falta de raiva. Perguntei se ela sempre tinha sido assim. Ginny respondeu “sim” e me deu alguns exemplos das vezes em que exprimiu um pouco sua raiva, mas tremeu de terror ao fazê-lo. Ela salientou que, durante sua infância, a mãe normalmente expressava sua raiva com ela.

Eu disse que talvez uma das coisas que ela podia fazer seria começar a falar sobre seus sentimentos em relação a mim, o que deveria ser mais fácil do que em relação a Karl. Ela concordou, como se isso fosse muito lógico, mas quando lhe pedi para falar sobre algumas das coisas que mais detestava em mim, foi extraordinariamente difícil para ela dizer algo, embora já tenhamos passado por isso diversas vezes. As críticas que ela escolheu eram virtudes sutilmente veladas. Por exemplo, um de meus problemas é a paciência; sou paciente demais com ela. A maioria das coisas que disse se baseava na premissa de minha onisciência. Ela afirmou que eu sabia tudo o que estava acontecendo, mas houve momentos no grupo de terapia em que ela desejava que eu tivesse agido dessa maneira, a fim de satisfazer às necessidades de certos membros, muito embora isso pudesse não ser o que precisassem a longo prazo. Eu chamei atenção para o fato de que ela atribuía mais onisciência a mim do que eu possuía, e que houve vezes em que eu não sabia que diabos estava acontecendo com alguns dos membros do grupo ou com Ginny, para falar a verdade. Ela reagiu como se aquilo fosse de fato uma novidade para ela.

Em seguida, mencionou algumas outras coisas; ela desejava que eu revelasse mais os meus sentimentos, que eu demonstrasse mais irritação com ela, mas não estava certa de que eu não viesse a agir como sua mãe àquela altura. Falou novamente sobre como fica aborrecida quando Karl não está dormindo, porque ela acha que ele está contemplando a possibilidade de deixá-la. Senti-me frustrado, preso outra vez num círculo vicioso, e só pude comentar que sua preocupação com a partida de Karl faz com que ela fique tensa e ansiosa, o que por sua vez produzirá exatamente o que teme. Perguntei se suas conversas comigo seguiam sempre um mesmo padrão: ela se sentindo tão assustada com a possibilidade de eu a deixar que precisa ser cuidadosa com o que diz. Ela negou. Porém, mais tarde perguntou, sussurrando, o que aconteceria com nossas sessões depois do verão. Fingi não ter escutado, de modo a fazer com que reformulasse a pergunta com um pouco mais de clareza; em outras palavras, o que eu queria que ela fizesse era ganhar alguma experiência fazendo perguntas diretas, o que ela tem todo o direito de fazer. Então, sua reação foi me perguntar: "Você continuará me atendendo depois de junho?" Respondi que sim. Perguntei se havia algo mais que ela quisesse me perguntar, e sua resposta foi "não". Ela falou sobre a falta de sentimento pessoal que nutria em relação a mim, ao contrário de seu interesse intenso em outras pessoas de sua vida, como alguns de seus professores. Quando fala sobre terapia com algum de seus amigos, ela me descreve em geral em termos impessoais.

De algum modo, começamos a falar novamente sobre seus sentimentos sexuais em relação a Karl e sua incapacidade de iniciar qualquer atividade sexual, embora o namorado tivesse lhe "dado permissão" recentemente para tomar a iniciativa com ele. Ela falou sobre suas tensões sexuais durante o dia e sua capacidade de lidar com elas rapidamente por meio da masturbação, já que eu lhe assegurara que estava tudo bem. Ao que parece, minhas tentativas de remover parte de sua culpa e ansiedade no ato masturbatório foram bem-sucedidas.

Eu tinha planejado vê-la na semana seguinte, embora não pudesse fazê-lo na quarta-feira, como de costume, mas como ela não estava necessariamente esperando por isso e fizera alguns outros planos, finalmente resolvi que, considerando que a próxima semana será muito agitada, poderíamos dispensar a consulta.

3 de março
GINNY

Evidentemente, esperei tempo demais para escrever isso. (Hoje é segunda-feira de manhã, quase uma semana depois.) Lembro-me de que falamos sobre honestidade, raiva e direito de expressão.

Na noite seguinte, Karl estava inquieto, o que é contagioso. Não consegui acalmá-lo nem dormir. A ansiedade e a impressão de que eu deveria fazer alguma coisa eram fortes demais para que eu conseguisse adormecer.

Embora eu ouça as instruções na terapia e me sinta boiando na superfície, com a esperança de que ela me dá, quando chega a hora de aplicá-las, conservo meus velhos padrões. Eles já estão lá, com controle remoto.

Quando você me pediu para lhe contar minhas impressões e opiniões negativas em relação a você, eu obedeci de um modo mais intelectual do que emocional.

Conheço todas as maneiras de descrever meus fracassos. Descrever qualquer outra coisa seria uma nova experiência.

Embora eu pareça ir em frente com uma conduta altruísta, na verdade sou mais egoísta do que Karl. Eu nem sequer acho que o que estou fazendo possa ter algum efeito sobre ele, bom ou mau. E então eu retenho a energia e o mantenho estático como eu. Faço isso com você também várias vezes. Não lhe dou senão frases aleatórias com que trabalhar. E depois o seduzo, dizendo que vou me esforçar mais na próxima vez, levar as coisas mais a sério. Assim, quando perguntei se você continuaria a terapia comigo, eu de certa forma já sabia que sim, e, se não o fizesse, somente eu poderia ficar magoada, e saberia como me livrar da mágoa e transformá-la em algo que pudesse suportar (revelar). E esse tipo de manobra de experiências, para que todas sejam absorvidas pelo meu grande sistema digestivo de fracassos, me deixa falando à toa com pessoas que nunca são tão reais quanto parecem, e eu mesma sou apenas parcialmente percebida, e não estou avançando.

Vou tentar fazer melhor nos relatórios sobre a terapia. A razão pela qual acho que eles são tão difíceis é que não funciono em níveis múltiplos (o medo é o grande nivelador), de modo que, quando comento as coisas nos relatórios, acho que devem ser óbvias ou que já foram ditas.

17 de março
DR. YALOM

Não nos encontramos na semana passada. Ginny deu início à sessão dizendo que passara a última quarta-feira (nosso dia habitual de encontro) com amigos. Sua amiga, que há pouco concluiu um longo estágio para mudar seu comportamento, passou cerca de cinco horas trabalhando com Ginny — que se sentia estrangulada por essa garota. Pressenti sua impressão de que já estava sendo estrangulada por mim. Voltamos ao terreno familiar, ou seja, a incapacidade dela de exprimir sua raiva. Está ficando cada vez mais claro, eu acho, para mim e para Ginny que esta área parece servir de palco para um conflito importante. Está também se tornando claro que, sempre que ela chega perto de exprimir qualquer raiva, começa a chorar. Ela fez isso em várias ocasiões durante a semana. Eu lhe disse que achava que seu comportamento era perfeitamente explicável, se aceitássemos a premissa de que ela está acumulando um grau mortífero de raiva e tem que ser incrivelmente cautelosa para não deixá-la escapar. Isso não pareceu significar muito para Ginny, mas ela começou a falar um pouco sobre "pequenos rancores, pequenas raivas, fragmentos e fiapos de raiva" que sente em relação às pessoas. Ela os exprime de modo bastante relutante e pateticamente ineficaz. Por exemplo, ficou com raiva da moça que passou cinco horas tentando influenciá-la e a castigou retendo a informação de que recebera um cartão-postal de um amigo em comum. Normalmente, ela teria dito à moça de uma vez, mas só contou a ela 24 horas mais tarde. Em seguida, confessou uma impressão de desesperança e se questionou se conseguiria um dia mudar. Perguntei sobre sua definição de "mudar". Ela vê a mudança como um acontecimento tão imenso e capaz de gerar proclamações tão radicais que poderia transformá-la num tipo de pessoa muito diferente, e isso, é claro, a deixa assustada.

Àquela altura, ela disse se sentir culpada pelos relatórios ruins que tem me entregado. Eu lhe disse que, se quiser realmente parar de se sentir culpada, deve escrever relatórios melhores. Ela sabe disso, é evidente, mas quer me ouvir punindo-a por isso. Pergunto sobre o mundo subterrâneo em que ela diz escrever. O que escuta? O que acontece por lá? O que não diz em meu consultório? Ela segue falando sobre suas impressões sexuais, que se sentiu um pouco excitada sexualmente vindo para cá, e foi uma impressão diferente das habituais, uma impressão sexual adulta. De alguma maneira aquilo me envolvia, mas ela não conseguiu exprimir isso, tampouco admitiu ter fantasias sexuais comigo, já que isso a constrange demais. Imagino que seja terrivelmente injusto de minha parte esperar que ela fale de suas fantasias sexuais comigo, uma vez que não me sinto disposto a conversar com ela sobre minhas próprias. Na verdade, não tenho nenhuma fantasia sexual declarada em relação a ela, mas poderia facilmente me levar a sentir um prazer autêntico se a tocasse ou abraçasse, embora creia que o papel profissional está tão arraigado em mim que fica difícil prolongar essa fantasia até uma relação sexual com ela. No entanto, acho que parte da vergonha que sente resulta de uma desigualdade no relacionamento, no qual espero que ela fale sobre suas fantasias, ainda que não as compartilhe; então, de certo modo, a vergonha deve ser esperada, e eu estava sendo injusto incitando-a a falar sobre o assunto. Ginny continua insinuando que, de um jeito ou de outro, eu fazia uma pressão maior sobre ela, que devia fazer algo mais dramático. Algumas vezes, ocorre-me a ideia de que um terapeuta realmente bom, a essa altura, diria a Ginny que ela tem três meses para mudar ou encerrar a terapia. Eu me pergunto se é por que eu gosto dela tanto assim e me divirto trabalhando com ela que me recuso a usar nosso relacionamento como sustentáculo para exigir mudança. Impeço seu progresso por não ser severo ou "terapêutico"?

17 de março
GINNY

Tenho a impressão de que eu falo um bocado. Chego com uma energia nervosa e selvagem. Em meus sonhos, eu havia sido uma mulher apaixonada que tivera muitos casos de amor, e isso me deixou feliz, satisfeita e agressiva, assim que me levantei. Como você estava cinco minutos atrasado para a sessão, comecei a ficar irritada, porque gostaria de vê-lo, não queria voltar para casa. E eu fantasiei que você tinha ido almoçar, que tinha se esquecido de mim, e mais tarde me mandaria um recado pedindo que eu voltasse no dia seguinte. E eu diria (sabendo que não devia ficar irritada, já que você está me fazendo um favor, e não o contrário) para deixar para lá, voltaria só na semana seguinte. Como você vê, sinto emoções, mas todas elas se desenvolvem como fantasias, ou se transformam em fantasias.

De qualquer maneira, estou contente que tenha pelo menos conseguido conversar no seu consultório. Várias vezes você diz: "Não consigo acompanhá-la", e geralmente isso acontece quando eu não falo coisas sensatas — dizendo em vez disso coisas sem sentido e rememorando, usando minhas fantasias como experiência. Como aquela vez em que eu disse que me sentia como uma mulher de 45 anos, e que tudo estava acabado para mim.

Quando eu contei a você sobre Eve me instruindo a desabafar mais meus sentimentos e meu ego nas conversas, em vez de ficar apenas confiando nas impressões e conclusões, não fiz justiça aos sentimentos que tive naquele dia. (Está vendo? Pensei que a armadilha na qual tinha caído era unicamente você, e que, com você e às vezes com Karl, eu retinha as coisas. Mas então descobri que estava fazendo isso com minha melhor amiga também, e sendo desagradável por isso.) Não consegui recuperar para você a ansiedade que senti. Mas talvez este seja meu equívoco na terapia — pensar que devo reproduzir tudo o que experimentei ou senti que deveria ter experimentado. Continuar abordando as experiências textualmente sem cessar. Na maioria das vezes, acho que não estou lhe dando o que é verdadeiro e tampouco dando a mim mesma. Possuo esse precioso museu de emoções e relego todos os meus sentimentos a poucas e esparsas exposições, em vez de deixá-los fluir ou mudar.

A primeira vez em que falei com você, três anos atrás, foi o momento perfeito. (Eu estava madura devido à terapia e ao despertar intensos.) Todas as minhas emoções desde então parecem definhar em relação àquele instante vibrante, quando senti que lhe falei com sinceridade e vulnerabilidade. Após ser espelhada* na terapia em grupo durante dois anos, ainda me sinto constrangida quando estou com você. Tenho uma imagem de mim mesma, e não apenas uma *experiência pessoal*. Sinto-me, em geral, estagnada, condenada. Sempre que digo alguma coisa, normalmente é tudo premeditado ou inconsistente. De qualquer forma, sinto que não estou escavando fundo suficiente para alcançar novas fontes. Na maioria das vezes, não me surpreendo e tenho certeza de que não o surpreendo. Isso me deixa com raiva de você, porém, com mais raiva ainda de mim. Fui eu que bloqueei a corrente, deixando só um fio de emoção escapar. E quando isso acontece, eu o observo até que seque ou que você o seque. Não sei o que me deixou tão autoconsciente. Talvez parte disso se explique pelo fato de eu ver a mim mesma através do olhar severo de Karl.

---

* Nesse método, o paciente fica diante de uma cortina de vidro com uma plateia de médicos. (N. do A.)

Sou libertada dessa autoconsciência quando estou me divertindo com Karl ou com amigos, ou quando você faz uma pergunta certa. Quando me envolvo e não me preocupo com todas as respostas e com o que devo fazer. Então eu perco muitas coisas, mas me sinto maior, e geralmente tenho menos lembranças. Saio disso isenta. O momento e as experiências parecem finalmente acabados, sem deixar ecos desfavoráveis.

Na terapia, não consigo me admirar com suas reações às minhas dádivas controladas. Não lhe dou uma pessoa viva com a qual trabalhar. Pelo menos, é assim que eu percebo isso hoje. Mesmo quando sinto outras coisas, esta outra imagem crítica de mim mesma é sobreposta e trancada em seu lugar. Quando estou nervosa, como estava hoje, é como uma imagem de televisão subindo e descendo. É a mesma novela, mas não fica parada num só lugar.

Talvez essa fantasia de fazer amor *e falar* ao mesmo tempo seja também uma fantasia sobre a terapia. De que você me convenceria a me render, a liberar meus sentimentos, a conceder liberdade a outras emoções, além da derrota. Em geral, quando você diz: "O que você sente por mim?", eu percorro rapidamente esse difícil processo de raciocínio — pronto, aí vem ele outra vez, tentando me fazer admitir que tenho sentimentos sexuais em relação a ele. Pois bem, não os tenho (resposta rápida). Mas hoje, quando você disse isso, pensei no assunto, me permiti fantasiar e tive estes sentimentos — embora fosse um exercício de fluxo livre e não algo que estivesse firmemente alojado em minha mente.

Eu pareço estar mais atenta na terapia do que em qualquer outro lugar. Ainda que eu saiba que você ficaria muito feliz se eu agisse de modo diferente, não o faço.

Parte da derrota que sinto é ser capaz de decepcionar você e não ser vaiada. Eu interpretei no palco, e, de algum modo, meu rosto e meu corpo encontram-se superficialmente lá, sempre que o desejo. Eles forjam uma aparência, são um ator substituto para a emoção e a força. Mas isso não me traz bons sentimentos. No entanto, após a terapia, eu costumo me sentir mais capaz de expressar em ações minha agressividade, que é uma retaliação contra minha postura.

14 de abril
DR. YALOM

Não vejo Ginny há três semanas. Nas duas últimas, estive em Boston. Na semana anterior a essas, eu devia encontrar com ela às 11h e apanhar o voo das 14h para a Costa Leste. Esse era o meu plano até terça-feira, quando comecei a perceber que seria impossível concluir tudo e pegar meu avião para Boston. Na terça-feira, trabalhei o dia todo, até a noite, e finalmente, após hesitar bastante, resolvi que devia telefonar para Ginny e cancelar nossa sessão. Ainda lhe dei uma opção ao telefone, dizendo que, caso fosse urgente, eu tentaria encontrar algum tempo para vê-la. Sua resposta foi que era realmente lamentável que não nos encontrássemos, pois tinha um ótimo relatório para me entregar. Isso me deixou mal, porque eu estava realmente curioso para ver o que acontecera, mas, de qualquer maneira, esse é o pano de fundo para a sessão de hoje, que posso convenientemente intitular de "Ótima por dois dias".

Essencialmente, o que Ginny me disse foi que, por alguns dias, ela se sentira extremamente bem — que isso parecia ter começado na noite de domingo, quando Karl a chamou de novo de desajeitada, acusando-a de ir direto para a cama toda noite, sem lhe dar atenção, e ela aparentemente respondeu de modo direto, dando raiva em troca de raiva. Na manhã seguinte, conseguiu se irritar com um aluno que fora desobediente e a prejudicara em seu trabalho. Não importava o fato de ter repreendido o garoto errado, pois conseguiu descobrir quem era o aluno certo e dar-lhe uma bronca, e também não importava que ainda assim ele não tenha prestado atenção. Ela começou a se sentir muito forte e poderosa, levando-se a sério. Soa como se Ginny tivesse vislumbrado sua força interior e, de repente, com o cancelamento de nossa sessão, tudo se perdesse para ela. Depois, disse que tivera a impressão de que, de algum modo, seria capaz de chegar e obter alguma força nova que manteria a corrente fluindo, e que minha ausência, de certa maneira, tinha posto um fim ao circuito. Ela não conseguiu expressar bem esses sentimentos para mim ao telefone porque, quando liguei, ela estava a apenas alguns metros de

Karl, com quem estava jogando dados. Isso a deixava numa posição muito difícil entre os dois homens em sua vida, e ela sussurrou ao telefone que não podia partilhar de verdade com Karl essas mudanças recentes, porque não fariam sentido algum para ele.

Tudo isso foi dito de maneira bem refinada. Ginny era muito esperta, e apesar de falar sobre esse bom sentimento como se pertencesse ao passado, pareceu-me que ele estava, pelo menos em parte, ainda presente. Pensei bastante no que ela disse e tentei explorar tudo sistematicamente.

Primeiro, perguntei sobre o aborrecimento que devo ter-lhe causado ao cancelar nossa sessão. Ela não foi muito longe com isso, é claro, e eu quase tive que dizer algumas coisas em seu lugar, como: eu deveria ter organizado minha agenda um pouco melhor; ou: se eu realmente me preocupasse com ela, teria dado um jeito de vê-la. Ela pensara em algumas coisas assim, mas então abonou minha atitude com a desculpa de que eu tivera de cancelar minhas consultas. No início, pensou que fosse devido ao fato de ela não me pagar, mas logo dispensou essa interpretação, dizendo que eu estava cancelando todas as minhas sessões, inclusive com os pacientes que pagavam. Incidentalmente, isso indica para mim que tenho ignorado toda essa questão de Ginny não ser cobrada, que no meu caso é de importância bem menor, pois o dinheiro dos outros pacientes não vai direto para mim, e sim para a universidade. Talvez eu não tenha deixado isso claro o suficiente para Ginny, fazendo com que se sinta mais em dívida comigo do que realmente deveria.

Outra coisa que tentei investigar foi o significado do fato de seus bons sentimentos terem desaparecido com minha impossibilidade de vê-la. Contei-lhe que eu tinha uma fantasia de uma criança pequena dando saltos ornamentais de um trampolim e dizendo o tempo todo para sua mãe: "Olhe para mim, olhe para mim", e então, quando de repente ela se dá conta de que, depois de meia hora, sua mãe não está olhando-a, isso suprime o prazer de todo o processo. Em outras palavras, é lamentável que Ginny tenha de se sentir bem somente para mim. Ela negou isso, insistindo que se sentia bem por si mesma também, mas algo estava faltando: minha interpretação foi que ela achava que eu não me importava suficientemente.

Várias outras coisas estão acontecendo na sua vida agora, o que a deixa transtornada. Ela precisa se mudar da casa em que está morando, já que o proprietário e a esposa acabaram de se divorciar e tudo, inclusive os móveis que tem usado desde o ano passado, será vendido rapidamente. Ginny logo se repreende com aspereza por não ter lidado com isso de uma maneira sobre-humana. Ela se ofereceu para ajudar o proprietário, que está incapacitado devido a uma doença, mas critica a si mesma por não desempenhar essa função com total equidade, quando é evidente que qualquer um ficaria transtornado por ter de se desfazer das coisas com que vivera e das quais gostava, inclusive o proprietário. É característico de Ginny encarar quase todo acontecimento como um sinal de sua própria inferioridade ou falta de mérito. Ela enfia os eventos de seu dia dentro de um moinho de autocrítica movido pela energia de sua aversão a si mesma. Falei sobre isso, destacando algumas das "condicionais" que regem sua autopercepção e impõem exigências sobre-humanas. Ela comentou sobre uma amiga que a visitou, e eu tentei fazer com que visse esse encontro de seu ponto de vista; Ginny está ciente de que sua amiga gosta muito dela. Sei que Ginny deve ficar constantemente exposta a uma grande quantidade de sentimentos em relação a si mesma — os bons sentimentos que tenho em relação a ela são compartilhados, eu suspeito, pela maior parte das pessoas que ainda estão em contato com ela, e juntos imaginamos o motivo de todos esses bons sentimentos por parte dos outros, de algum modo, nunca conseguirem reduzir o núcleo básico de sua autoaversão. Foi nesse ponto que concluímos a sessão de hoje.

Talvez um pouco mais do que antes, começo a ver alguma luz no fim do túnel. O simples fato de Ginny ter sido capaz de ficar bem por dois dias é bastante comovente. Às vezes, um paciente consegue guardar dentro de si mesmo esse tipo de experiência como um ponto de referência para um futuro progresso, reconhecendo o terreno familiar quando volta a se aproximar dele. Ginny, agora, tende a fazer o oposto. Ela se lembra desse pico e logo se dá conta de como se sente morta no restante do tempo. No entanto, acho que ainda voltaremos a esse ponto muitas vezes.

21 de abril
DR. YALOM

Ginny chegou extremamente perturbada hoje. Além disso, eu me atrasei cerca de 10 ou 15 minutos, o que obviamente não ajudou em nada. Senti-me um tanto culpado durante a sessão por isso, porque este não era um dia para me atrasar com Ginny. Por outro lado, talvez não tenha sido tão grave, já que a ajudou a mobilizar sua raiva contra mim. Eu tinha sido assediado pelos arquitetos sobre os planos da nova clínica que estava sendo construída do outro lado da rua, e como estaria viajando em alguns dias eles me mantiveram ocupado além do limite, mas ainda assim meu atraso não era absolutamente inevitável. De qualquer maneira, Ginny sente de fato que recuou vários pontos. Sente-se da pior forma possível. O que acontece é que ela tem sofrido uma pressão enorme. Precisa encontrar um novo apartamento para morar dentro de uma semana; todos os seus móveis estão sendo vendidos debaixo de seu nariz; Karl queimou a mão gravemente por conta de uma negligência dela na cozinha; ela não tem conseguido escrever há três semanas etc. Fiquei preocupado em relação à sua maior aflição nesta semana e lhe disse isso. Tenho certeza de que, quando a poeira baixar, ela se sentirá muito mais à vontade. Entretanto, acho que é muito importante agora ver com clareza o que ela faz consigo mesma em períodos de angústia.

Ela começa a fazer coisas para todo mundo; depois se afunda bastante na autopiedade, e talvez se torne tão lastimável que acaba sendo rejeitada pelos outros. O que é diferente desta vez, contudo, é a natureza de sua raiva, que está bem mais perto da superfície. Em geral, ela a engole profundamente e então se sente confusa e desamparada com esse sentimento jamais expresso, jamais representado. Ela conta como está furiosa por ter de vir me ver hoje. Embora eu estivesse tentando ajudá-la a se recuperar, assim mesmo ela tinha muito a fazer para gastar todo esse tempo de sua vida e ficar enjoada no ônibus, e vomitar. Além disso, ela acordou com pensamentos de adquirir um revólver e atirar nas pessoas. Quando perguntou à secretária onde eu estava, ela teve a impressão de que, se eu faltasse à sessão de hoje, isso seria uma apreensão adequada para o resto da semana. Ela teve alguma dificuldade para abrir a janela de vidro do consultório e um forte impulso de cravar o vidro no pulso. Karl havia sido insensível, forçando-a a sair para procurar apartamento quando ela estava cansada demais para se mexer e fazendo com que fosse até a livraria quando ela não estava com vontade, depois a repreendendo por não ter preparado o jantar, ainda que de brincadeira. Pouco depois disso, ela deixou acidentalmente a panela quente sobre a bancada e ele se queimou; por um instante ela pensou se tratar de uma justiça poética, e se odiou por isso. (Obviamente, isso é menos "justiça poética" do que impulso destrutivo rompendo barreiras repressivas.) Ela sabia que era insensato deixar a panela sobre a bancada, sabia que era perigoso deixar os fósforos por perto, mas de algum modo isso acabou saindo de sua cabeça em alguns minutos. Ela estava zangada com seu pai hoje, e até comigo, embora não tenha sido capaz de falar sobre isso com muita liberdade.

Há tantas coisas acontecendo que foi difícil saber o que fazer para ajudá-la; ao fim da sessão, tive a nítida sensação de não ter sido muito útil. Ginny saiu parecendo um pouco desanimada e abatida, provavelmente com a sensação de que fizera uma longa viagem para me ver sem ganhar nada com isso.

Durante a sessão, tentei fazer com que se desse conta de que a situação não estava fora do controle como ela imaginava: tinha liberdade de escolha em cada quesito, podia enfrentar cada um desses problemas, um a um, e pensar nas medidas corretivas. Com algum pequeno esforço, por exemplo, ela podia corrigir sua falta de asseio e a bagunça em casa. Entretanto, ela parecia angustiada demais para que sugestões práticas desse tipo fizessem algum efeito. Além disso, afirmou que estava arrasada demais nesta semana para escrever qualquer coisa para mim — dissera tudo o que queria dizer na semana passada, e, se tivesse algo mais a acrescentar, faria isso na minha frente. Isso soou terrivelmente desafiador para mim, e tentei ajudá-la a avançar mais profundamente neste sentimento, mas ela não quis. Acho que ela pode muito bem estar nutrindo alguma raiva contra mim por ter faltado várias semanas atrás. Ela disse que sabia que eu ia dizer isso, mas não era verdade; de fato, era bobagem olhar para trás, para eventos ocorridos há mais de um mês, quando havia tantas coisas urgentes acontecendo em sua vida.

De qualquer maneira, tive algum contato com a antiga Ginny hoje, um retorno ao desânimo, ao pessimismo e à perplexidade de minha parte, e à impressão de vergonha de Ginny em relação à sua bagunça e à imundice; fomos ambos sugados para dentro de seu poço de autodegradação.

5 de maio
DR. YALOM

Ginny começou dizendo que não tinha seu relatório, que não tinha tido tempo de redigi-lo, mas então resmungou entre os dentes que não teve tempo de ir às corridas. Quando lhe perguntei, ela insistiu que estava realmente muito ocupada, cada minuto de seus dias dedicado a embalar e se mudar, e todo tempo livre que conseguia era um repouso necessário de sua situação doméstica. Estava deprimida, poucas coisas estavam acontecendo, ela dissera tudo o que havia a ser dito na última sessão. Isso me deixou descontente, e tive vontade de repreendê-la por não escrever o relatório, já que era a parte dela no contrato que acordamos. Na verdade, cheguei a considerar a possibilidade de lhe dizer que, se ela não cumprisse sua parte do acordo, eu não cumpriria a minha. Mas isso tornaria a escrita extremamente coerciva e mecânica, e também hesitei em dizer isso porque ela estava mortalmente deprimida. Nos 20 ou 25 minutos que se seguiram, a sessão foi um grande tédio. Basicamente, uma repetição das coisas que ela já tinha dito antes. Acho que ela não emitiu sequer uma frase nova ou refrescante. Ela serviu mais uma vez uma seleção desinteressante de fragmentos monótonos extraídos de seu *smorgasbord** de autonegação.

Tentei achar um meio de aliviar isso de maneira construtiva, mas simplesmente fui incapaz de dizer qualquer coisa durante a primeira parte

---

* Palavra sueca para designar serviço de bufê com variedade de pratos. (N. do T.)

da sessão. Nada me ocorria que pudesse ser muito útil, nada que me desse uma vontade particular de explorar ou reforçar; assim, contra toda a minha vontade, me vi em total silêncio. Eu lhe disse que estava agindo como uma "garotinha", que estava falando de modo frágil e tímido, sem dizer nada de novo. Ela concordou. Contou-me então uma fantasia que tinha tido de manhã. Nela eu a havia mandado para uma pequena cabana com instruções de escrever; em seguida, meu assistente chegou e teve relações sexuais com ela, resultando numa alegre brincadeira. Depois de um tempo, contudo, o sexo com ele deixou de ser apenas divertido para se tornar uma relação incessante, no limite do estupro. Ela sentiu, então, vontade de fugir com ele; entretanto, eu cheguei e a persuadi a ficar com seus escritos durante pelo menos mais um mês. Exploramos essa fantasia — ela queria de fato que eu tomasse conta dela numa pequena cabana e até garantisse suas necessidades sexuais? Era uma tarefa bastante materna que ela estava exigindo de mim. Quais são algumas das coisas que ela gostaria que eu lhe perguntasse? (Acho sempre esclarecedor perguntar aos pacientes que perguntas eles gostariam que lhes fizesse.) Ela se sentiu incapaz de responder, a não ser para sugerir que eu lhe desse mais coisas para fazer ou lhe perguntasse coisas mais específicas sobre suas oscilações de humor. Ela também queria que eu lhe dissesse o que devia fazer.

Prossegui então pelos últimos 15 minutos da sessão agindo como uma Mãe Suprema. Por exemplo, ela disse que uma das coisas de que gostara foi quando eu sugeri que fosse de trem, o que acabou fazendo na última vez. Perguntei-lhe se havia pegado o trem hoje. Ela disse que não; eu quis saber o motivo, e passamos aos detalhes de por que ela não tinha pego o trem hoje. Então, perguntei-lhe exatamente o que tinha feito hoje, e ela me contou a que horas acordara e no que estava pensando. Indaguei-lhe o que fizera em seguida, e ela falou sobre seu banho e sobre o fato de não ter se lavado muito bem, e eu prossegui perguntando se ela gostaria que eu a lavasse, e ela disse que não, mas gostaria que eu lhe desse uma "ducha grátis". Era uma divertida combinação de palavras, o "grátis" não fazia sentido algum; no entanto, não consegui descobrir nada mais sobre isso. Ela então falou sobre o café da manhã, dizendo que queria cereais e morangos, mas não se permitia comê-los, embora isso significasse que os morangos apodreceriam. Ela diz que é apenas uma de suas maneiras de se privar do que deseja. No passado, sua mãe a ajudava a decidir o que comer. Persisti nessa linha de questionamento por instantes, e encerramos a sessão com minha sugestão de que ela *deveria* comer morangos e cereais amanhã, e que *deveria* pegar o trem na próxima vez.

Isso com certeza animou um pouco a consulta. A certa altura, ela disse que estava com calor, um calor quase sexual, e a partir daí passou a falar sobre algo que parecia bastante curioso e muito intrigante; ela havia praticamente resolvido hoje que não me deixaria alcançá-la e que permaneceria no controle, mantendo-se inatingível. Ela lembrou que fazia isso no grupo — mantinha-se distante e emocionalmente inalcançável. Perguntei-lhe mais sobre como isso faria com que me sentisse em relação a ela. Ela respondeu que a única palavra que lhe vinha à mente era "reverência". Isso parecia sugerir que, ao não ser tocada, permanecendo de certa forma morta, ela consegue me controlar e, talvez, mediante sua frigidez, controlar Karl. Há um punho cerrado e desafiador dentro dessa luva.

18 de maio
DR. YALOM

Esta foi uma sessão muito intensa e inquietante. Antes de tudo, hoje foi o dia em que trocamos nossos relatórios escritos nos últimos meses. Eu não tenho pensado muito neles, exceto quando peço à secretária para reuni-los. Hoje de manhã, eu pretendia dedicar algum tempo à leitura dos meus e talvez editá-los, a fim de torná-los mais legíveis para Ginny, já que não os revisei após digitá-los. Quando comecei a lê-los, fui ficando cada vez mais constrangido e me perguntei que diabos eu estava fazendo ao mostrar tudo aquilo a Ginny, imaginando os efeitos que teriam sobre ela. Finalmente, resolvi tudo isso parando de ler, após algumas páginas. Dei também uma olhada em alguns redigidos por Ginny, mas tampouco os li sistematicamente, já que sinto que ambos temos de fazê-lo ao mesmo tempo, durante esta semana, e conversar sobre o assunto na próxima vez. O que me pareceu evidente foi que, de certo modo, as mesas foram viradas — Ginny considera sempre que eu tenho a supremacia e, ainda assim, quando observamos o uso da linguagem, fica bem claro que a minha é canhestra e prosaica, comparada à dela. No início da sessão, fui ficando mais apreensivo em relação à sensatez de partilhar isso com Ginny e lhe disse que, se a leitura dos relatórios a transtornasse tanto a ponto de querer me telefonar, eu estaria disponível. Ela também pareceu pouco à vontade em relação a lê-los e, de forma bastante divertida, considerou colocar a capa de uma revista em quadrinhos sobre eles, assim Karl não saberia o que estava lendo.

Ginny chegou com uma ótima aparência hoje. Ela havia telefonado e trocado o dia, assim podia vir um dia antes, já que Karl lhe daria uma carona. A sessão toda foi bastante tensa, e boa parte dessa tensão era de natureza sexual. Ginny falou sobre seus intensos sentimentos sexuais, que pareciam circular ao meu redor ou, pelo menos, tangentes a mim. Quando lhe perguntei se o fato de se sentir sexualmente atraente estava de algum modo relacionado a vir me ver hoje, ela passou a falar de masturbação, com um sentido de gratidão por eu ter-lhe dado permissão, quase como se eu fosse um padre concedendo perdão.

Então, ela falou sobre como se sentiu transtornada ao me ligar ontem para mudar o dia da consulta, como isso se pareceu com o dia em que sua mãe a forçara a telefonar para os meninos no dia de Sadie Hawkins.* Comentei o fato de, na última sessão, ela haver falado sobre ter feito sexo com meu substituto ou assistente. Ela disse que, se pudesse contar a Karl tudo o que me contava, se sentiria bem mais à vontade e provavelmente seria capaz de se conceder uma liberdade sexual bem maior com ele. Perguntei se, caso ela tivesse relações sexuais comigo, seria capaz de se desbloquear ainda mais. Ela disse que às vezes pensa nisso, mas na verdade

* Feriado extraoficial nos Estados Unidos, comemorado com festividades em que as meninas tomam a iniciativa de se aproximar dos garotos. (N. do T.)

não se permite pensar sobre o assunto por muito tempo ou fantasiar em cima disso. Sugeri que o fizesse em nível subintelectual, já que se sente tomada por tensão sexual quando vem ao consultório. Eu me perguntei se falar sobre isso ajudava a exorcizar a tensão que estava presente e que parecia bloqueá-la hoje.

Tivemos dificuldades para atravessar a sessão. O tempo parecia se arrastar. Talvez fosse a expectativa de ler os relatórios. Discutimos sua aparência, com um vestido curto, que ela considerava curto demais; ficou com vergonha disso, lamentando-se por usá-lo ou por não ter vestido uma calça comprida. Perguntei o que achara de minha reação diante de seu vestido. Ela não me repreendeu por isso e eu, gratuitamente, disse-lhe que não tinha notado qualquer uma das coisas pouco lisonjeiras que ela estava dizendo, que seu vestido parecia ótimo para mim. Indaguei também se sua tensão sexual hoje tinha alguma coisa a ver com Karl e comigo, já que estávamos ambos em Palo Alto hoje; senti que ela parecia bastante dividida entre nós. Mas não lhe disse isso; tenho certeza de que teria sido de pouca serventia.

Estou bastante curioso em relação aos seus resumos das consultas e à sua reação aos meus. Parece faltar muito para a próxima semana.

18 de maio
GINNY

Eu deveria ter escrito meu relatório antes de começar a ler os seus. Mas, de qualquer maneira, tive uma fantasia na última sessão — faz parte de meus sonhos vulgares. Veja, eu estava muito nervosa e pensei que, se tivesse me masturbado antes ou ali mesmo, ficaria aliviada e poderia me dedicar ao que estava sendo discutido. O pensamento estranho tinha nuances e, na verdade, plagiava uma cena de *Story of* O [A história de O], na qual uma moça faz isso em seu escritório numa cadeira giratória na frente de um homem. Mas não era isso que eu estava sentindo. Não estou certa de que tudo isso seja verdadeiro ou apenas um passatempo inteligente para me livrar da concentração. Quando dá um branco, tento alinhar meus pensamentos a coisas que li nos livros — fontes de experiência secundárias.

No entanto, o que é real é que, quando faço coisas pessoais, imagino você muitas vezes. Assim, em minha transparência, não podia ver qual seria a diferença se você estivesse ali em minha mente ou realmente presente. Em casa, por exemplo, você aparece, às vezes. Conversamos. Naquele dia, na sessão, era como se eu tivesse chegado com dor de barriga. Era apenas um remédio prático, pensei. Eu tinha toda a energia nervosa, mas nenhum santuário. E seu consultório é como um santuário para mim — onde posso falar algumas das coisas que preciso com anistia, sem medo de ser julgada. Outras vezes, quando necessito de privacidade, eu o posiciono na porta do meu quarto, ou ao lado de minha cama. Como uma espécie de leão de chácara psicológico. Você toma conta de mim, me protege e me escuta. Ou, se eu fugir, você é o único que pode, de algum modo miraculoso, conseguir meu endereço. Eu sabia que lhe contar minhas fantasias provavelmente o deixaria feliz, mas não consegui. Primeiro, porque sabia que elas eram ultrajantes, mas principalmente porque eram um pouco forjadas, e eu mesma estava sensacionalizando tudo, talvez até fabricando isso para preencher o vazio da sessão. Mas o sentimento simples era apenas que você está sempre ali, de qualquer maneira. Provavelmente, a pressão também de ter que ver um médico totalmente estranho no dia seguinte e lhe mostrar meu útero — tendo que parecer alegre e aberta para ele — argh. Ginecologistas são uma história totalmente diferente.

Esperei seis dias para escrever isso. É a última vez que faço dessa maneira. Daqui para a frente serei séria.

Em seus relatórios você me chama de Ginny, enquanto eu apenas converso com você. Mas talvez, por conta disso, eu deva ser mais cautelosa com o que digo; os seus são um diário, os meus são apenas uma conversa telefônica na qual tenho sempre consciência de estar na linha com você e de que alguém mais pode escutar às escondidas.

Capítulo 3

Verão (26 de maio — 22 de julho)

26 de maio
DR. YALOM

Esta foi a primeira sessão depois de Ginny e eu termos a oportunidade de ler os relatórios um do outro. Esperei com certa agitação a sessão de hoje. Primeiramente, me perguntei se certas passagens do que escrevi poderiam ter efeito adverso sobre ela. Além disso, senti-me pessoalmente constrangido após ter lido os conjuntos de relatórios — algumas de minhas observações pareceram superficiais, e minha linguagem, inepta, em comparação à dela. Um mérito redentor, porém, foi o fato de meus relatos conterem somente sentimentos positivos em relação a ela, já que é assim que autenticamente me sinto. De qualquer forma, ela chegou hoje bastante efervescente. Sugeri que gravássemos a sessão, para o caso de desejarmos voltar a ela mais tarde. Ela disse que talvez eu devesse ouvir os primeiros minutos da fita, assim eu provavelmente ficaria decepcionado e mudaria de ideia sobre a gravação. Em seguida, ela começou a explicar como uma série de catástrofes havia se abatido sobre ela desde nosso último encontro: sarnas, candidíase, ferimento no pé, contas altas com os médicos e, por fim, o fato de Karl não ter saído muito de casa na semana passada, o que a obrigou a ler meus relatórios com pressa e mal ter tido tempo de ler os seus.

Sua reação inicial (não inesperada) foi de comparar seu trabalho desfavoravelmente ao meu. Ela se sentiu como se tivesse feito um curso, por assim dizer, e devolvido um relatório medíocre ao fim do semestre. Disse que, comparativamente aos meus, seus textos pareciam fracos e curtos, enquanto eu tinha me mostrado mais disposto a lidar com as coisas com maior profundidade. Ela salientou que o fato de eu tê-los escrito tratando-a na terceira pessoa, falando sobre Ginny, me concedeu muito mais liberdade, pois ela escreveu os seus para mim usando o pronome "você". Essa observação me surpreendeu realmente, porque eu não havia percebido; é algo bastante ilustrativo da desigualdade do relacionamento psicoterapeuta em geral. Eu nunca teria considerado a possibilidade de escrevê-los para "você". E quanto ao fato de ela se dirigir a mim como "dr. Yalom" e eu a tratar por "Ginny"? Será que ela se sentirá algum dia à vontade para me chamar pelo meu nome?

Na maior parte, suas impressões sobre os relatórios foram positivas; na verdade, ela disse que eles a encorajaram tanto que resolveu não arrumar um emprego em tempo integral, porque teria de abandonar a terapia. Perguntei quais aspectos de meus escritos provocaram esta reação, mas ela respondeu apenas que agora se sentia pronta para passar para a segunda fase de seu relacionamento comigo. Recordando-se de alguns de seus antigos professores, ela observou que, quando eles se aproximavam, convidando-a para um jantar simbólico de reconhecimento, isso em geral queria dizer que o relacionamento estava acabado. De certa forma, aqueles textos eram como um jantar de reconhecimento. Aparentemente, ela os lera bem rápido, concentrando-se em todos os aspectos positivos, e saiu com a impressão de que não precisava se preocupar tanto em me conquistar e poderia seguir em frente, para outros estágios, comigo. Ela fez questão de frisar que não tivera tempo de absorvê-los cuidadosamente, pois era impossível ler com Karl por perto, e eram páginas bastante incriminatórias. Ela me fez sentir como se fôssemos conspiradores numa trama política, ou amantes tendo um caso que precisa ser totalmente escondido de Karl. É óbvio que há um grão de verdade nisso, porque se Karl lesse tudo o que ela disse sobre ele poderia se opor ao simples fato de ela tratar publicamente algo que pertencia à vida privada dos dois. Embora eu pense que esta é a soma total da possível afronta que podia suportar, está claro que ela reage exageradamente em relação à ameaça da descoberta: o sigilo de tudo isso, o cuidado em esconder os relatórios em seu quarto, o coração acelerado quando ela os lê furtivamente, de modo que Karl não apareça e a surpreenda.

A sessão, de modo geral, foi bastante contraproducente, a não ser pelo fato de termos compartilhado nossas reações sobre os respectivos relatórios. Ginny ficou contente em poder falar sobre sua facilidade para realizar atos que anteriormente pareciam grandes obstáculos. Por exemplo, antes, quando a cozinha estava a maior bagunça, ela lamentava a mesa estar tão suja e ela ser o tipo de pessoa que deixava as coisas desordenadas. Agora descobriu, quase maravilhada, que pode deixar a mesa arrumada limpando-a rapidamente.

Falamos sobre dinheiro. A humilhação é sua sombra: está presente quando ela implora ao proprietário de seu apartamento para consertar o aquecedor de água, quando pede assistência médica gratuita em clínicas populares e quando veste seu uniforme de trabalho como guarda de trânsito na porta de uma escola, rezando silenciosamente para que nenhum de seus amigos a veja. Ela tem uma impressão profundamente enraizada de ser uma pessoa rebaixada. Tentei ajudá-la a ver que ela própria se rebaixa e que, se quiser ter orgulho de si mesma, precisa fazer coisas das quais possa se orgulhar. Uma imensa parte de seu aborrecimento deriva da falta de dinheiro, um problema de solução relativamente fácil. Perguntei se ela tinha pensado seriamente em colocar para funcionar seu talento de escrever. Lá estava eu, mais uma vez, pregando meu evangelho pessoal sem sequer um texto útil, já que não tinha nenhuma sugestão concreta para acrescentar à expressão de minha confiança em sua capacidade de encontrar um meio de ganhar dinheiro de modo compatível com seus talentos.

26 de maio
GINNY

Ele queria gravar a sessão. Nem sequer pensei em lhe perguntar o motivo. Não deixei que isso me afetasse, enquanto prosseguia me humilhando, enumerando minhas doenças, que não eram nada críticas, mas que foram gravadas para serem reproduzidas. Parecíamos Dick Cavett* e seus convidados.

Falei sobre o clínico geral e sobre como eu achava que ele estava me cobrando caro demais. Acho que eu queria pedir seu conselho profissional, mas ainda me sentia desestabilizada após ter falado sobre isso. Talvez porque falar não seja agir. Hoje de manhã, fui acordada por sonhos em que eu o enfrentava. Basicamente, eu confio em todo mundo, já que sou uma pessoa extremamente dependente para não o fazer. Sou mais de reagir a alguém do que agir primeiro. As pessoas me colocam num lugar, estabelecem minhas fronteiras e meus limites. Se elas são más, minha resistência geralmente dura mais tempo do que de costume, até elas passarem. Mas este médico em particular está adentrando fundo em meus pesadelos. Principalmente porque eu me cortei e a ferida infeccionou. Você nunca é um médico ruim em meus sonhos; só foi uma vez, quando tive certeza de que não tinha gostado que eu encontrasse o líder da terapia grupal M.J., e eu sabia como você estava enganado por causa de sua formação, e sua filosofia não foi capaz de chegar a um acordo com a magia dele, seu psicodrama, ainda que de curta duração.

Talvez, em consequência da leitura dos relatórios, eu tenha experimentado alguns sonhos sensoriais, nos quais eu me continha e depois escorregava para a frente e para trás. Tenho certeza de que eles refletem a felicidade em algum lugar.

Falando sobre os relatórios, eu os li rápido demais. Neles, você ficava cobrindo o rosto e retirando seus óculos. E rindo de um jeito surpreso e espantado, e sei que você estava, mas não fiquei sensível a isso. Você

* Famoso apresentador de TV norte-americano. (N. do T.)

ofereceu muito mais em seus relatórios do que eu, contou muito mais coisas. Eu meio que galopei sem lhe agradecer. Na minha cabeça, eu podia fazer isso porque me prometi que na *próxima semana* eu os examinaria mais detidamente.

Acho que eu pronuncio mal as palavras quando falo com você. Às vezes engulo os gês. Só para parecer desleixada.

Apesar de eu estar sempre dizendo o quanto quero recompensá-lo, algumas vezes sei o que você quer e deliberadamente não dou, olhando para seu sapato ou para a mesa. Você quer que eu fale mais livremente e que comece a não reter meus pensamentos, mas não parece que me permitirei interromper esse hábito. Não tenho responsabilidade sobre o que digo, talvez por isso meus relatórios não sejam tão completos quanto os seus.

Durante a sessão, eu sabia que estava otimista, mas isso é porque fui afastada dos desafios reais e me sentia à vontade. Estávamos conversando sobre o que eu faria na *semana seguinte*, não sobre o que tinha de fazer naquele momento. Fico muito feliz quando imagino as coisas que não estão ainda sobre minhas costas.

Ontem, contei para você como era preciso que eu começasse a fazer as coisas. Geralmente você me diz isso. O ponto central era a mesa da cozinha. Meu campo de treinamento. Mas foi uma revelação a primeira vez que me dei conta de que havia um caminho. Como eu poderia conquistar as trivialidades, não deixando que elas se acumulassem contra mim.

Ao protelar as coisas, eu suspendo minha vida ativa. Quando estou quase passiva, quase tudo que coloquei em espera começa a girar, rodopiando em inércia. Algumas vezes gosto da terapia porque sinto que é um tempo perfeitamente seguro; quando tenho apenas de me preparar para fazer algo, mas ainda não tenho realmente de fazê-lo.

Sei que Karl odeia minha inércia, meus recuos, meus resultados de produção. Eu odeio essas coisas também, mas estou de certa forma presa a elas. Faço muitas coisas com energia, mas pareço parar um pouco antes da perfeição e de uma meta. Desse modo, a mesa da cozinha se torna um enorme planalto escarpado com poeira e galhos ao vento que voam contra mim, independentemente do quanto eu tente limpá-la. Sei que meu problema tem a ver com a suspensão da ação e do sentimento. Algumas vezes fico terrivelmente nervosa. Algo em mim quer fazer alguma coisa. Meus desejos são como um cavalo na linha de largada, aquele momento suspenso, a bandeira vermelha no alto, o cavalo enrijecido e tenso. Se o cavalo for puxado para trás e ficar muito tenso contra a porta de partida, quando esta finalmente abrir e a corrida começar ele relaxará toda a sua tensão e correrá mal todo o percurso, ou pelo menos terá um mau começo. Para que o cavalo possa partir em velocidade, o jóquei tem que, somente alguns segundos antes de a porta abrir, saber quando refreá-lo e tensioná-lo. Sentada na sala de espera, aguardando você, fico tensa. Na maior parte das vezes, quando chego ao seu consultório, sinto-me feliz em sair do ponto de largada, livrar-me da tensão e correr uma lenta corrida para nós dois.

2 de junho
DR. YALOM

Uma sessão muito importante e intrigante com Ginny. O tipo de consulta que eu esperava na semana passada. Ela começou dizendo que, logo após nossa última sessão, enviou várias coisas que tinha escrito para a revista *Mademoiselle*. Em seguida, me contou que durante o fim de semana tinha entrado em pânico, ficando acordada a noite toda. Ela explicou isso com base em sua infecção — ela e Karl tentaram fazer sexo, mas ela estava tensa demais, era "como se sua vagina tivesse sido costurada". Pela manhã, ele lhe perguntou qual era o problema, e ela contou-lhe algumas das coisas sobre as quais tínhamos conversado meses atrás — que ela apreciaria se ele pudesse fazer amor com ela por mais tempo, o que poderia capacitá-la a alcançar mais satisfação. Na noite seguinte, eles tentaram novamente e fracassaram, o que a deixou muito tensa e aborrecida, passando a noite em claro na cama, fantasiando que Karl a deixaria e o tempo todo esperando que ele não escutasse o ruidoso eco interno de suas conversas imaginárias comigo. Mais uma vez, ela se retratou como uma criança ou uma cativa em relação a Karl, imaginando o que ele estava sentindo, o que ela podia fazer por ele e o que ele gostaria que fizesse, sem sequer um pensamento sobre a perspectiva recíproca.

Logo em seguida ela acrescentou, de passagem, que havia relido os relatórios e na realidade começara a lê-los antes de ir para a cama na noite em que teve seu ataque de pânico. Brincando, ela disse que, desde então, não os lê mais à noite, só pela manhã ou durante o dia. Isso soou para mim como algo terrivelmente importante, e nós passamos, inútil dizer, o resto da sessão falando sobre isso.

A meu ver, eu fiz esforços heroicos para descobrir as reações de Ginny aos meus relatórios. Ela estava incrivelmente resistente. Desde que a conheço, nunca a vi assim tão relutante em relação a qualquer assunto. Quando lhe perguntei sobre os escritos, tive de atravessar várias camadas de detritos antes de alcançar algo próximo de seus sentimentos. Ela começou assim: "Pois bem, eu ri quando li isso e aquilo", ou "Senti que eu não estava sendo autêntica ou não estava assumindo a responsabilidade por perguntar isso e aquilo numa sessão". Continuei pressionando-a a dividir comigo suas reações às revelações sobre mim que encontrou nos relatórios. Com certeza, ela agora sabe coisas que não sabia antes — como se sentia em relação a isso? Em várias ocasiões, ela evitou a questão. Praticamente tive que colocá-la contra a parede, segurando seus braços, para lhe fazer falar. Algumas das coisas que finalmente mencionou foram exatamente as mesmas que me deixaram mais sensível quando escrevia, isto é, minhas frases ou técnicas emprestadas, que eu tinha lido ou ouvido de outros psiquiatras e "usei" em meu trabalho com ela; minha esperança de que ela notasse a presença de determinados livros em meu consultório, que me fizessem parecer um homem mais culto; as insinuações sobre as quais trabalhara em alguns problemas semelhantes aos seus em minha própria terapia; minhas impressões, ou falta de impressões sexuais em relação a ela, que a deixavam se sentindo "enfadonha". Quando perseguimos o significado da palavra "enfadonha", não chegamos a lugar algum, exceto que ela achou que era como "receber uma carta de amor de um menino mais velho" que costumava ler com sua mãe, quando era mais jovem.

Ela se sentiu envergonhada por despertar qualquer sentimento em mim. Disse que não merecia, que não era realmente "grande o bastante", queria ser invisível. Em algumas ocasiões, ela disse: "Se pelo menos você pudesse ter me visto na noite em que fui tomada pelo pânico..." Tentei saber o que teria desejado que eu fizesse naquela noite, ou o que teria esperado de mim, especialmente à luz de meus relatórios, os quais revelam como sou falível. Ela não soube responder, dizendo apenas que gosta de estar com alguém quando está em apuros, como seu pai ou sua mãe, quando eles a levavam para a cama. Indaguei em voz alta se estava transtornada com a perda de minha "perfeição". Ela negou, embora a certa altura tenha mencionado que, quando estava folheando as páginas, tentando restaurar a memória, sentiu um impulso repentino de simplesmente atirar tudo no chão, num gesto dramático. Em outra ocasião, já perto do fim da sessão, ela disse algo que sugeria que estava furiosa porque minha presença era tão forte em sua mente, enquanto a sua tão fraca na minha. Isso me surpreendeu. Era exatamente o contrário do que diz habitualmente — em geral, ela se apresenta como tão desimportante que não merece a menor consideração. Acho que seu desejo de ser o único recipiente de minha atenção é o sentimento primordial. E o outro sentimento, de ser tão pequena e irrelevante, é na realidade um meio de compensar sua falta de ganância.

Lamentei bastante não ter gravado a sessão numa fita. É difícil para mim, mesmo agora, imediatamente após, captar seu sabor, e eu gostaria de examinar bem isso. Naturalmente, me preocupa que os relatórios a tenham feito se sentir um pouco mal. Em outro nível, porém, não tenho a menor dúvida de que eles acelerarão nosso trabalho. Quando ela falou que parecia que eu tinha trabalhado com alguns problemas semelhantes em minha própria terapia, eu disse que era verdade e perguntei como ela se sentia em relação a isso. Ela evitou responder. Infelizmente, tenho que dar uma aula agora e devo, portanto, concluir este relatório ciente de ter resgatado somente um pequeno fragmento de nossa sessão.

2 de junho
GINNY

Você tem razão. Não quero escrever isso. Sinto-me como se denunciasse um amigo quando devolvo esses relatórios. E um amigo que veio somente para uma curta visita. Ao mesmo tempo, fiquei aliviada que a ocasião tenha passado. Digo que os quero de volta um dia para olhar e me concentrar neles, mas isso pode ser somente meu álibi "Chorarei amanhã". A parte que me fez recuar, e da qual me recordo neste instante, foi quando você falou sobre meu ciclo de autocomiseração e você sendo sugado para dentro dele. Isso é como me ver como uma desajeitada. Os relatórios me incriminam horrivelmente. Não acredito que eu seja da maneira descrita por mim ou por você. Karl sem dúvida me largaria na hora se isso fosse verdade. Ainda assim, cultivo o "coitada de mim" dos relatórios, arco com os transportes para vir aqui todas as semanas e mantenho afastados os elementos mais fortes e menos familiares em mim. É mais fácil ser a agredida do que ser aquele que agride.

Estou sentada aqui, tentando imaginar você dizendo: "Sabe, gosto de você, Ginny". E então, fico enfastiada e digo: "Seu idiota". Mas não consigo ir além disso.

A noite ruim não foi o ponto central da semana; não sei por que se tornou a única coisa sobre a qual falamos na sessão. Eu devia ter parado.

Quando cheguei para a consulta, sentia-me calma e aberta. Mas voltei a me sentir como na noite do domingo passado, como se pulasse no poço em que você caiu uma vez. Comecei a explicar a situação — aconteceu assim, está vendo? —, e de repente estava de volta ao início.

Ontem, quando saí, me dei conta de que não havia nada que você pudesse escrever nos relatórios, ou que eu pudesse escrever, que mudaria num passe de mágica o que não aconteceu e lhe daria algum sentido. Sei que você se sente sugado, agora que eu li seus comentários. Mas não consigo chegar a uma conclusão com *palavras* ditas em voz alta. Nunca consegui. Sentimos a isca sendo mordida levemente, mas o verdadeiro peixe está mais embaixo. As coisinhas que pescamos, eu as atiro de volta na água.

Sei que o único jeito de chegarmos a algum lugar é conversando. Mas fico muito constrangida. Eu me sinto mal em relação à sessão porque não me concentrei no modo como você queria ou naquilo que você queria. Se estivéssemos nos encontrando duas vezes por semana, eu poderia me entusiasmar outra vez. Mas talvez não. Vejo Karl todo dia e adio as coisas com a promessa de dar um jeito em nossas vidas.

Mas acho que você e eu ainda queremos coisas diferentes. Quero me sentir alegre, calma e chorar, e você quer respostas racionais e qualidades de liderança.

O resto do dia deveria ter sido ruim e desanimador, mas não permiti que isso acontecesse. Queria apagar e reverter o dia, e não seguir minhas visões em seu círculo completo, e realmente consegui.

11 de junho
DR. YALOM

Para mim, esta foi uma das sessões menos complicadas e menos tangíveis que já tive com Ginny. Assim que ela saiu de meu consultório, saiu de minha cabeça, e agora, algumas horas depois, mal me recordo de nosso encontro; apenas que senti uma intensa falta de trabalho, falta de movimento.

A parte mais surpreendente da consulta foi bem no começo, quando Ginny lançou dois dardos contra mim. Primeiro, ela me disse que lhe pareceu ao telefone (quando ela ligou para remarcar a consulta) que eu não estava de fato com vontade de vê-la esta semana. E acrescentou que se sentia um pouco ambivalente em relação à sua vontade de vir hoje, já que poderia ter ido assistir às corridas em vez disso, e era o último dia da temporada.

Por algum tempo ela falou sobre sua depressão, sobre seu desânimo, sobre o fato de a última sessão ter sido muito ruim e de eu tê-la pressionado a obter algum tipo de resposta que ela não sabia e não podia dar. (Na realidade, era exatamente esse o caso, pois na última sessão eu passei a maior parte do tempo tentando percorrer com ela a área de seus sentimentos relacionada à leitura das anotações.) Fiz algumas tênues tentativas nesta consulta para perseguir essa questão, mas não acho que falaremos sobre os relatórios ainda por um bom tempo.

Ela me contou como habitualmente faz inventários de todas as coisas ruins relacionadas a si mesma. Eu, buscando uma abordagem mais original, incitei-a a mencionar algumas das coisas boas que haviam ocorrido nesta semana. Bem, ela fez um teste para um grupo teatral, criou um tipo de pôquer engraçado para seus amigos, que se revelou hilário, mas sem valor comercial. Em resposta ao meu interesse em sua atuação teatral, ela disse que às vezes interpretava o papel por intermédio de sua mãe, pedindo a ela que retratasse uma cena, que Ginny poderia imitar perfeitamente. Tinha pensado em se tornar uma atriz profissional; aparentemente, possui talento considerável. Ela não conseguiu reconhecer isso e começou a adotar gestos sutis e elaborados para solapar qualquer pensamento positivo que pudesse ter deixado escapar. Por exemplo, após admitir que atua muito bem, logo acrescentou que está simplesmente representando um papel, ou seja, não está de fato experimentando os sentimentos da maneira que deveria. Algumas vezes é muito cansativo para mim, quando sinto que esgotei meu estoque de argumentos para encorajar Ginny a ver a si mesma de modo diferente.

E, assim, concluímos a sessão hoje sem sequer termos dito "oi". Os únicos sinais de esperança foram algumas insinuações de rebelião, como seu comentário inicial de que acreditava que eu não queria vê-la hoje. Ah, sim, ela chegou uns 15 minutos atrasada, porque pegara o ônibus errado. Além disso, ela estava um pouco impositiva, recordando um sonho que tivera na noite anterior: "Vou contar a você, mas não quero passar muito tempo falando sobre isso". No sonho, eu não podia mais consultá-la individualmente, mas a autorizava a assistir às minhas aulas. Nessas aulas, eu escrevia algumas palavras no quadro, que ela copiava em seu caderno. Era uma espécie de jargão psiquiátrico, como os nomes de várias doenças. Então, com pena dela, eu a recebia em particular por 10 ou 15 minutos. O fato de nós estarmos escrevendo alguma coisa, eu no quadro-negro e ela em seu caderno, trouxe à minha mente toda a questão de nossos relatórios. O sonho (e seus comentários iniciais) reflete seu medo de que eu não queira vê-la, mas por baixo dessa preocupação superficial eu pressinto as primeiras lâminas delicadas de sua resistência evidente à terapia.

11 de junho
GINNY

Eu esperava ficar decepcionada com a terapia de sexta-feira passada. Em vez disso, quando saí, eu me sentia melhor. Mas hoje é segunda-feira, e só algumas coisas ainda estão claras na minha mente.

Primeiro, quando falamos sobre o fato de eu ter chorado por causa de *Lassie*.* Pensei que fosse uma coisa ruim, um exemplo de mentalidade emocional infantil. Mas você disse que certas pessoas nem sequer eram capazes de fazer isso. Isso me rejuvenesceu, porque foi algo em que não tinha pensado, exceto de forma satírica. Karl fica irritadíssimo quando me pega vendo os últimos cinco minutos de *Lassie*.

Acho que, quando começamos a contar os pontos positivos, eu o estava enganando. É como recordar das tramas de um romance nunca escrito. Os pontos positivos se afastam demais de mim, se não conseguem me sustentar e me motivar. E são áridos demais para serem analisados.

Quando você pensou que eu estava sendo uma impostora, isso me divertiu. Acho que sou sempre muito sincera, mesmo com minha própria melancolia. Deve ter sido realmente ruim, desconfortável, se você pensou que eu estava sendo uma impostora.

Saí da sessão otimista, embora tenha notado que você não a aproveitou. Mas isso não me desviou de meus prazeres.

---

* Seriado televisivo e filme protagonizados por uma cadela da raça Collie. (N. do T.)

15 de junho
DR. YALOM

Terceira parte (ou quarta ou quinta) da série "Ginny fica furiosa". Fiz tanta pressão sobre ela hoje — eu mesmo não consigo acreditar —, e me pergunto o que ela vai fazer desta vez e quantas vezes mais teremos de atravessar o ciclo.

Tudo começou quando ela entrou em meu consultório, cabisbaixa e deprimida, dizendo: "Tivemos outra conversa ontem à noite sobre eu ser 'desajeitada'". (Ela estava se referindo a uma conversa anterior, quando Karl lhe acusara de ser uma desajeitada sexual.) A essência dessa conversa foi que Karl a criticava sem parar por seus muitos fracassos — uma crítica que ela considerou justificada da parte dele. Ele estava pedindo alguma interação com ela, alguma espécie de espontaneidade, e tudo que dissera sobre ela havia sido "absolutamente verdadeiro". Ela não pôde responder a ele, ou respondeu como se fosse uma pessoa destituída de emoções. Foi um enorme pesadelo; ela só esperou acabar para poder se sentir misericordiosamente aliviada de tudo. Desde então, tem sido assediada por fantasias em que ele a deixa e ela tinha certeza de que "era isso mesmo". Hoje, ela se mostrou num humor muito autocrítico, autodepreciativo, e eu soube que se me deixasse levar por ela durante algum tempo eu seria sugado por seu desespero e sua autoaversão. Hoje, era importante pensar primeiro e sentir depois.

Minha primeira reação foi tentar descobrir o que ela teria dito a Karl se não tivesse ficado paralisada. Ela não conseguiu pensar em nada para dizer, exceto que uma "mulher de verdade" saberia se defender por mais tempo. Várias de suas declarações significavam que ela deve ter suportado uma indignação e uma raiva consideráveis, mas não tinha sido capaz de aceitar essas emoções.

Uma revisão da cronologia da noite anterior esclareceu o que acontecera. O cenário foi o seguinte: Ginny ficou das 17h às 19h tentando preparar um novo prato: lombo de porco assado. A refeição foi um fracasso parcial, comestível, mas sem graça. Karl, que lê durante o jantar de qualquer maneira, ficou fazendo um jogo de palavras cruzadas durante toda a refeição e a criticou como se ela fosse uma garçonete, dizendo que o porco estava medíocre e as batatas, duras etc. Após o jantar, ele deveria tê-la acompanhado até a casa de uma amiga para ela tomar uma ducha. (Ela não pode fazer isso em casa porque tem uma água marrom saindo da torneira, que ainda não foi consertada.) Ele se recusou a levá-la até a casa de Eve, obrigando-a a pegar um bonde. Depois disso, quando ela voltou para casa, ele tinha saído, deixando um recado dizendo que saíra para comprar cerveja, esperando assim superar o próprio mau humor. O bilhete a deixou aliviada. Quando ele voltou, estava provavelmente ainda mais irritado, porque ela não mencionou o recado. Ele se sentou para ver televisão durante um tempo, e, pouco depois de meia-noite e meia, eles desligaram o aparelho e ela adormeceu em minutos. Ginny diz que, como se levanta às 6h30, à meia-noite está exausta. De qualquer forma, Karl estava furioso com ela por pegar no sono tão cedo.

A partir desse ponto da sessão, fui muito firme em relação a Karl, e bastante consciente disso. O que eu queria era sacudir Ginny e ajudá-la, de vez, a parar de pensar em todas as coisas que Karl considera insatisfatórias nela, de modo que ela pare de viver à sombra do medo de que ele a deixe de repente. Queria que ela entretivesse o pensamento de que Karl tem alguns defeitos graves, e então eu lhe disse: "Quanto tempo você vai dar ao Karl para ele tomar jeito?" Observei com toda clareza possível que ela se anula toda vez que sente raiva. Só consegue exprimir esse sentimento passivamente, por exemplo, não limpando a casa ou não recolhendo todas as roupas que estão sobre a cadeira. Ela respondeu que nunca foi capaz de limpar a casa. Eu falei que achava isso ridículo e que ela poderia fazê-lo quando bem entendesse, mas não o faz como um modo de expressar sua raiva. É isso que chamamos de agressividade passiva. Nesse ponto, ela de repente desandou a chorar e disse que queria ter cinco anos outra vez, quando não tinha que se preocupar em fazer nada para ninguém. Insisti no assunto dos defeitos de Karl, oferecendo várias pistas ao longo do caminho. Chegamos a certas características, como sua falta de intuição, sua falta de sensibilidade em relação a ela, suas leituras constantes, especialmente durante as refeições, sua necessidade de controle, que é tão opressora que a amiga dela, Eve, nem gosta de ficar perto dele. Ele a critica, diz Ginny, porque ela não está crescendo, não está aperfeiçoando suas capacidades. Perguntei-lhe se fazer palavras cruzadas o tempo todo ou frequentar assiduamente as corridas são meios de autodesenvolvimento. Não parece que ele esteja crescendo, tampouco. Nós falamos, ou eu falei, sobre a falta de generosidade dele, sobre o fato de ainda cobrar dela dinheiro para o pedágio nas pontes, enquanto ele pode ganhar 40 dólares por dia, quando está com vontade de trabalhar. Eu lhe digo que a reação de praticamente qualquer outra mulher à sua crítica no jantar teria sido: "Quem você pensa que é para me criticar?" Continuei, perguntando a Ginny: "É este o tipo de homem que você quer na sua vida?", e ela respondeu que não teria de decidir, pois mais cedo ou mais tarde ele a deixaria. Segui pressionando com perguntas: "Você quer passar o resto da sua vida com um homem desse?"; "Se não quer, quanto tempo você ainda vai lhe dar para mudar?". Perguntei sobre a possibilidade de ela também o estar privando de qualquer chance de crescer, porque nunca lhe dá nenhum retorno, e tenho certeza de que esse foi o motivo de parte da agitação na noite anterior. Ela chorou mais algumas vezes durante a sessão. Conversamos sobre sua falta de orgulho por qualquer uma de suas virtudes ou seus talentos. Ela não fala nada sobre o que escreve, ou sobre suas paródias inteligentes, ou sobre sua atuação no teatro; outra mulher não iria querer e esperar alguma resposta positiva para essas coisas?

Ela me ouviu dando-lhe instruções explícitas e me perguntou, meio hesitante, se devia cumpri-las imediatamente, já que eles vão realizar uma partida de pôquer importante em sua casa em três dias. Eu honestamente acho que se tivesse lhe dito para ir para casa e mandar Karl se foder ela poderia muito bem tê-lo feito hoje. Ela salientou, porém, que pareceria forçado. Claro, isso faz parte do perigo real que enfrento com Ginny: ela é tão passiva, como uma marionete, que fará exatamente o que eu lhe disser para fazer, o que pode não ajudá-la a se sentir completamente autônoma a longo prazo. Muito bem, dane-se, este é apenas um dos riscos que temos de correr. Acho que estou começando a sentir que devemos trabalhar com o comportamento primeiro, e com o sentimento depois. De qualquer forma, fui extremamente indelicado e muito vigoroso durante a consulta, nem sequer permitindo que Ginny me dissesse como sentia em relação ao que eu estava lhe transmitindo. Não sei o que fará com isso, mas até agora tem sido esse o tipo de sessão que ela mais aprecia.

15 de junho
GINNY

A sessão me trouxe muitas informações e certa força. Sempre que isso acontece, fico pensando: o que eu faria sem você e essas consultas?

Eu me senti bastante presente ali. Ao mesmo tempo, por pelo menos uma vez não me importava como eu estava afetando você. Ao final, eu sabia que o estava deixando exasperado, mas isso também não me incomodou, embora tenha me sentido um pouco cansada por estar sendo tão morna.

Antes da consulta, eu vivia fantasiando. É assim que eu lido com as coisas. A fantasia é resistente. Eu não tinha expectativas em relação à sessão. Cheguei de olhos vendados. Estava fantasiando tanto que nem cheguei a pensar na consulta. Nem sequer tinha pensado em mencionar a noite passada, já que isso me parecia óbvio. Claro, fiquei contente quando o fiz, e assim que o fiz, não acho que eu tenha recuado, a não ser no final.

Sua palavra "indignação" me instigou. Certa vez, meu pai estava brincando comigo e apanhou uma moeda que eu sabia que, por direito, me pertencia (era uma coisa desprezível). Eu a quis de volta; ele estava me provocando e quando, por fim, ele me devolveu, comecei a chorar. Talvez porque tenha lamentado tanto todas as coisas ruins que eu tinha por dentro, indignação. Karl também me provoca o tempo todo. Eu preferiria não pensar nada a pensar mal de alguém. Suspender o julgamento e tudo o mais. Não acho que você conseguirá me fazer expressar pensamentos ruins sobre as pessoas, mas eu gostaria de tentar. Sou da escola do Bambi — não diga nada se não puder dizer algo de bom.

Eu podia ouvir sua voz durante toda a sessão, por fricção, tentando apanhar minha voz e lhe dar algum fogo. Continuei resistindo, à medida que sua voz rangia cada vez mais em meus ouvidos. Senti hostilidade em relação a você. Que você estava tentando me manipular. E querendo que pelo menos eu imitasse sua ferocidade.

Mas a mudança que se produziu em mim depois foi inacreditável. Percebi que qualquer raiva ou pressão em minha vida é capaz de me paralisar. Tenho muito medo disso. Deitada à noite, fico imóvel, agitada e tensa, esperando que aconteça aquela emboscada da raiva. Eu temo todos os confrontos. Mas agora (ou pelo menos durante três horas após a consulta) tenho me sentido capaz de acolhê-los. Esperei por eles. Como uma oportunidade para me expandir e me encontrar. (Karl foi legal demais comigo. Por que ele não fez algo característico, como insultar meus hambúrgueres — assim eu poderia me soltar e jogar um na cara dele?) Eu me senti mais viva porque não fiquei esperando, com medo, que surgisse um vazio ou me desse branco ao primeiro indício de problema. Senti-me maior do que eu mesma, e não menor. Mais surpresas aconteceram. Durante alguns dias depois disso, não fantasiei mais nada, já que ao meu redor tudo parecia agradável e forte. Da mesma forma, não escrevi o relatório completo porque, quando temos uma boa sessão, o que aconteceu parece afugentar as palavras e estar ainda acontecendo.

Claro, tive minhas fantasias desde então, senti medo e posterguei bastante. Preciso de mais do que um empurrão. Mas mesmo aquele pequeno empurrão que você deu me permitiu relaxar um pouco, livre do medo e cheia de sentimentos. Isso é maravilhoso. Por que você não grita um pouco mais?

23 de junho
DR. YALOM

As coisas estão bastante alegres e simples, e bilateralmente faceiras. Havia uma disparidade óbvia entre a conduta de Ginny e o conteúdo de sua conversa. Seu conteúdo estava "para baixo" — ela esperava com todas as forças que eu pudesse fazer hoje o que fizera na semana passada; sua conduta era dinâmica. Estava vestida de modo absurdo, com botinas e macacão de matuto. Durante a consulta, ela se sentiu um tanto envergonhada com suas botas, mas ficava cheia de bolhas nos pés se usasse outro calçado. Na última vez que tentou se vestir bem, ela usou outro par, mas seus pés ficaram machucados. Não abordei seu comentário sobre parecer elegante na última vez, mas talvez devesse tê-lo feito.

Sua mensagem principal era que aquilo que havíamos feito na última vez tinha sido muito útil para ela. Assumira um conjunto de atitudes diferente a semana toda, especialmente em relação a Karl. Não tinha tido oportunidade de responder a seus ataques, mas estava se sentindo pronta para reagir, caso ele a atormentasse de um jeito ou de outro. Parece que ela conseguiu transmitir alguma coisa para Karl, já que ele se comportou de modo bem diferente durante a semana e, na realidade, pareceu mais autocrítico do que ela jamais testemunhara. Por exemplo, ele disse: "Tenho agido como um idiota", ou "Olha essa bagunça que eu deixei sobre a mesa". Em uma ou duas ocasiões, ela se defendeu sozinha. Mas sabia que nunca conseguiria revidar se Karl fizesse algum tipo de insulto sexual. Tentei fazer com que aprofundasse o tipo de insulto sexual que tinha em mente. Ela disse que ele podia acusá-la de fingir seus orgasmos. Indaguei o que ela teria respondido. (Eu queria que soubesse que, embora eu não recomende esse tipo de insulto sexual entre os casais como uma boa maneira de lutar, se acontecesse ela também deveria ter munição para reagir.) Eu estava só tentando fazer com que ela se desse conta de que tem tanto direito quanto ele de desferir ataques injustamente.

Sobre outro assunto, ela recusou a si mesma o direito de estabelecer julgamento sobre as pessoas. Falou de sua irmã, que vive julgando sua conduta, mas ela, Ginny, não consegue agir assim. Finalmente, fui obrigado a assumir a posição de seu porta-voz, dizendo que sua irmã é pretensiosa e algumas vezes age como imbecil, e a instruindo a repetir para mim essas coisas. Bem no meio de nossa discussão sobre sua irmã e Karl, ela interrompeu, dizendo: "Eu queria que conseguíssemos fazer o que fizemos na última vez". Achei isso muito estranho, já que eu pensava que estávamos fazendo exatamente isso. Acho que ela diz "fazer algo" e "não fazer algo" ao mesmo tempo.

Em geral, porém, Ginny está certa. Uma instrução ativa na arte da agressão talvez seja a melhor coisa para ela neste momento; se conseguirmos fazer isso durante várias semanas seguidas, talvez possamos mudar seus sentimentos em relação a si mesma. Ainda assim, eu evito me tornar tão autoritário, pois temo que isso só intensifique sua dependência; ao dizer-lhe para ser agressiva, estou também transmitindo a mensagem de submissão a mim. Está igualmente claro que ela só consegue me acompanhar uma semana de cada vez.

De qualquer forma, ela teve uma boa semana, chegou até a ganhar dinheiro no pôquer, e foi só nesses últimos dias que começou a ficar deprimida outra vez. Deprimida no sentido de ter passado os dois últimos dias sonhando acordada, como aconteceu durante a semana inteira que antecedeu nossa última consulta. Ela insinuou no início da sessão que o que não anda fazendo é escrever. Que importância tem ela enfrentar Karl em relação a lavar a louça? O importante é que não está escrevendo. Ela *tinha* escrito algo na noite anterior que queria me mostrar e lamentou não ter datilografado, mas continha algo crítico a respeito de Karl, o que a impediu de datilografar na presença dele; ela vai me trazer depois. Ainda está participando do grupo de teatro, fazendo improvisações à noite, e pode até conseguir um emprego com eles no outono. Custo a crer que ela esteja disposta e ansiosa para representar *à l'improviste* — uma das situações mais assustadoras —; prefiro me jogar dentro do monte Etna. Fica difícil conciliar isso com a imagem de Ginny, a "tímida" e a "assustada".

Passei a última parte da consulta me concentrando em seus relatórios, sem muita criatividade. O que seria preciso para fazer com que comece a escrever? O que ela está escrevendo? O que ela não está escrevendo? Tentei pressioná-la a pensar no amanhã; quais seriam seus compromissos? Poderia começar a escrever às 10h, se quisesse? Tentei determinar o que poderia mobilizar sua vontade. Ela ficou furiosa com isso, reagindo com autêntica irritação, e eu recuei. Agora, dez minutos mais tarde, posso refletir quase prazerosamente sobre o fato de ela ter sido capaz de fazer isso. Ela disse que achava que escreveria amanhã e começaria às 10h. Terminei a sessão anotando num pedaço de papel: "Escrever às 10h", que dobrei e lhe entreguei. Brincando, ela disse que o pregaria em sua blusa. É uma espécie de brincadeira, da maneira que ela vê, mas estou sendo mortalmente sério e tenho a intuição de que voltaremos a abordar esse pedaço de papel. Sinto-me bastante entusiasmado, otimista, absolutamente bem hoje, depois de ter visto Ginny. Foi uma sessão fascinante, e ela estava realmente encantadora. Contou-me algumas piadas, coisas engraçadas que fizera durante a semana, e tive uma ideia mais clara de como deve ser divertido para Karl viver com ela. Obviamente, eu já sei disso, intelectualmente, há algum tempo, mas é raro que perceba o lado animado e espirituoso.

23 de junho
GINNY

Nunca alcancei de verdade sentimentos profundos. Tenho sido ociosa. Conforme você disse, a questão verdadeira é a escrita. Quando você ficou me importunando sobre os motivos de eu não estar escrevendo, tive que inventar uma resposta e murmurá-la em seguida para você; acho que eu poderia ter ficado com raiva. Porque me senti incomodada, porque você parecia meus pais tentando lisonjear meus "dons", transformando-os em algo construtivo. E obviamente esses aparentes talentos estão impregnados de outra coisa que os torna difíceis para mim. Mas sempre sinto que devo responder. Estou atada ao "Vou fazer".

Hoje estou arrasada, como quando você fica dizendo o óbvio sobre escrever ou estabelecer julgamentos. Finjo escutar e acompanhar o que está dizendo, mantendo meu lado da conversa, quando na verdade não estou levando nada disso pessoal ou seriamente. Então quero que você mude de assunto, mas exprimo isso sorrindo em vez de dizer que está me aborrecendo.

No ônibus, voltando para casa, acabo dormindo e acordando num sobressalto, espantada que a sessão tivesse terminado. Não foi uma consulta ruim. É como pedir o prato errado num restaurante. Você perdeu a chance até a próxima vez, e é preciso digerir o que comeu.

Sempre parece que a sessão seguinte a uma boa sessão é fraca, comparativamente. Pois sei que a anterior me injetou força e objetivo. Ao passo que, na mais recente, eu simplesmente fui imutavelmente eu mesma — uma borboleta presa dentro de um copo. E eu acho que é um artifício falar sobre minha musa (não!), falar sobre minha escrita. Se há alguma coisa pior do que voltar ao meu passado, algo que sei que você não aprecia, pelo que li nos relatórios, é ir para meu futuro. É verdade, se estivesse escrevendo, ou se pudesse me defender sozinha e não me sentir envergonhada por me separar das outras pessoas por conta dos julgamentos ou emoções, eu e a terapia nos aperfeiçoaríamos. Por exemplo, acho que existem coisas em Karl das quais realmente não gosto, coisas desprezíveis e silenciosas que não são tudo o que ele é. Mas eu fico paralisada diante das coisas ruins e acabo mortalmente triste, falando em vez disso das coisas ruins que há em mim. Por que não posso simplesmente dizer a ele e a mim mesma aquilo de que não gosto, o que há de errado, o que deveria ser jogado fora, deixado ao sabor da boa vontade, e então poderíamos seguir em frente de forma realista, e eu não me sentiria envergonhada ou culpada? Eu estaria apenas crescendo, e ele também. Se eu pudesse ao menos admitir que existem coisas das quais não gosto em relação a Karl, e outras que adoro, então eu não tentaria liquidar tudo.

Assim como você quer que esses relatórios sejam sobre o que acontece nas sessões, acho que as sessões deveriam estar associadas ao que estou fazendo. Parece que estou vivendo dentro de uma cláusula "se" na terapia; minha vida pendurada num "se" suspenso. Porque, quando falamos sobre escrever, ou sobre o que posso escrever, eu plano e resplandeço de otimismo, e só quando eu volto para casa e são 10h e começo a alfinetar a mim mesma e a recorrer à sra. Slothman é que eu me dou conta de que foi uma caricatura de mim que veio para Palo Alto e tagarelou durante uma hora com alguém como meu pai, que sabe que eu ficaria bem se ao menos conseguisse escrever.

É claro que eu deixei este relatório para ser escrito tarde demais, de modo que somente as impressões gerais da sessão e de mim mesma foram relembradas ou produzidas.

Eu queria realmente ler para você na semana passada o que escrevi no meu diário em relação à noite precedente e àquilo que fico sempre aludindo. Pelo menos assim você teria ouvido esse lado de mim. E poderia talvez ter visto o quanto ele é comodista e leviano.

30 de junho
DR. YALOM

Em geral, minha impressão é que desperdicei uma hora e que Ginny, eu imagino, desperdiçou várias horas. Ela precisa de três ou quatro horas para pegar o ônibus, caminhar do ponto até aqui e voltar. Embora, é claro, eu tente racionalizar meu sentido de tempo desperdiçado. O que costumo dizer aos alunos? Ah, sim, é um tempo gasto "reforçando o relacionamento". A terapia é um lento projeto de construção, requerendo meses, anos; não se pode esperar algo de tangível a cada hora — há horas de frustração que você e o paciente precisam atravessar juntos. Se o terapeuta requer e espera gratificação pessoal de cada hora de terapia, ou ele ficará louco ou passará para um programa intensivo de terapia de ruptura, como o grito primitivo, uma forma de loucura em si. O terapeuta maduro avança de modo deliberado e paciente, é isso que eu digo aos meus alunos e o que digo a mim mesmo hoje. Mas há momentos em que é difícil manter a fé. De qualquer maneira, as coisas começaram quando ela me contou que estava com péssimo humor, tinha perdido sua carteira alguns dias atrás e só hoje descobrira isso. O trajeto para o consultório havia sido sofrível. Ela tinha sido assediada sexualmente por um garoto de 15 anos quando estava deitada no parque, antes da sessão, e, além do mais, não foi capaz de mandar o cara sair fora! Perdera três dólares num jogo de pôquer na primeira hora e então se retirou para seu quarto, onde ficou amuada e de mau humor, enquanto o jogo continuou por pelo menos outras quatro horas. Fizera várias entrevistas de emprego, sem sucesso, e daí por diante.

Eu mal sabia por onde começar. A linha comum em tudo isso, ela disse, era algum tipo de raiva vagamente percebida. Por um instante, deixei minha própria fantasia se soltar, e a imagem enfumaçada que me veio à mente foi um imenso leito de lava borbulhante e lufadas de raiva explodindo na superfície, e Ginny sentindo-se confusa e oprimida por tudo isso. Resolvi investigar todos esses incidentes, de modo que ela reconhecesse e possivelmente reexperimentasse a trilha de sua raiva.

Eu também estava curioso para saber se meu bilhete "Escrever às 10h" tinha surtido algum efeito. Ginny disse que escrevera ontem e no dia anterior (sem mencionar o resto da semana). Ela tendia a negar suas realizações salientando que tinha sido capaz de escrever por apenas uma hora e meia, embora sete páginas tenham sido concluídas nesse período. Eu lancei o anzol, provocando-a sobre sua escrita. Por que ela não tinha escrito na semana passada? Por que ela não escreve continuamente? Eu suspeitava que, se a provocasse o bastante, veríamos alguma raiva contra mim vir à tona.

Em seguida, conversamos sobre o jogo de pôquer e sua raiva em relação a uma amiga que chegou atrasada, a quem Ginny defendera publicamente, alegando que ela estava preparando biscoitos, o que a deixou com cara de boba quando a amiga chegou sem eles; sua raiva por ter perdido tanto dinheiro tão rápido; sua raiva contra um de seus amigos que quebrou uma porta, levando Ginny a temer que o proprietário a chutasse dali para fora; sua raiva contra todos por terem ficado a noite toda, com ela sentindo que o proprietário não aprovaria que acolhesse tanta gente bêbada; sua raiva contra o rapazinho que a assediou sexualmente, e o furor contra si mesma por não ter sido capaz de dizer algo como "Sai fora" ou "Some daqui, seu pervertido". Em vez disso, ela simplesmente se levantou e se afastou, se despedindo e pensando o que suas amigas teriam dito naquela situação. Evidentemente, depois ela olhou na outra direção e pensou como isso teria magoado os sentimentos daquele garoto de 15 anos.

Em seguida, ela falou sobre sua raiva contra mim, especialmente como ela a sentia já no final da consulta. Tentei fazer com que fingisse que estávamos no fim da consulta, quatro horas em vez de três e meia. Quais seriam as coisas que ela gostaria de me dizer? Ela fez apenas uma tentativa simbólica. Continuei pressionando sobre seus escritos, e ela quase explodiu, mas disse apenas: "Tudo bem, vou escrever". O que ela não disse foi: "Pelo amor de Deus, larga do meu pé". Eu lhe falei isso, e ela sorriu languidamente. Parece que finalmente sua paciência está sendo posta à prova, e acho que isso é positivo — há quanto tempo eu a tenho pressionado para exprimir sua raiva?

De qualquer modo, saímos ambos com um vago sentimento de insatisfação. Passei algum tempo lhe pedindo para olhar para o lado bom de sua vida. Embora tudo lhe pareça sombrio, hoje, a situação com Karl está com certeza muito melhor. Ela está bastante convencida agora de que realmente o ama. Tem sido capaz de responder às investidas dele em várias questões. De um jeito ou de outro, as coisas se tornaram mais livres para ela, sexualmente. Está escrevendo, não está sozinha, tem vários amigos, e eu insisti que essas coisas estão muito mais próximas da essência de Ginny do que os itens triviais que ela mencionou. Mais uma vez, ela chegou perto de sentir raiva de mim, e eu dei palavras à sua raiva em seu lugar. "Foi estúpido de minha parte ter dito isso, porque você já tinha feito isso no início da consulta." Ginny esboçou um leve sorriso, num reconhecimento tácito. À medida que escrevo sobre a sessão, as coisas começam a soar melhores do que eu previ durante o transcorrer da consulta.

30 de junho
GINNY

Eu me senti convencida e leviana, mas queria me sentir triste e sincera. (Você diria: "Ginny, encontre outras palavras, o lado positivo de convencida e leviana".) Minha raiva faz com que me sinta ao mesmo tempo viva e morta. Estou bem no meio disso com um transtorno estomacal.

Quanto mais consciente do sentimento de raiva que eu fico, mais coragem eu tenho. Então, algo dentro de mim atira um cobertor sobre minha cabeça. E ando em círculos sem direção, mas num frenesi total.

Ao final da consulta, quando você disse que 16h20 era na verdade o horário mais conveniente para a sessão, demonstrou suficiente confiança em sua afirmação para me dar um exemplo de uma pessoa que defende suas posições. Gosto de ver você forte, reagindo como uma pessoa comum. De algum modo eu aprendo com esses encontros, por mais triviais que sejam.

Mais uma vez, hoje, eu me sentia capaz de distrair, mas não me incomodei em perguntar se você o queria. Eu deveria perguntar se isso nos leva a algum lugar além de simplesmente disparar sem controle sob meu próprio nervosismo.

Como posso alcançar pensamentos mais profundos? Você disse, no final, que as coisas estão indo razoavelmente bem na minha vida, mas que eu só mencionava as características desprezíveis.

Quando estou com você, não consigo me concentrar nas coisas que quer que eu pense. Eu me subtraio da pessoa com que você está falando.

12 de julho
DR. YALOM

Na semana passada, faltei à minha consulta com Ginny. Dois colegas meus estavam passando parte da semana na cidade, trabalhamos noite e dia num livro sobre os grupos de encontros, e eu comecei a cancelar a maior parte de meus compromissos, assim que percebi que não seria capaz de concluir o que precisava. Liguei para minha secretária e lhe pedi que telefonasse para Ginny, a fim de checar se ela poderia vir na sexta-feira. Minha secretária me entendeu mal e cancelou totalmente o compromisso com Ginny, ao contrário do que eu pretendia. Mais tarde, descobri que Ginny não podia vir na sexta-feira. Assim que soube disso, tentei ligar para ela, em sua casa, para ver se estava disponível em outro horário, mas não consegui falar com ela. Lamentei muito que tudo isso tivesse acontecido, mas ao mesmo tempo eu sabia que estava ocupado demais e muito perturbado para ter sido eficaz se a visse na quarta-feira.

Ginny chegou hoje e eu expliquei a ela o que acontecera. Sua reação a isso não foi sequer a de acusar ter entendido o que eu acabara de dizer, e sim de falar que estava extremamente deprimida, e que estava assim há algum tempo; ela usou a palavra "entediada" também. Em seguida, perguntou-me se eu tinha ido ao cinema na segunda-feira passada, pois achava que tinha me visto. Eu disse que não. Depois fiz uma interpretação ortodoxa e acurada, creio: parecia que ela tinha alguns sentimentos calados em relação ao meu cancelamento, já que imediatamente falou que estava deprimida e imaginou ter me visto no cinema, esperando que fosse eu, para que pudesse observar seu comportamento, vê-la tocando em Karl, comendo pipoca, bebendo refrigerante, devorando uma barra de chocolate. Esse desejo de me ver foi principalmente criado, eu acho, para lidar com sua mágoa em relação ao cancelamento de nossa consulta. Ela negou tudo isso e, rindo, sugeriu que eu tinha uma imaginação fértil, na realidade, que eu devia "escrever um romance".

Novamente então, num tom extremamente deprimido, ela continuou me contando como andava se sentindo mal. Curiosamente, parte do que ela disse parecia bastante esperançosa: talvez tenha conseguido o emprego que estava realmente querendo: ensinar inglês para estrangeiros num colégio para adultos. Embora parecesse certo, ela só saberia definitivamente dentro de alguns dias. Considerando que não havia causa óbvia para sua depressão em nenhuma das coisas que mencionou, eu fiquei convencido de que o cancelamento na semana anterior tinha sido relevante e resolvi ir ao seu encalço de modo obstinado hoje.

Quando ela falou de seu relacionamento com Karl, sobre como ela se sentia irritada e incapaz de lhe dizer que estava se sentindo mal, comecei a pensar nos paralelos entre Karl e mim. Sempre que Ginny se sente como se tivesse feito algo errado com Karl, ela teme que ele a ponha para fora, e o mesmo ocorre em relação a mim. Então tentei ajudá-la a me dizer algumas coisas que não podia dizer a Karl ou a mim. Continuei pressionando com insistência sobre minha ausência na semana passada. Fiquei lhe dizendo que ela não estava realmente expressando seus sentimentos verdadeiros. Ela ficou um pouco impaciente com isso, mas eu persisti, e ela acabou dizendo que sentira só certa decepção. Falei para ela pegar aquele pouquinho de decepção, examiná-lo com uma lente de aumento e, depois, me dizer o que tinha visto. Ela então admitiu ter lamentado que fosse a secretária a lhe telefonar; eu mesmo não poderia tê-lo feito? E acrescentou que alguns de seus amigos que estavam em sua casa quando minha secretária ligou fizeram pouco dela por estar se consultando com um psiquiatra; disseram que era o psiquiatra que a fazia sentir-se mal e, se parasse de me ver, ela ficaria bem. Principalmente, ela disse, foi um imenso vazio não ter nada para fazer durante a semana em que nossa consulta foi cancelada.

Fomos nos aprofundando cada vez mais em seus sentimentos, e eu lhe disse que agora ela tinha permissão para me fazer qualquer pergunta que desejasse. Como tivera todo o tipo de fantasia na semana passada, por que ela não as examinava agora? Então ela me perguntou o que eu estava fazendo na semana anterior e eu lhe disse. Perguntou em seguida se eu tinha alguma curiosidade em relação ao que estava acontecendo com ela. Eu respondi que tinha, o que era verdade. Continuei lhe pedindo para fazer outras perguntas sobre coisas que queria realmente saber. Ela sentiu um bloqueio e não conseguiu ir além. Eu falei que sua depressão era na realidade uma reação ao fato de eu não a ter consultado na semana anterior, que se tratava provavelmente de uma longa história, datando de muito tempo atrás em sua vida, e achei que ela na verdade estava dizendo para mim: "Está vendo o que você fez comigo?", e que ela se deprimia num esforço para me punir. Sua resposta a isso foi razoavelmente afirmativa. Indaguei se ela não fazia algo semelhante com Karl. Depois, tentei incitar sua mente e mudar o enquadramento, dizendo: "Sua missão está concluída, eu realmente me sinto mal e culpado por não termos nos visto na semana passada, e sua depressão agora está funcionando. Não há mais necessidade de continuar. Agora, passemos ao outro episódio". Ela achou graça disso. A certa altura, no começo da consulta, ela teve a habilidade de dizer: "Você não pode me dar alguma coisa, não pode me dar uma descarga elétrica, capaz de me livrar de tudo isso?", que é mais uma vez uma declaração incomumente vigorosa da parte de Ginny.

Eu lhe disse que me sentiria muito mais próximo dela se ela pudesse vir à consulta e me atormentar caso estivesse transtornada sobre alguma coisa que eu tivesse feito de errado em vez de chegar, sentar-se e fingir que estava num necrotério, como uma tentativa de me ferir por tê-la magoado. Eu lhe disse que tinha certeza de que a mesma coisa era verdade em relação a Karl, e que se ela se sentia vitimada pelo relacionamento, ou se o considerasse insatisfatório de algum modo, ela estava deliberadamente assegurando seu fim por não ter revelado a Karl alguns de seus sentimentos. Ao não falar sobre sua dor, ela se afasta ainda mais dele, assim como de mim.

12 de julho
GINNY

Às vezes, você é demasiadamente intelectual e encoraja minhas próprias analogias mais remotas. Como quando você pergunta como me sinto por causa do cancelamento da consulta anterior. E por não termos nos visto então, não será por isso que eu achei que tinha visto você no cinema? É uma espécie de paródia da psiquiatria, como um roteiro que estivéssemos ambos escrevendo. Se eu achasse que você estava pensando assim, eu saberia que estávamos somente jogando conversa fora.

Detestei o sorriso no meu rosto a cada vez que respondi a uma de suas perguntas. É como quando estou introspectiva — fico sombria, sem expressão. Mas assim que você me chama, me dá uma orientação, uma chance de reagir, sinto-me toda tonta.

Gostei da técnica de colocar uma lente de aumento sobre um evento específico para experimentar e extrair todas as emoções. É como colocar a vida em câmera lenta. E eu gosto disso. Só que acho que o incidente não foi grande o bastante. Na verdade, havia dois lados, ou emoções, eu senti. Eu lhe dei aquela que achei que você estava me incitando a dar e queria ouvir — isto é, quando você ligou, eu estava decepcionada e um pouco irritada. O outro lado de minha moeda de avarenta é que fiquei aliviada — menos uma viagem. Economizar dois dólares, mais tempo para fazer outras coisas, e nada de ônibus.

A única vez que senti alguma coisa na sessão foi quando eu magoei você, sugerindo que não me importava se não o visse. Em seguida, me senti culpada e triste. Senti-me distante do meu eu que é tão improvisado, sem emoções.

Fiquei cheia de esperança e no começo de um novo capítulo, quando você disse para experimentar minhas perguntas e necessidades em você antes de me arriscar com K. "Experimente em mim", disse você. E isso me pareceu uma grande aventura.

Mas estou sempre assim, atirando a esmo. Ao fim da consulta, contudo, senti-me revivida. Não importa como esteja me sentindo, posso ser completamente ressuscitada unicamente pela atenção. Apreciei sua teoria de que, como meio de me vingar, me torno morta e mais deprimida, e consigo dessa maneira fazer os outros se sentirem culpados, e sua conclusão de que, já que o fiz, agora posso ir em frente e encontrar algo de novo. Quando você me deu o artigo sobre Hemingway pelo qual eu tinha perguntado, foi como um prêmio especial.

Eu me recuso, porém, a levar a sério as pulsações, os movimentos individuais da sessão. Talvez por isso não consiga ter êxito nos relatórios generalizando como eu faço, apanhando ou desprezando sentimentos, dando-lhes algumas horas logo após a consulta, e então os ignorando, ou não voltando a pensar neles durante a semana.

22 de julho
DR. YALOM

Ginny telefonou hoje e perguntou se eu podia vê-la às 15h, em vez de 16h. No final das contas, isso era conveniente para mim, e concordei. Era incomum que ela fizesse isso, o tipo de solicitação que tem medo de fazer.

Ela começou a consulta dizendo que tinha estado em grande estupor nos dois últimos dias, mas antes disso tivera uma semana extremamente boa. Era óbvio que queria me falar sobre o período ruim, mas não consegui evitar me mostrar um pouco mais curioso sobre o bom momento. Ela disse que algo acontecera em nossa última sessão que a havia aliviado enormemente: minha declaração de "missão concluída", de que, embora Ginny se sentisse deprimida, conseguira fazer com que me sentisse culpado, e minha sinceridade sugerindo que embolsasse seus lucros sobre esta manobra e agora se dedicasse a outra coisa. A importância disso é que fiz algo explícito, algo que ela estava fazendo implicitamente, e assim arranquei sua força, porque para funcionar deveria permanecer inconsciente.

O problema desta semana diz respeito ao curso de 15 dias que ela está fazendo no momento, a fim de dar aulas de inglês. Em duas ocasiões, ela pronunciou mal a palavra Cuba (*Cuber*) por conta de seu sotaque nova-iorquino. O professor pegou no pé dela por causa disso, e Ginny está convencida de que não passará no curso, o que seria uma catástrofe imensa. Comecei a trabalhar neste problema abrindo meu enorme saco de surpresas de várias abordagens e atirando uma de cada vez sobre ela. Algumas eram razoavelmente vigorosas, outras eram técnicas antigas e rangentes que eu empurrava numa cadeira de rodas. Tentei ajudá-la a entender que aquilo dificilmente poderia ser uma catástrofe capaz de alterar o curso de sua vida de um jeito ou de outro. Tentei destacar que aquilo era, na grande confusão de sua vida, um evento relativamente trivial e algo bastante distante de sua essência. Tentei fazer com que pensasse em coisas do passado que pareceram enormemente importantes na época, mas que agora já haviam sido esquecidas, a fim de ajudá-la a colocar o incidente recente numa perspectiva adequada. Indaguei por que ela achava que seu professor tinha o direito de defini-la totalmente e que, se ele a colocasse para fora de sala, isso significaria que Ginny não valia nada. Cheguei a propor ironicamente que ela imaginasse seu epitáfio assim: "Aqui descansa Ginny, reprovada pelo sr. Flood no curso de inglês para estrangeiros". Tentei outro tipo de abordagem, sugerindo que ela podia muito bem estar interpretando mal a situação. Parecia improvável demais para mim que, como se queixava Ginny, esse professor quisesse realmente reprová-la para poder se vangloriar com a força do poder. Sugeri que, já que previa um possível fracasso, ela podia fazer alguma coisa para enfrentar a "calamidade" prevista. Talvez o professor ainda não tenha tido a oportunidade, durante as aulas, de avaliar certas qualidades, como sua inteligência e tenacidade. Nenhuma dessas abordagens foi muito eficaz. Lá estava ela, com dez anos, num vestido amarelo novo e engomado, jogando queimado, pondo a língua para fora na minha direção e se esquivando de cada bola que eu arremessava. Ocorreu-me uma intuição, porém, de que, pela pura intensidade do esforço, eu tenha feito algo para aliviá-la. Ah, sim, outro aspecto sobre o qual trabalhamos foi sua impressão de que Karl deve ter pensado que ela era uma imbecil, quando foi incapaz de responder algumas perguntas na aula (Karl está fazendo o curso com ela). Perguntei se isso era possível, já que parece improvável ele ainda não ter aprendido a apreciar a inteligência dela após tanto tempo juntos.

Outro subtema na consulta foi um artigo que eu escrevera com minha esposa sobre Ernest Hemingway, que lhe dera para ler ao fim de nossa última sessão. Uma das primeiras coisas que disse foi ter gostado muito do artigo. Mais tarde, falou que não tinha entendido que eu o tivesse escrito com minha esposa. Sugeri que perguntasse o que bem quisesse sobre minha esposa. Ela perguntou: "Ela é professora de quê?", e eu respondi "Francês e Ciências Humanas". Depois perguntei se havia mais alguma coisa que quisesse saber, e ela respondeu: "Não, só isso". Tudo o que queria dizer era que não havia entendido bem que minha esposa fosse também professora — ela a vira na rua certa vez e agora achava que devia tê-la visto também na universidade. Tentei arrancar outras reações, suspeitando que houvesse sentimentos de ciúme e pressentindo certa tensão, mas ela não pôde ou não quis ir em frente.

Outro assunto era que ela havia tido algumas fantasias na noite passada em que ficava doente, cada vez mais doente, e Karl fugia com uma moça bonita que ele conhecia de seu trabalho, então eu levava Ginny para uma pequena cabana perdida nas montanhas, que era uma espécie de hospital administrado por um de meus colegas, que era um bom amigo e que a ajudaria a ficar melhor encorajando-a a exprimir sua raiva e fazer todas as coisas que não consegue fazer, e eu ia visitá-la lá de vez em quando. Observei para ela, é claro, que essa fantasia surgiu no rastro de uma semana excelente, já que trouxe com ela a ameaça de ter de parar de me ver.

Uma última ponta de autocrítica foi o lamento de Ginny de que ela não é "séria", que nunca leva a sério nada do que faz, que tende a se sentir demasiadamente "loquaz", mesmo em relação à terapia. Foi difícil entender o que ela estava querendo dizer, vendo que estava bem séria. Sua loquacidade e seu senso de humor são partes importantes de seu charme, e eu devia sentir ódio por ela tentar extirpá-los cirurgicamente.*

* Fitas e anotações das três sessões seguintes foram perdidas. (N. do A.)

Capítulo 4

Um inverno passageiro (26 de outubro — 21 de fevereiro)

26 de outubro
DR. YALOM

Três meses se passaram desde que vi Ginny pela última vez. Tenho estado tão ocupado que não posso dizer se venho pensando nela ou sentindo muito sua falta, mas me dei conta, quando ela chegou ao consultório, de que existe uma espécie de essência dela que se agarra a mim.

Assim que me sentei e passei os primeiros cinco minutos com ela, senti-me transportado de volta a um lugar psicológico diferente, com um antigo terreno familiar — um lugar que não visitava há muitos meses. Ginny me contou tudo o que anda fazendo. Conseguiu um emprego fixo por três meses, trabalhando quarenta horas por semana, até ser dispensada por conta de circunstâncias além de seu controle. Continua morando com Karl, e as coisas têm ido bem entre eles. Ela não vive mais à sombra de sua partida iminente. Ocasionalmente, eles falam em ir juntos à América do Sul, embora ela não tenha certeza sobre querer sair do país. Ela fez novos amigos e conversou com eles em minha ausência, mas manteve também muitas conversas comigo em suas fantasias. Após este relatório aparentemente "bom", ela fez uma pausa e começou a considerar o lado "malvado" de sua existência. Ela sente que não tem vivido autenticamente, apenas nas bordas, complacente e feliz. Sugeri que reconsiderasse a definição de viver — talvez sua vida real não ocorra somente em seus momentos atormentados. Ela perguntou se eu estava falando sério, se era isso que um psiquiatra considera como progresso. Eu lhe disse que ela estava aflita com uma enfermidade de hiperconsciência, e ela confirmou que sempre se vigiara bem de perto. Ginny tem sido, em grande medida, parte da plateia, e muito pouco um membro do elenco.

Seu relacionamento com Karl certamente melhorou; ainda assim, ela tem a forte impressão de não estar de fato ligada a ele, de não ter a capacidade de ser profundamente "séria", e, embora queira algo diferente entre eles, não consegue explicar claramente o que é. Quando pressionada, ela disse querer que Karl olhe nos olhos dela e diga seu nome. Eles passam o tempo todo juntos, de dia e à noite. Trabalham no mesmo lugar, ambos lecionando num centro educacional para adultos, e concluo que estejam ocupados o bastante para trabalharem o dia todo sem qualquer tensão particular. À noite é diferente, porém, com o assunto sexo ainda dolorosamente sem solução. Ginny sente que deveria ser mais honesta com ele em relação à sua inadequação sexual, que deveria lhe dizer tudo, e eu sinto, embora não lhe diga isso, que há alguns assuntos particulares que seria melhor guardar para si mesma. Ela desejaria seria melhor participar de um grupo de encontro com Karl no qual ela poderia encará-lo com seus medos mais profundos, sem que ele fosse capaz de ignorá-los levianamente. Sugiro-lhe, não totalmente brincando, que ela o traga na próxima consulta. A ideia a deixou em pânico, e ela insistiu que Karl não acredita na psiquiatria.

A certa altura, ela disse que é a mesma Ginny que era quando começou a terapia. Perguntei se ela realmente acreditava nisso. Quando ela repetiu que se sente a mesma por dentro, não pude me impedir de observar as mudanças que eu vira nela. É verdade, ela admite, que seu relacionamento com Karl mudou — ele agora faz metade do trabalho doméstico, e ela não tem mais de colaborar com a gasolina do carro —, mas logo afasta essas conquistas dizendo que, se não fosse por mim, elas nunca teriam acontecido. Tentei conscientizá-la de seu modo de jogar, no qual abre mão de todas as suas vitórias, atribuindo-as a mim. Ao fim da consulta, ela estava bastante zangada comigo e disse que eu estava agindo exatamente como seus pais, quando lhe dizem que tudo vai ficar bem.

Ela também comentou sua preocupação quanto à publicação de seus relatórios, o que me levou a perguntar se ela se lembrava de nosso acordo. Recordava que eu prometera não os publicar sem sua permissão, e acrescentou que, já que Karl sabe quem eu sou, em nenhuma circunstância eles poderiam ser publicados com meu nome. E isso inclusive após a morte de Ginny. Brincando, ela disse que queria também os direitos de adaptação para o cinema. Devo dizer que, enquanto ela falava, eu me senti decepcionado. Mas ela está com toda a razão, embora com o passar do tempo possa mudar de ideia e se sentir diferente quanto a isso, ou então ambos os publicaremos anônimos. Mas é provável que nos esqueçamos deles, pois não os considero de qualidade suficiente que garanta sua publicação.

1º de novembro
DR. YALOM

Uma sessão bastante estranha, comovente e truncada, com muitos fluxos e refluxos intrigantes.

Eu estava com a perna engessada (uma fratura no joelho) e havia uma grande desorganização e desordem no consultório, então me sentei num lugar diferente. Ginny sentou-se e começou a falar sem fazer comentário algum sobre o óbvio. Foi a primeira pessoa que atendi que não me perguntou imediatamente sobre minha perna. Ela começou dizendo que tinha vontade de ficar em silêncio hoje — vamos só fazer algo diferente. Os primeiros 10 ou 15 minutos foram bastante hostis. Ginny estava nitidamente constrangida, e, quando começou a falar, pressenti uma subcorrente seguramente sexual em tudo o que dizia. Ela contou que Karl estava decepcionado com o fato de ela voltar à terapia, que ele esperava que ela ficasse tão boa que não precisasse mais voltar a me ver. Mais tarde, falou de sua incapacidade de me mostrar seus sentimentos, acrescentando que não os revela para nenhum de nós (Karl e eu). Surpreendido por sua referência aos "dois homens" em sua vida, perguntei se Karl reage à minha presença como a de o "outro homem". É claro que ela negou. Em seguida, usou o termo "inexpugnável" para transmitir sua atitude em relação a nós dois, e logo a palavra "inexpugnável" evocou em mim fantasias de gravidez. Ela então abordou eventos da semana anterior, todos sugerindo um período extraordinariamente bom; ela e Karl tinham ido a Big Sur, e as coisas haviam transcorrido agradavelmente entre eles. Ela se divertiu, mas há algo faltando em sua vida, e ela não sabe o que é.

Ela me contou um sonho, embora alegando que não tinha importância. (Sempre que ouço isso, aguço meus ouvidos; invariavelmente significa que um sonho importante está a caminho.) O sonho: há um psiquiatra e uma garota, e a garota é muito esquisita, faz coisas engraçadas com suas mãos. Ela é esquizofrênica. O psiquiatra gosta muito dela, cuida dela por um bom tempo e a incita a partir com um rapaz que está voltando do Vietnã. O rapaz é uma combinação de seu irmão (na realidade ela não tem irmão), que foi ao Vietnã para ser morto, e outro jovem. No início, as coisas funcionam muito bem com o rapaz, mas então ele começa a ficar malvado, e ela se torna cada vez mais esquizofrênica e acaba ficando catatônica. No sonho, antes de ela e o rapaz partirem, o psiquiatra lhes ensina a evitar a gravidez e lhes diz para não irem muito longe; depois, ela tenta conseguir uma receita de pílulas anticoncepcionais, mas tem medo, porque sabe que o psiquiatra irá investigar e encontrar seu paradeiro por meio das farmácias.

Tentei trabalhar com o sonho, mas Ginny estava resistindo firmemente. Aquilo parecia interessar mais a mim do que a ela; sua resistência abrandava sua curiosidade. Eu lhe disse que o sonho me fazia lembrar algo que temos discutido com frequência — seus sentimentos de que somente sendo louca pode ter minha atenção e meu interesse. Eu perguntei: "Por que eu pediria a você para não ter filhos e não viajar para muito longe? Que voz era essa que dizia isso?" Ela respondeu que não sabia, é quase como a voz de seus pais, mas sabia que não eram eles que estavam dizendo isso naquele momento. Eles gostariam que ela se casasse; então chegamos à conclusão de que a voz era a de seus pais falando com ela quando criança, e que a voz continua viva dentro dela. Isso foi tudo. Mais uma rica interpretação de um sonho inexplorado.

Por que ela não mencionou o gesso em minha perna? Ginny respondeu que, de início, não havia reparado que era um gesso, pensou que fosse apenas uma atadura. Perguntei no que aquilo a fazia pensar. Ela disse que parecia desconfortável — eu estava sentado, vestindo roupas que não costumava vestir, e ela podia ver mais claramente o contorno de meu corpo —; será que eu estava usando calças de malha? Ela tinha uma fantasia em que me imaginava de pijama, vendo televisão. Sob o pijama ela via algo que parecia com uma cueca branca, que era um gesso. Seus pensamentos eram dispersos, difíceis de acompanhar. Em momento algum ela explicou claramente por que resolvera ignorar o gesso. Só posso conceber que o gesso, e a perna no interior, a deixa bem perto dos laços sexuais entre nós.

Bruscamente, ela me contou que Karl lhe dissera: "Se algum dia você tiver um filho, as primeiras palavras dele serão 'Não posso'". (Portanto, minha intuição anterior estava correta: a palavra "inexpugnável" não estava desprovida de significado; ela surgia no sonho, e quando falava de algo que faltava em sua vida estava pensando na ausência de um filho.) A afirmação de Karl sobre seu futuro filho havia sido cruel — cruel em vários aspectos. Perguntei-lhe por que não dissera isso a ele; ao não reagir, ela apenas comprovava o que ele deixara implícito: que ela não pode fazer nada, nem mesmo exprimir sua desaprovação. Mais tarde, ela falou que gostava quando eu dizia esse tipo de coisa e que era isso que queria que eu fizesse. Aceitei o convite, perseguindo os fantasmas do casamento e dos filhos, obrigando Ginny a encará-los comigo. "O que você quer de Karl? Quer se casar? Quer ter filhos? Por que você não lhe pede para se casar com você ou pelo menos deixar clara a situação em que vivem? Você vai se casar perante a lei?" Ela respondeu: "Ah, ele viveria comigo durante 5 anos e 360 dias, e então me deixaria, um pouco antes de acabar o prazo de validade". "Por que você tolera isso? Mude essa situação ou então pare de se queixar." Com jeito, ela interrompeu minha sequência de perguntas dizendo de uma maneira cômica: "Olha só quem está falando, você com esse joelho deslocado". E nós dois começamos a rir.

Ela disse que, na realidade, não quer se casar com Karl porque ainda cultiva a fantasia de viver sozinha numa cabana no meio da floresta. Recusei curvar-me e disse que sua fantasia era infantil e romântica, e, além disso, no seu mundo fantástico, ela nunca está sozinha: há sempre um adulto tomando conta dela. Quem é esse adulto? Por que ele passaria a vida cuidando dela? Tinha sido seu pai? O seu pai não estará sempre presente para ela; um dia estará morto, e ela precisará continuar vivendo. Isso encheu seus olhos de lágrimas, e ela murmurou que não queria pensar em seu pai tantos anos à frente, mas eu lhe assegurei que esse era um dos fatos absolutos da vida, que ela deveria inevitavelmente encarar.

No começo da consulta, tive a impressão de que sua rebelião contra mim e sua maneira de me repreender se deviam ao fato de eu ser um psiquiatra maluco que, diferente da maioria dos psiquiatras, estava fazendo com que ela olhasse para fora e não para dentro. Quando eu lhe disse que ela olhava demais para dentro, ela falou que olhava para seu interior com uma visão superficial e gostaria que eu parasse de criticá-la por ser tão introspectiva. Tudo isso parecia um indício saudável, no sentido de que ela estava sendo capaz de assumir sua posição em relação a mim. Outra coisa que aconteceu foi ela ver o nome de Madeline Greer na porta de um dos consultórios, e eu disse que deveria tomar cuidado ao falar com Madeline, pois ela a conhecia. Ironia das ironias! Madeline, minha colega, foi a única pessoa a ler as anotações de Ginny. Acontece que Madeline está atualmente namorando um dos amigos de Ginny. O que fazer? Estou aflito demais para contar isso a Ginny e relutante em discutir o assunto com Madeline, temendo lhe contar mais do que ela sabe — não tenho certeza de que ela tenha feito a conexão entre a Ginny dos relatórios e a Ginny que conheceu em São Francisco.

1º de novembro
GINNY

A caminho do consultório, eu não estava com problemas ou sofrimentos particulares, e pensei que tudo ia ser apenas abstrato. Mas gostei da consulta e a achei útil, talvez porque você tenha falado mais do que de costume.

Claro, eu só reajo quando abordamos tópicos emotivos. Como quando você disse que terei que viver a metade de minha vida sem meus pais. É verdade, sou mais dependente deles do que a maioria das pessoas de minha idade, porque ainda me refiro a mim mesma em contextos passados, não reconhecendo qualquer mudança ou crescimento. Quero dizer, não tenho um emprego que me defina, ou outra família. Portanto, ainda me sinto como uma criança *especial, freelancer.*

Quando você exprimiu sua pequena provocação sobre eu ser especial, eu sabia que era ultrajante e você estava parcialmente me elevando o moral, mas é verdade. Deve ser assim que eu vejo a mim mesma. E é esta característica especial que faz com que eu recompense a mim mesma com fantasias especiais de desespero, solidão, uma espinha dorsal solteirona que se contorce sobre si própria. O que eu acho mais útil nas sessões é quando lhe conto exatamente algo que fiz e você me mostra modos alternativos com os quais eu poderia ter reagido à situação. Isso reforça outras formas de comportamento. Como quando lhe contei sobre Karl citando as primeiras palavras que um filho meu diria: "Não posso", e minha única reação foi ficar magoada, e depois amedrontada, e uma necessidade de me aproximar dele e ver se ele ainda gostava de mim. Quando me comporto dessa maneira desagradável, preciso fantasiar que o verdadeiro eu não é aquele que está ali todos os dias, e que quando não tiver ninguém de quem me aproximar e a quem agradar, mostrando minha carência, eu encontrarei um verdadeiro castigo e uma verdadeira salvação. Isso me impede de tentar mudar meu comportamento todo dia e neste exato momento. É quando posso experimentar a vida do dia a dia e mudar meus antigos padrões que sinto que tive êxito e estou crescendo. Não quero realmente o exílio ou a autotortura. Gosto de Karl e de tudo que me cerca, e preciso disso.

9 de novembro
DR. YALOM

Uma sessão sem brilho, bastante trabalhosa, sem verdadeiros picos de interesse. Ginny começou dizendo que passara maus bocados na noite anterior por uma razão estúpida: tudo começou quando Karl disse que não estava se sentindo bem, porque estava preocupado com seu futuro e sua carreira. Isso ocorreu pouco antes de irem para a cama. Ao se deitarem, ela começou a fantasiar que ele a deixava e se aborreceu com a ideia de ficar totalmente sozinha. Esse incidente deu o tom ao resto da consulta, já que as associações que fiz imediatamente foram as de que ela devia ter encontrado o que estava perturbando Karl e então tentado fazer alguma coisa para ajudá-lo. Quando sugeri isso, ela reagiu me perguntando: "O que eu podia ter feito? O que sua esposa teria feito?" Eu resmunguei: "Ah, não!" E então ela começou a brincar, dizendo: "O que a sra. Nixon teria dito ao presidente Nixon?" Acho que acabei não voltando à sua pergunta, primeiro porque não achei que a ajudaria saber o que minha esposa teria dito, mas também porque Ginny estava solicitando informações pessoais, o que eu evitava lhe dar. De qualquer forma, isso logo nos conduziu ao fato de que ela e Karl não falam pessoalmente sobre nada. Nunca ocorreria a Ginny ajudar Karl a explorar seus sentimentos sobre o futuro, e tenho certeza de que isso, em parte, explica por que ela não consegue obter qualquer esclarecimento dele sobre o futuro dos dois juntos. Existem regras inflexíveis no relacionamento deles que impedem uma conversa pessoal séria de qualquer natureza, embora falem esplendidamente sobre ideias durante horas sem fim. Senti que ela ansiava por uma instrução de como deveria romper esse padrão com Karl. Perguntei-lhe o que ela queria saber dele, o que a levou a uma questão que considero crucial: o que o relacionamento deles significa para Karl? Por quanto tempo e com que profundidade irá se comprometer com ele?

Ela então falou sobre a reunião literária na qual ela se comportou como uma menina de dez anos na presença de algumas pessoas mais velhas; ela ficou paralisada porque sentiu que não possuía qualquer essência. Se Karl não estivesse lá, se outras pessoas não estivessem lá, ela teria simplesmente se encolhido e se tornado inexistente, porque tudo o que se sentia capaz de fazer era transmitir ideias de outras pessoas. Compartilhei com ela minha convicção de que se trata justamente do inverso, que ela possui uma essência de extrema força, que as pessoas sempre pressentem e reconhecem. Quando escuta os "adultos" conversarem, ela não consegue travar uma conversa com eles, mas é perfeitamente capaz de ficar sentada, satirizando-a em sua mente. Sua conduta não me parecia assim tão insensata; por que ela deve ser igual aos outros, socialmente? Ela então me surpreendeu com bastante jeito, retorquindo que, se era esse seu jeito de ser, por que eu esperava que ela mudasse seu relacionamento com Karl? Eu me esquivei argumentando que as pessoas podem ser diferentes socialmente, mas quando se relacionam estreitamente entre si, em geral têm que conversar sobre assuntos íntimos, a menos que estejam tão ocupadas sobrevivendo ou trabalhando juntas que estabeleçam uma relação pessoal sem conversar sobre isso. Ela e Karl passam tanto tempo conversando com os outros sobre seus sentimentos mais profundos e os explorando na escrita que parece inconcebível para mim que possam continuar juntos, a menos que, em certo nível, se comuniquem de forma mais pessoal.

Ginny disse que a última pequena mudança em sua vida ocorreu quando eu a obriguei a falar com Karl sobre o dinheiro da gasolina — foi uma mudança dolorosa, mas de algum modo extremamente importante em seu relacionamento. Ela desejava que eu a forçasse a fazer algo assim outra vez.

Houve um momento hoje em que achei que Ginny não tinha mais nada a me dizer, indicando que talvez estivesse melhor, que talvez interromperia a terapia em pouco tempo. Certamente existem áreas problemáticas, mas toda sua vida está começando a assumir um padrão mais satisfatório.

9 de novembro
GINNY

Mencionei os tópicos das conversas — minha incapacidade de falar com Karl sobre coisas sérias, por exemplo. Isso faz parte de minha natureza unidimensional, e acho que o modo como me comporto com ele é o mesmo como me comporto com você. Para saber como Karl se sente, eu deveria ter perguntado: "Como você se sente?" e "Quanto tempo ficaremos juntos?". É claro que tenho mais medo com Karl, considerando meu tempo vital, órgãos e sentimentos envolvidos.

Quando você me perguntou se eu havia aprendido alguma coisa com o grupo, isso me surpreendeu. Minhas experiências são degraus ou progressões. Usei o grupo para uma companhia temporária, mas de qualquer maneira não fazíamos muitas perguntas que obtivessem respostas verdadeiras, e as questões feitas para mim nunca foram bem-respondidas. Eu interrompo a linha racional, estou mais num círculo vicioso com a forma de um sorriso. Houve dois silêncios entre nós, ontem, mas eram silêncios vazios — você pergunta o que está acontecendo, e eu não digo nada.

Fiquei contente em saber que Madeline tinha conversado com você e imaginei (sem perguntar a você) que o que ela disse foi amável. Mas, como pode ver, eu confundo seriedade com confissão. Quando a encontrei na festa, eu estava agindo como uma ingênua paralisada (minha mãe dizia que era possível desempenhar um "papel de nada" numa festa, mas que era para não ficar parada num mesmo lugar para que ninguém percebesse). Depois de Karl mencionar seu nome e Madeline se mostrar entusiasmada, eu disse a ela que estava me consultando com você há três anos, e que agora estou escrevendo para você. Pensando bem, eu não era obrigada e nem queria dizer isso, mas quando não consigo pensar em nada para dizer, digo qualquer coisa pertinente para outra pessoa.

O que você disse ontem sobre ter de me manifestar estava certo, mas não teve impacto emocional, não foi mais além do que um artigo de revista. Você e eu simplesmente não conseguimos nos aprofundar em mim. Eu não estava muito mal.

Caminhando até o ponto de ônibus, me senti otimista, imaginando que já teria falado com Karl e tudo estava ótimo. Então, na minha fantasia, você teve de fazer uma viagem a trabalho e adiou a sessão seguinte, e então eu liguei para você e disse como tudo estava ótimo.

Está vendo como minha mente vagueia ou interrompe qualquer trabalho e problemas sérios?

Embora eu seja uma pessoa tão deslocada, gostei quando conversamos sobre minha "presença". Mas sei que preciso de uma estrutura especial em torno de mim para me sentir natural, para ter alguma presença. Não consigo me forçar a falar, mesmo quando estou deixando outras pessoas constrangidas com meu silêncio. Não consigo dar. Elas têm que me dar. Sei que isso não é importante, mas ainda assim sinto-me arruinada por não conseguir dar o mínimo em situações corriqueiras.

16 de novembro
DR. YALOM

A sessão de hoje foi bastante franca e muito desconfortável para mim. Eu me sentia como um chefe de torcida, ou como um auxiliar no canto do ringue, incentivando Ginny. Essencialmente, ela chegou dizendo que não fizera o que eu lhe sugerira na semana passada — não havia sido capaz de mencionar o assunto "casamento" com Karl — e, ironicamente, uma oportunidade para isso lhe caíra do céu. Um amigo dela havia encurralado os dois durante uma festa e perguntado, meio de brincadeira: "Quando vocês vão se casar?" Karl respondeu logo que não estava interessado em casamento e que não chamava o que ele e Ginny vivem de um "casamento". Ginny disse que a possibilidade de conversar com ele naquela noite sobre isso foi perdida quando ela, impulsivamente, convidou todos para irem à sua casa ver um filme na televisão até as quatro da madrugada. Karl ficou tão furioso com ela por ter feito isso que a noitada terminou com Ginny tendo que se desculpar com ele para abrandar sua raiva, em vez do oposto.

Surgiram alguns outros incidentes perturbadores; por exemplo, outra noite, Karl começou a repreendê-la por ter se enganado na preparação de uma parte do jantar, e passou a importuná-la citando seus vários defeitos. Submissa, ela concordou com tudo o que ele disse e praticamente lhe agradeceu por aquilo. Tentei abordar coisas alternativas que poderia ter falado, perguntando principalmente como podia o relacionamento entre eles estar tão definido que ele tinha o direito de criticá-la sem que ela tivesse prerrogativa semelhante. Ela disse que poderia começar a lhe dizer certas coisas que ele fazia de errado, mas seria inútil, pois ele estava absolutamente certo em sua crítica. Fui obrigado a repetir diversas vezes: não é uma questão de ele estar ou não com a razão, e sim de como foi que o relacionamento ficou definido desse modo. Fiz alguns exercícios de interpretação (*role playing*) com ela, repetindo o que Karl dissera e lhe pedindo para responder de forma diferente. Ela então começou a apresentar desculpas, dizendo que estava apenas tentando preparar para ele um jantar caprichado, que se ele preferisse comer um hambúrguer ela faria sem o menor problema. Eu lhe disse que ela estava sendo muito indireta; não podia dizer algo mais pessoal? Na segurança de meu consultório, ela interpretou outros papéis. Disse a Karl que ele a magoara; por que ele teve que a chatear um pouco antes de irem para a cama? Então, ela escapou daquela cena desconfortável com uma observação cômica de que se sentia como se eu a estivesse fazendo obedecer a uma disciplina de samurai, ensinando-lhe como manter os pés fincados no lugar certo e como empunhar uma espada.

Ela me contou outro incidente no qual deixara escapar um "eu te amo" para Karl durante a semana, e ele nada respondera; perguntei por que ela achava não ter o direito de questionar o silêncio dele. Ela insistiu que já sabia a resposta — que ele não a amava e não estava interessado em se casar com ela. Em seguida, fiz duas observações. A primeira foi: era verdade que ela estava interessada em permanecer com Karl? É uma relação "sem amor" como essa que ela queria na vida? Em segundo lugar, eu lhe disse que não tinha fé alguma em sua capacidade de recolher dados. Como exemplo, lembrei-lhe de que ela havia sido por muito tempo incapaz de me pedir para mudar o horário de nossa consulta, porque achava que isso me incomodaria, e, quando finalmente reuniu coragem suficiente para pedir, descobriu que estivera completamente equivocada em suas percepções — o mesmo pode muito bem ser verdadeiro em relação a Karl. Ela está ignorando muitas coisas, tais como o fato de ele ter passado boa parte de sua vida adulta com ela. E então continuamos assim, eu a pressionando sem parar até que "dissesse algo pessoal" para Karl. Tenho alguns receios sobre como isso vai continuar; talvez eu esteja lhe pedindo algo que não consiga fazer; pode ser que esse relacionamento com Karl seja melhor do que nenhum. Imagino que, no fundo de meu pensamento, Madeline está dizendo como achou Karl hostil quando o conheceu. Talvez eu esteja exagerando na proteção a Ginny, mas de fato parece que Karl está descarregando tudo em cima dela, e eu, de alguma forma, procuro resgatá-la desse cara, ou pelo menos ajudá-la a mudar o relacionamento de modo que ele se torne mais suportável para ela.

16 de novembro
GINNY

Talvez seja um bom sinal o fato de eu não me lembrar muito bem do que aconteceu ontem. Sentada, esperando por você, vi uma moça lacrimejante saindo da sala de seu terapeuta e senti que eram assim os bons dias de antes, meu passado, "lenços transbordantes, problemas importantes".

Enfim, quando começamos, eu estava cheia de ansiedade, claro, não tinha o que dizer, claro, precisava ir ao banheiro. E senti que tudo o que eu podia fazer era contar para você coisas já terminadas, que não precisavam ser mudadas. E aí, quando começamos a conversar, eu sabia que ia chorar, especialmente ao falar daquela noite com Bud nos perguntando sobre o casamento. E continuei falando, mas concentrada, exultante, cheia de meus próprios temores. E continuei assim um bom tempo, até finalmente extinguir a centelha com minhas próprias lágrimas. Como você pode ver, não estou tão interessada nas discussões quanto nos sentimentos que elas induzem. As lágrimas vêm mais facilmente do que o conhecimento por trás delas.

E voltamos ao nosso velho assunto: "Por que não consigo dizer o que penso?" E então você começou a desempenhar o papel de Karl, mas eu não desempenhei o meu em momento algum. (Embora recorde que foi isso que lhe pedi, me dá uma chance de fingir o que deveria fazer.) Sei que há uma situação de segurança dentro do consultório, mas eu não me empenho. Pelo menos você me fez sentir como se eu nunca viesse a ser chutada ou atirada para fora. Então, quando diz: "Você nunca se defende, a menos que possa ver que você mesma pode escapar da situação, que tem algo a dizer", eu sei que isso é importante, que eu devia me lembrar e pensar nisso, mas acabei arquivando numa pasta rotulada "Outro dia".

De algum modo, senti que tinha dado vários passos, aproximando-me da linha de partida, de onde poderíamos começar. Muito embora eu pudesse ter começado naquele dia mesmo, não o fiz. Eu sabia que estava só falando à toa, depois de certo ponto ter sido alcançado. Como de costume, racionalizei minhas reações e sensações. Fui incapaz de me concentrar. Talvez devesse ter contado a você o momento exato em que me desgarrei, e poderíamos ter conversado sobre isso. Mas, em vez disso, observei você tentando me incentivar, tentando me fazer avançar. Mas eu já estava me sentindo confortável e lânguida, como se tivesse acabado de ser colocada dentro de um berço.

Quando fiquei repetindo "Eu me sinto morta", estava me sentindo morta. Tudo isso estava irritando você, e me senti envergonhada com a frequência com que isso me escapava como uma desculpa. E sei que, se eu parasse de pensar que estava morta, me sentiria mais aberta para os sentimentos mais profundos, o que com certeza consegui na consulta da semana passada.

Você parecia muito impaciente com algumas de minhas "desculpas pelo passado", como as chamou.

23 de novembro
DR. YALOM

Uma sessão horrível com Ginny hoje, e, para piorar, logo depois uma sessão igualmente ruim com outra paciente. Essa outra paciente estava muito hostil, resistente, silenciosa e desconfiada de mim, e eu fiquei tentando provocá-la a algum tipo de atividade.

Com Ginny foi uma escassez absoluta de qualquer coisa à qual se agarrar ou com que trabalhar. Gradualmente, fui tomado por um sentimento penetrante de futilidade por ter ajudado Ginny a mudar; ela não quer mudar nada em si mesma. No final da consulta, senti que estava diante de um penhasco totalmente liso, com apenas uma fenda mínima na superfície para apoiar o pé, e esta fenda representava minha tentativa de dizer mais uma vez a Ginny que ela estava infeliz porque não sabia se Karl se casaria com ela um dia e de questionar por que ela não o questiona sobre isso. Essa parecia ser a única margem terapêutica, e já estava gasta demais.

Ela entrou. A primeira frase que disse foi que estava se sentindo ótima até entrar no consultório. Então afirmou que datilografou sua história e a enviou para algumas revistas. Era óbvio que ela se sentia envergonhada por não ter obedecido às minhas instruções de falar com Karl pessoalmente. Para evitar que eu a repreendesse, ela me ofereceu uma recompensa na forma de sua história. Naturalmente, eu poderia ter observado isso para ela, mas e daí? Grande parte do restante da consulta foi passada com Ginny lamentando o fato de não ter sido "séria", falando que não devia dizer nada, pois ela estava apenas balbuciando, sem de fato trabalhar em nada. Ela e eu fomos tão impessoais e distantes durante esse tempo todo que eu finalmente a convidei a me perguntar alguma coisa diretamente. Então, ela disse: "Por quanto tempo você vai continuar me consultando, me deixando vir e balbuciar que estou me sentindo bem?" Tentei responder de modo direto e franco, afirmando que examinaria a questão com ela e que não levava muito a sério suas assertivas de que tudo estava bem, quando era óbvio que existiam tantas áreas importantes de insatisfação em sua vida. Ela pareceu bastante alegre com essa notícia, exatamente como uma criancinha. Depois, disse que estava desgostosa consigo mesma, que não estava no meu "nível", que se sentia uma impostora — até as extremidades de seu sorriso pareciam uma fraude. Não havia nada que eu pudesse fazer para ajudá-la. Apenas repeti várias vezes a pergunta: "Você quer mudar?" Talvez o *status quo* seja confortável demais. Senti como se toda a responsabilidade pela mudança estivesse sendo colocada diante de mim. Ela quer até que eu estabeleça metas para ela. Devo ter dito a mesma coisa de quatro ou cinco maneiras diferentes, mas sem resultado algum. Hoje, pela primeira vez, pensei que tenho deixado a terapia sem limites definidos. Talvez devesse apenas marcar uma data de conclusão, quatro meses, seis meses. Isso provavelmente aceleraria nosso trabalho. Algumas vezes me pergunto se ela quer que eu faça isso. Talvez estivesse pedindo por isso hoje.

23 de novembro
GINNY

Antes de sair de casa, temi que não houvesse nada sobre o que conversar, mas depois pensei que, como num passe de mágica, as coisas funcionariam sozinhas. Assim teria sido, se eu não estivesse tão falante e rígida. Estava me desculpando desde o começo. Não consegui ser espontânea e mudar uma situação desagradável, ou encontrar uma forma de sair disso. Talvez o que fiz durante a sessão seja o que estou fazendo agora — apenas falando sobre mim mesma de um modo egoísta. Foi uma das sessões mais desconfortáveis. Quando eu lhe disse que queria que você me corrigisse e estabelecesse metas para mim, não tinha em mente pequenas tarefas domésticas para preencher minha semana — isso seria imediato e trivial demais; mas eu queria coisas para fazer enquanto estivesse no consultório. Tudo o que acontece decorre do ímpeto de falar com você sobre o que acha importante. Você é o mestre de cerimônias. Portanto, eu o acuso pelos nossos constantes resgates das mesmas velhas feridas, a mesma obviedade crucial — ele me ama ou pelo menos gosta de mim? Karl vai me deixar? É como reler a mesma charada da mesma maneira.

Ontem havia um vácuo interior. Minha vida se instalou como um arbusto solto e seco, agarrado a uma cerca, e eu estou apenas recuperando o fôlego, até o próximo vento e sublevação. Agora, sentada aqui em casa sem seu consolo, penso em um monte de coisas a dizer. Sobre o tédio e a pressão desta existência. Como Karl, antes de ir para a cama à noite, percorre com o olhar as paredes, esquadrinha nossa casa e diz: "Odeio este lugar. Odeio isto". E não consigo acreditar que não esteja me examinando também, usando a casa como bode expiatório para falar comigo. Isso não me deixa uma impressão de amor e abandono, e mesmo quando consigo, antes de deitar, lhe dizer com ironia como tal afirmação é frustrante e cruel, fico com uma impressão de desconforto e insatisfação vendo-o usar frases assim, conhecendo seu impacto, sabendo que são simplesmente insensíveis e desdenhosas em relação a nós. Depois, começo a pensar que ele está atravessando um período difícil, e por isso está sendo rude. Ou talvez eu não tenha tido problemas para resolver ontem. Sinto como se estivesse desperdiçando o tempo de nós dois.

Quando você perguntou sobre minhas metas, eu me dei conta de como me sinto afastada de qualquer interesse em mim mesma. Dou respostas cívicas. Poderia muito bem estar conversando com um conselheiro pedagógico do ensino médio.

Não me incomodei em ouvir, quando fiquei um pouco interessada em suas opiniões, como naquela ocasião em que falávamos de minha conta-poupança. Uso essa poupança como meu talento. Deixo-a esperando e rendendo juros, receosa de gastá-la, a não ser o mínimo, e do modo mais espontâneo possível, enquanto aguardo aquela emergência, quando precisarei de minha alma e de meu dinheiro. Mais uma vez protelando. Poupando-me para a crise e a fatalidade.

Senti-me duplamente mal, pensando nos relatórios em seguida. Há tão pouco com que trabalhar quando conversamos sobre coisas que não foram feitas, em vez das que aconteceram e deram errado. Mas fiquei com um pouco de raiva, porque a consulta começou mal e eu não tinha falado com Karl. Imagino que eu tenha sido responsável por isso ao agir de modo infantil e lhe falar sobre meus escritos como algo para agradá-lo. Mas por que você não alterou o curso?

Você sabia me deixar relaxada e tentar diferentes caminhos quando as coisas não estavam funcionando. A sessão pareceu uma entrevista para um emprego que eu não queria.

Uma consulta assim é sempre contagiosa, e já no meio da sessão eu sabia que puniria a mim mesma em seguida, o que realmente fiz. É isso que me deprime — e também o fato de eu não ser capaz de interromper isso, de não conseguir pedir ajuda a você, e de você me deixar seguir assim.

Eu deveria ficar com raiva quando você joga sua isca sobre o *status quo*, dizendo que talvez eu seja feliz. Imagino que eu deva dar um pulo nesse ponto e dizer: "Não, não, está tudo podre". Mas não o faço, e isso deve significar que nada está errado. Você mesmo disse que não é um *status quo* bem-sucedido, mas que talvez eu não me importe.

Muito bem, na verdade, não quero abrir mão de minha vida com Karl, embora você e minhas próprias palavras me conduzam nesta direção. Eu nunca falo sobre os bons momentos, já que eles acontecem facilmente, com naturalidade, e depois se vão. E eles têm como margens nosso silêncio, nossa incapacidade de dizer realmente que precisamos um do outro e nos amamos...

Eu fiquei apenas cimentada naquela poltrona, tentando fingir emoções e forma.

30 de novembro
DR. YALOM

Foi uma horinha muito triste. As coisas parecem estar ficando cada vez mais desanimadoras. Sinto-me desencorajado, impotente, confuso quanto ao rumo que devo tomar. De vez em quando, surge um breve raio de esperança que acaba nunca me levando muito longe. Às vezes, me parece que compartilhamos uma ilusão; ambos sabemos que não há esperança, mas nunca ousamos pronunciar a palavra.

Ela começou dizendo que, alguns dias após a última consulta, um de seus melhores amigos queixou-se de que ela, Ginny, nunca revela nada sobre si mesma. Seu amigo não tem como saber o que ela está pensando ou sentindo. Desde então, Ginny tem tentado se abrir mais, porém se sente coagida, muito embora este amigo não tenha feito nenhum ultimato. Obviamente, isso traça um paralelo com o que tenho dito para ela todos esses meses. Há alguma esperança, considerando que, como ela salientou depois, isso pelo menos lhe oferece alguém, além de mim, com quem ela pode tentar ser diferente.

Em seguida, ela me disse como se sentiu infeliz desde a última sessão, que foi horrível para nós dois. Imediatamente depois, ela experimentou uma sensação devastadora de conclusividade, como se tivesse recebido uma marca na testa feita com tinta indelével e nunca pudesse mudá-la. "Por que não dizer a si mesma: 'E daí? A consulta foi deprimente! O que há de definitivo nisso?'"

Algo interessante, contudo, para excitar meu apetite por simulação intelectual. Desde a última sessão ela tem se mostrado absolutamente obcecada pelas fantasias, a maior parte das quais se encaixando no tema de sua vida no futuro. Estará com 30, talvez 35 anos, morando sozinha, melancólica, infeliz, trabalhando num emprego humilde, como numa loja de departamentos. Ocasionalmente, as pessoas a veem, talvez eu e seus pais, e então a fantasia termina com ela tendo um longo acesso de choro, sentindo imensa piedade de si mesma. Enquanto ela descrevia essa fantasia para mim, fiquei me perguntando a que propósito Ginny servia. A fantasia deve ser um desejo. Qual seria esse desejo? Meu palpite é que, sendo infeliz, ela faria com que eu, seus pais e Karl fôssemos infelizes. Há, sem dúvida, bastante hostilidade nisso. Contei a ela sobre uma cena em uma das peças de Beckett na qual o protagonista deseja que seus pais estejam no céu, mas espera também que sejam capazes de vê-lo sofrendo nas profundezas do inferno. Nenhuma das interpretações sobre a hostilidade lhe causou qualquer impacto. Quando insisti sobre elas um pouco mais, ela admitiu haver sentido que talvez eu devesse ter feito algo diferente na última vez, que eu deveria ter usado algumas técnicas de relaxamento, ou talvez ela devesse estar fazendo uma terapia comportamental. Isso quase pendeu para a crítica. Observei esse aspecto, mas ao fazê-lo, suprimi-o.

Acabamos a sessão com o tema familiar de sua incapacidade de falar diretamente com Karl. Atualmente ele não consegue arrumar um emprego. Ele se candidata a um atrás do outro, é sempre reprovado e está afundando cada vez mais na depressão. Ela se mostra orgulhosa com o fato de, uma vez nesta semana, quando ele estava deitado na cama, ter-lhe perguntado qual era o problema. Ele disse apenas que estava depressivo, mas que tinha a ver consigo mesmo, não com Ginny. Eu me pergunto por que, durante todo esse período, ela não lhe deu mais oportunidades de falar sobre a dor que obviamente estava sentindo. Para mim, parece muito uma criança cujo pai está desempregado e não tem permissão para manter segredo sobre assunto de adultos. Ela diz que é assim mesmo que se sente. Qualquer tipo de mudança a deixa simplesmente devastada. Ela lembra que, aos cinco anos, seu pai deixou um emprego na Sears e ela ficou histérica com a notícia. Será que ela é apenas incapaz de encarar a ideia de algum tipo de mudança em seu relacionamento com Karl? Ela sabe que estão avançando rapidamente em direção a uma crise. Karl obviamente não pode continuar desempregado, e se não achar um emprego em breve alguma coisa acontecerá; ele poderá deixar a cidade. Mas ela não ousa perguntar.

Ela conseguiu também um emprego em tempo integral para o período natalino durante as próximas três semanas, e provavelmente não nos veremos durante esse tempo. Não senti nada importante em relação a isso, de um jeito ou de outro. Fico um pouco triste por não a ver, mas também me sinto tão desencorajado e pessimista neste momento que acolho com prazer essa moratória.

Ela estava fazendo certo esforço para ficar mais próxima, olhando para mim de modo bem direto e dizendo que pelo menos isso ela consegue; estabelecer aquele tipo de contato comigo.

18 de janeiro
DR. YALOM

Fazia um mês que eu não via Ginny. Ela está trabalhando numa livraria durante o período do Natal. Em poucos minutos, estamos de volta ao nosso triste atoleiro familiar. Estar com Ginny é uma experiência dramática única. É como se ela trouxesse seu próprio cenário e habilmente o arrumasse nos primeiros instantes da consulta. Logo sou alcançado por seu drama. Experimento o mundo como ela o faz: uma dependência estranha, fantástica e circular. Começo a compartilhar sua desesperança. Na sessão de hoje, ela tomou a forma de "Nunca poderei ser feliz com Karl porque não consigo mais ter um orgasmo e não consigo ter um orgasmo porque essas vozes continuam me ridicularizando quando tento alcançar um orgasmo". As "vozes" são apenas os gritos estridentes de sua própria autoaversão, e quanto mais ela fracassa, no orgasmo e em todo o resto, mais persistente e alto se torna o grito. E, assim, a cobra devora o próprio rabo. E não há saída. E minha cabeça começa a flutuar após 10 ou 15 minutos. E me sinto inútil e irritável.

Eu lhe digo que ela provavelmente nunca terá um orgasmo durante a relação sexual, que 50% das mulheres no mundo provavelmente não têm orgasmos, que nela todas as coisas estão concentradas em saber se vai ou não encontrar seu orgasmo mágico. Ela tem um argumento pronto para isso, apresentado, é claro, de forma servil: são as mulheres da geração passada que não têm orgasmo e tudo o que lê nos jornais atualmente demonstra que as mulheres estão tendo mais orgasmos. Soa quase cômico, mas de certo modo ela tem razão. Eu me conduzi a uma posição insustentável. O que eu queria enfatizar são os aspectos positivos de sua vida: ela está trabalhando e ganhando dinheiro, seu relacionamento com Karl floresceu, ele se tornou extremamente afetuoso e atencioso, mas ela diz que não consegue se imaginar casando com ele, pois não consegue alcançar o orgasmo em sua companhia. Isso me deixa admirado. Ela sustenta sua posição citando o número de divórcios devido à "incompatibilidade". Quero observar que incompatibilidade não significa necessariamente falta de orgasmo, mas isso não adianta nada, não estamos chegando a lugar algum.

Na noite anterior, ela teve um acesso de choro repentino para o qual não conseguiu encontrar explicação. Hoje está com dor de cabeça. Na semana passada, quando me telefonou, ficou feliz que eu não dispusesse de um horário para ela até esta semana. Obviamente, seus sentimentos estão confusos em relação a voltar a me ver, mas não conseguimos investigar isso com muita profundidade.

Então ela descreveu uma fantasia recorrente relacionada a Karl e à sua amiga; ela deseja que sua amiga a convide a sua casa, mas diga para não levar Karl. Ela imagina como ficaria transtornada com a amiga e as coisas furiosas que lhe diria. Depois, sua fantasia é de que fica sozinha em casa toda noite, sentindo pena de si mesma, enquanto Karl está jogando bilhar. (A única razão para essas fantasias é que, pelo menos nelas, a agressão cometida contra Ginny permite que se sinta justificada ao revidar.) Ofereço-lhe uma interpretação simplista de que todo o seu comportamento pode ser explicado em termos da raiva inexprimível. Digo-lhe que suas fantasias, sua incapacidade de cuidar de si própria de qualquer forma, sua excessiva timidez, sua reverência em relação a mim, sua recusa em magoar alguém, sua recusa em descobrir o que Karl pretende para o futuro — tudo isso deriva de sua raiva reprimida. Ela reage dizendo que está sendo uma consulta maravilhosamente longa. Chamo atenção para o fato de que, entre tantas coisas que poderia ter escolhido para me dizer, ela selecionou um elogio. Enfim, isso fez algum sentido para Ginny, e ela ficou muito interessada, assim como eu. No entanto, ambos percebemos que não se trata de nada novo e que, na verdade, já falamos diversas vezes sobre sua raiva reprimida, mais do que me preocupei em registrar. Isso me leva de fato a pensar de novo na palavra "cicloterapia". Ginny parece sentir, contudo, que sua raiva pode estar se aproximando um pouco mais da superfície, que sua irritação latente é um pouco mais real agora do que foi no passado. Não sei se é este de fato o caso ou se Ginny está oferecendo sua raiva para aplacar minha impressão geral de desânimo.

18 de janeiro
GINNY

Durante a sessão, eu não estava sendo sarcástica comigo mesma. Eu me concentrei no que estava dizendo ou pensando, e isso me deu energia. Assim, a coisa não pareceu se arrastar. Abordei muitos assuntos — as férias, meu trabalho, os sapatos novos, a hora de dormir, Eve. Então, o dr. Yalom amarrou tudo isso (conscientemente, passarei a chamá-lo de dr. Yalom a partir de agora. Chamá-lo de "você" faz parecer que você está sentado à minha frente, e, portanto, eu tento agradar-lhe e encantá-lo, e se por acaso o critico, é com um sorriso maroto no rosto. Mas seu nome verdadeiro poderá estabelecer nesse ponto uma distância, e pararei de representar). Eu percebi que tento elogiar o dr. Yalom, como ocorreu no final, quando eu disse: "Esta sessão foi maravilhosamente longa", e ele empinou. Não havia me ocorrido, mas então me dei conta de que eu me desviara daquilo que ele estava colocando diante de mim para reagir como se tudo tivesse acabado e os nós estivessem atados.

Durante a sessão, a raiva voltou ao foco. Pensando na raiva, eu posso conectá-la ainda mais firmemente e ajudar a entender meu comportamento frenético, nervoso e infantil no trabalho. Estou sempre perguntando coisas demais e me colocando numa posição em que gentilmente irrito qualquer um. Eu não poderia ter um intercâmbio normal, não, eu tinha que me precipitar. Eu era como uma sombra que sai de um corpo imbecil e sorridente a caminho do perigo. Um saco de pancada cheio de vapor.

Eu sempre soube que estava agindo errado me metendo nisso, ainda assim parecia inútil tentar me impedir. Provavelmente eu me divirto sentindo pena de mim mesma.

Nas sessões também faço isso, mas algumas vezes deve parecer ingênuo para você, já que não parece enfurecê-lo de imediato. Por exemplo, dizer a você que eu gosto de vir à terapia porque descobri um lugar em que fazem ótimos milkshakes e uma farmácia com descontos. O dr. Yalom não se defende, é o seu tempo contra meu falatório. Eu me desnudo, me exponho para ver até que ponto posso encolher. Não tenho um plano interno, nenhuma autopreservação, ou o eu que estou tentando preservar já é um fóssil. Sempre tive medo de sair da linha no trabalho e fazia exatamente o que me era mandado — não assumindo nenhuma responsabilidade por qualquer automotivação. Nas consultas, também, talvez eu espere você começar a rolar a bola. Na verdade, é o que faço.

Logo depois da sessão, lembrei de uma foto minha que eu gostaria de lhe dar, uma postura simbólica, então acho que no fim da consulta eu estava tentando agradar você e ser simpática outra vez, porque é uma linda foto.

Estou contente por ter falado novamente sobre a bagunça da consciência, as vozes desordenadas e entrelaçadas que me bombardeiam quando estou fazendo amor, e espero que ele tenha entendido que o orgasmo ou a falta dele não é mais uma questão importante para mim, e sim a confusão e o ódio que colho — dos quais estou cheia. Mesmo quando aproveito e sinto grande prazer, é como um prazer clandestino, algo que não tenho certeza se Karl aprovaria ou entenderia; ele se perguntaria por que não consegui gozar junto com ele, por que demorei tanto. Ele pensaria que não foi tão bom quanto deveria, o que é verdade, uma situação à qual de algum modo me resignei. Especialmente porque costuma ser algo livre de complicações.

Quando falei sobre a palavra "incompatível", acho que o dr. Yalom pensou que eu estava curtindo com a cara dele, o que não é verdade. Eu acreditei no que disse, e ele não se dá conta de como sou tecnicamente infantil, continuo sendo e tentando ser. Ele nunca me convencerá, porém, de que *aquela* parte da vida — sexo — não é uma das mais importantes. E não posso seguir em frente ocultando isso e me concentrando na mesa da cozinha. Embora Karl esteja errado em tantos de seus hábitos de professor, na cama ele é capaz de se sentir livre e esquecer, até perdoar. E aí, não importa quantos jantares, livros e palavras eu ofereça a ele, se não puder dar a mim mesma simplesmente, e completamente, sem sentir como se eu estivesse imitando uma mulher.

Acompanhei o dr. Yalom o tempo todo, até o momento em que ele mudou de assunto, passando do sexo para meu relacionamento em geral.

Então aquilo pareceu um tópico extremamente abrangente e de longo alcance para encarar, e não consegui pensar nele. Mas vou tentar esta semana. Vou ensaiar, se preciso for, já que ele voltará a mencionar isso outras vezes. Acho que não deixo muita margem ao dr. Yalom com meus assuntos censurados. Eu me recuso a falar sobre qualquer culpa que meus pais possam ter. Sempre que ele tenta me convencer, ou eu a mim mesma, e digo: "As mulheres feias estavam atrás de mim, fazendo observações sarcásticas", ele fala: "Quem são essas mulheres feias? Já conheceu alguma delas?". Então a questão fica confusa, e nós seguimos em frente. Estamos ambos sendo transparentes. Nunca hesite em tirar vantagem de um psiquiatra.

Ele está sempre falando de autoconfiança em relação aos outros, mas eu me sinto mais segura pensando na confiança dentro de mim mesma. Para controlar meus próprios pensamentos. (Assim, ninguém será agredido, exceto minhas vísceras.) Sei que o dr. Yalom não gosta quando manifesto minha meta de controlar meus pensamentos, integrá-los e, ao mesmo tempo, fumar maconha (não lhe recuso esse prazer). Quando fumo maconha, os pensamentos e frases áridos que tenho ganham um gosto e uma textura de verdade. Os pensamentos que se desprendem já estão lá, sendo apenas soltos e tonificados, com permissão para sair passeando e se tornarem fascinantes e reais. São ingredientes do cozimento que já estão no ensopado, então por que os ignorar?

Você está apenas olhando para um fenômeno que não vai mudar, ou você acha que eu posso mudar? Sei que está respondendo que sim, "mas aos pouquinhos". E eu começo a achar que isso seria ótimo, porque são as coisas no diminutivo que cancelam meus bons sentimentos e me deixam tão frustrada que posso até morrer.

Acrescentado no dia 18 de janeiro

Eu lhe disse que mostraria o tipo de coisa que escrevo quando fico frustrada, num humor gélido. Aqui está algo que escrevi recentemente.

Dei um passeio até uma rua que é segura, atrás das garagens, uma espécie de lugar remoto e abandonado. Sem trânsito para coagir o silêncio. Os únicos ruídos são os pássaros confinados e as tediosas e remotas sirenes de neblina. A estrada é em aclive. Foi asfaltada pela iniciativa privada e fica oculta pelos arbustos de framboesa. Um gramado verde e amarelado, a galera se entoca para fumar. E eu também me entoco. Venho aqui para me refugiar. Daqui de cima, a parte da cidade ao lado da baía parece conchas no raso cobertas pela maré, à medida que a neblina submerge todas as extremidades ásperas do centro da cidade e deixa em pé uma torre branca como um castelo de areia na praia para as crianças. Até a noite se espatifar.

Alguns dias depois de minha menstruação, sempre fico doida. Talvez seja a nova diferença entre trabalhar e não trabalhar. (Estou desempregada atualmente.) Meu corpo é rápido e incansável, mas em algumas ocasiões começa a se curvar e desacelerar. Sinto-me capaz de jogar dois sets de tênis hoje, mas não tenho parceiro, e os passeios, este passeio, são limitados por sua falta de propósito. Karl é um enigma. Não sei se é meu mau humor o transformando em coisas piores ou sua própria mesquinhez que transparece. Ele gasta 15 dólares jogando cartas e quando lhe peço para jantarmos fora, não é capaz de gastar um centavo, só me acompanhar, sua expressão fica doentiamente negativa. Então fico com raiva de mim mesma, porque é culpa minha falar de jantar quando ele está desempregado. Minha concentração obsessiva no lazer escapa de meu controle. Esta ansiedade assimétrica de preencher minha vida com passatempos, dependendo de outra pessoa. E sempre um esboço.

E então vi novamente Larry (um antigo amor), que me deu um enredo incompleto para ser amada e linda novamente. Fiquei paralisada ao seu lado, sorrindo, me permitindo somente pequenos passos e uma repetição instantânea em seguida. A raiva contra outras pessoas, deixo bater em mim e se desenvolver como uma excitação sexual. E ressentimento e ódio. É assim que eu me jogo fora para dormir. Dizendo meias sílabas para Deus, desejando que Ele limpe minha mente e minha alma de tantas acusações e imagens. Meu comportamento é um sonho reminiscente das piores cenas.

Essa falta de iniciativa e convicção pessoal faz com que me sinta mais uma vítima quando estou sendo tratada gentilmente, porque penso: "Como é gentil de sua parte, como é indulgente, mas para isso, para este filme ou este jantar ou visita ou roupa, eu me encolheria em mim mesma pronta para pular e morder com força".

Mas eu isolo esses sentimentos do lado de fora. Faço um prato grego de batata e tomate, e, bancando a senhorita, encontro a salvação e uma compaixão das vitaminas.

25 de janeiro
DR. YALOM

Uma sessão curiosamente divertida com Ginny. Intriga-me em especial o motivo de ter sido tão agradável, já que eu estava me sentindo muito transtornado antes da consulta. Três horas antes de Ginny chegar, tive uma sessão extremamente perturbadora com outra paciente, que acabou quando eu fiz algo que tento nunca fazer — agir de modo irresponsável, talvez mesmo destrutivo, perdendo a paciência. A paciente saiu correndo do consultório. Em seguida, eu me senti culpado porque essa paciente estava deprimida e sofrendo de insônia, e um distúrbio adicional era a última coisa de que ela precisava. É claro, posso racionalizar isso de vários modos: eu ter ficado com raiva pode vir a ajudá-la, seu desprezo e ódio teriam sobrecarregado a paciência de São Francisco, enquanto um terapeuta é somente um ser humano. Não importa, após sua saída eu estava tremendo e seriamente preocupado que ela viesse a tomar uma atitude drástica, podendo até cometer suicídio.

Durante duas horas, entre essa consulta e a de Ginny, tive uma reunião com os psiquiatras residentes, o que me deu algum tempo para refletir sobre o incidente, de maneira que, voltando para Ginny, comecei a pensar sobre isso e fiquei muito distraído. De qualquer forma, foi bastante reconfortante vê-la, e consegui esquecer de Ann, a outra paciente. Acho que Ginny é tão diferente de Ann... nada ameaçadora, tão grata por qualquer coisa mínima que lhe dou, que acabei me sentindo à vontade ao vê-la.

Vivo o drama de *Rosencrantz e Guildenstern*;* há outra peça nos bastidores, outros atores atrás do palco. Eu poderia escrever um roteiro estrelando Ann, com apenas um pequeno papel para Ginny. Este é o supremo e terrível segredo do psicoterapeuta — os dramas no outro palco.

Estou escrevendo este texto no dia seguinte, e fica difícil resgatar a sequência dos eventos com clareza em minha cabeça. Do que melhor me lembro, repensando na consulta, foi que senti Ginny mais adulta, menos sorridente, mais encorpada, mais atraente. Ainda por cima, eu lhe disse todas essas coisas. Encorajei-a a me fazer algumas perguntas, como se fosse este um modo mais adulto de estarmos juntos. Ela começou a consulta me perguntando muito rapidamente qual era o problema. Neguei que houvesse algo errado, porém, mais tarde, eu lhe disse que tinha ficado transtornado com outra paciente. Sua reação foi peculiar. Foi quase como se ela estivesse triste por não conseguir me imaginar ficando furioso com *ela*, e eu lhe disse que isso era verdade. Depois, ela foi em frente, falando sobre as fantasias que tivera durante toda a semana, que foram iguais às da semana anterior — criando situações em que ela podia ficar com raiva das pessoas. Acho realmente que nossas percepções em relação à sua raiva oculta têm sido úteis, porque agora temos uma noção mais clara sobre o que este dilúvio de fantasias significa.

Ela está ciente de que se sente e age como uma garotinha, assim como de seus sorrisos constantes. Hoje ela realmente parou de sorrir durante quase toda a sessão, e eu me senti muito diferente em relação a ela. Ela engordou bastante, disse, e é claro que transformou isso em algo destrutivo, com a convicção irracional de que ficará com o mesmo peso de sua mãe, e teme que possa ter todas as suas características negativas e nenhuma das positivas. Esse é um exemplo típico do raciocínio mágico de Ginny. Eu disse apenas como considerava isso irracional, e como ela transforma qualquer fator em algo negativo para si mesma. Insisti que ela estava com uma aparência de fato muito melhor. Quase me surpreendi sendo um tanto sedutor com ela. É interessante observar que, quando ela saiu do

* Peça teatral de Tom Stoppard. (N. do T.)

consultório, um amigo entrou para conversar um pouco comigo e comentou sobre a "moça atraente" que acabara de sair.

Outra pergunta que ela me fez foi se me agradaria ou não fingir que eu tinha vinte anos a menos. Falei que não podia fazer isso sem me sentir constrangido. Ela então me pediu com certa seriedade que planejasse a semana para ela e lhe dissesse exatamente o que deveria fazer. Respondi na mesma moeda, dando-lhe várias sugestões: conversar francamente com Karl, escrever duas horas por dia, parar de sorrir daquele modo. Outro assunto que ela mencionou envolvia o que eu considero uma maneira estranha de abordar seu relacionamento com Karl. Ele está muito deprimido, sem emprego, e Ginny tem a impressão de que ele a culpará por isso, como se ela o tivesse "puxado para baixo". Na minha mente, é muito mais provável que ele a veja de um ponto de vista exatamente oposto, ou seja, agora que tudo está desmoronando ao seu redor, ela é a única coisa que ele tem. Na verdade, há alguma evidência dessa posição, já que ele recentemente tem se mostrado muito mais carinhoso com ela. Ao final da sessão, ela perguntou quando leria meus relatórios mais recentes, e eu prometi que os prepararia para a próxima semana. Um momento revigorante, relaxado e franco com Ginny.

25 de janeiro
GINNY

Acho que eu não estava ansiosa pela sessão de terapia porque não tinha nada definido na minha cabeça e não sabia o que poderia dizer. Antes da consulta, conforme lhe disse, eu estava extasiada, como se pudesse ficar sentada, com o olhar fixo durante horas. Mas, dez minutos depois, a sessão começou.

O dr. Yalom estava agindo de forma estranha, afundado em sua poltrona e sorrindo, com a mão cobrindo sua boca durante minhas pausas. Mais tarde ele disse estar se sentindo nervoso e me contou o motivo, que achei interessante. Imaginei a cena rapidamente, uma moça sendo sarcástica com ele repetidas vezes, e ele finalmente ficando furioso. Eu me perguntei por que algo assim não nos tinha acontecido — com meu progresso lento e em círculos. E, meu Deus, eu sou sarcástica, não com ele, mas comigo mesma. Ele disse que seria difícil encontrar minha raiva (o que parece uma bela frase). Em outras palavras, ele não podia ficar com raiva de mim a menos que eu, como a tal moça, tivesse me mostrado incessantemente furiosa com ele. A ideia era bastante estimulante. Então me dei conta de como era limitado nosso roteiro, por causa de mim e da terapia — sempre empertigada em meu pequeno poleiro, onde não posso ser tocada, exceto por algumas delicadas emoções, insinuações e caprichos. Talvez seja por isso que exista uma vadia escandalosa em mim, porque tenho que suprir todos esses aspectos ruins para mim, e toda essa vida real raramente dá algum retorno. Não estou exposta sequer a um décimo do espectro de emoções a que outras pessoas estão. Tenho inveja das emoções e das moças que fogem ou são audaciosamente atiradas para fora dos consultórios psiquiátricos.

Continuei falando sem parar, sem a menor ideia de como você estava me interpretando, portanto pensei no pior. Eu não estava explorando nenhum novo sentimento. Mas o dr. Yalom estava sentado, tão calmo, ainda assim com uma série de expressões no rosto, que pensei que ele devia estar tendo vertigens com meu zumbido em busca de um assunto. Quando lhe perguntei no que estava pensando, ele disse que eu parecia melhor. Ele conseguiu reagir melhor a mim desta vez do que em outras ocasiões. Se ele tivesse dito que eu estava horrível e falando bobagens, eu poderia muito bem ter acreditado também. Eu não tinha a menor capacidade crítica. Quando lhe perguntei por que eu parecia melhor, eu não tinha a menor suspeita. Ele disse que era porque "você está mais séria. Está se comportando como se fosse dez anos mais velha, está mais encorpada". Eu tinha acabado de lhe falar sobre os quase cinco quilos que ganhara desde a última sessão. Ele disse então uma frase que eu gostaria de ter citado, mas já imaginei que entendi errado, algo como "você parece melhor, mais saudável, mais feminina e não está sorrindo à toa".

Não me permiti qualquer resposta sensual ou reflexão posterior, a não ser mais tarde. Estávamos falando sobre a moça furiosa e sobre como ela ficou irritada. E eu falei que pelo menos assim ela obtém uma reação, e ele disse: "É verdade, mas eu não preciso reagir a você desse modo. Existem outros modos". (Pausa.) E uma parte de mim ficou comovida, contente e animada pelas grandes implicações e pelo elogio. E outra ficou sarcástica e divertida, não manifestando nada no nível audível, mas muito acostumada com suas próprias piadas, não tendo de dizer: "Ora, vamos, companheiro. Todo mundo diz isso".

Mais tarde, tudo isso teve um bom efeito, de alguma maneira me senti melhor, mais séria, inteira e alegre. Voltando pela trilha através do bosque que passa pela sepultura de Stanford, senti-me diferente, sem o gênio ingênuo que me caracteriza. Eu era do tipo feminino, comendo *hors d'oeuvres* e bebendo em taças de cristal com uma das mãos, com o dr. Yalom, sua esposa e alguns amigos (na outra mão?), conversando, madura. Mas o mundo pareceu mais claro, consegui me concentrar, eu estava viva. A hora oficial está se esgotando e tudo ficou mais leve às 17h15. O mundo estava leve. Quando cheguei em casa, estava me sentindo alegre e jovial, e quando Karl tocou em minha barriga e eu disse algo espirituoso, ele falou: "O que o psiquiatra lhe disse hoje?" (Eu estava toda saltitante.) Respondi que ele me dissera como eu estava feminina. "Então esse é o tipo de coisa que ele diz", disse Karl, também se divertindo.

P.S.: Palavras-chave na consulta — tato e momento oportunos. Sempre haverá conflitos entre os ideais de franqueza, amor, reação visceral, as coisas importantes e duras do Universo (conforme as imagino e sonho a distância) e metas terapêuticas alcançáveis (talvez as outras sejam o reino da religião), mas eu acredito na primeira, talvez como um escudo contra ter de trabalhar em coisas menores, coisas transmissíveis, e como um meio de reagir a qualquer sucesso. E o dr. Yalom está sempre tentando me mostrar que todas as pessoas são misteriosas. Tudo bem, talvez sejam. Mas nem todas são medrosas. Eu tenho medo de meus mistérios. O dr. Yalom está tentando fazer com que eu me sinta à vontade com meu bate-papo imprestável.

1º de fevereiro
DR. YALOM

Um tipo diferente de consulta, em relação à da semana passada. Não houve o apoio de distrações atraentes e divertidas para a sessão, mas estávamos bem relaxados e cuidando de nosso assunto de modo adulto. Ela entrou e me disse (surpresa das surpresas) que tinha passado uma boa semana. Não, pensando bem, ela começou a consulta com um ar desanimado. A primeira coisa que disse foi que tentou conversar com Karl, mas não teve êxito. E passou a descrever o incidente; parece que ela tentou de fato conversar com ele, mas de modo crítico e negativo, e deu tudo errado. Ela estava lendo um de seus contos e comentou que ele fala do mesmo jeito autoritário que os personagens de sua história. Reagindo de maneira defensiva, ele pediu exemplos concretos e acabou dizendo que estava abalado demais para que ela o atormentasse daquele modo. Ela concluiu então que, se ele estava tão transtornado para falar sobre isso, devia estar também transtornado para falar sobre assuntos mais importantes. Porém, as outras coisas que tinha a dizer sobre sua semana eram animadoras. Tinha viajado para Yosemite com outro casal e passaram um fim de semana maravilhoso. Karl não pôde ir porque quis ficar escrevendo. Quando ela voltou para casa, ele disse como sua vida ficara vazia sem ela. Está bem clara para mim, e para Ginny também, a rapidez com que o relacionamento deles mudou. Ela não está mais numa posição de extremo medo de que, de repente, ele avise que vai deixá-la; agora tudo havia mudado, ao que parece ela se encontra em posição ascendente, e ele precisa dela pelo menos tanto quanto ela precisa dele.

Ela então me diz que a única coisa que está obstruindo seu caminho agora é o temor pela noite e pelo sexo. De início, tentei mostrar-lhe que aquilo representava na verdade uma pequena parcela de sua vida, alguns minutos, no máximo uma ou duas horas. Ela assumiu uma postura extraordinariamente firme contra mim, batendo o pé e retorquindo que se tratava de uma opinião muito desorientada de minha parte, que todas as revistas populares discordavam de mim. Ela me repreendeu de forma inteligente.

Então, prossegui investigando com muito mais seriedade (e estou levando Ginny mais a sério) tudo o que está acontecendo na cama com Karl. Já abordamos isso várias vezes, mas desta vez eu entendi melhor. Seus terrores sexuais noturnos não aconteciam com o antigo namorado porque ele a masturbava. Com Karl, no começo, as coisas eram boas sexualmente, bem naturais. Ela não precisava lhe pedir que a masturbasse. Então Ginny começou a ficar mais tensa, assustada, e o círculo vicioso se expandiu: a tensão bloqueando sua espontaneidade, ela temendo e se repreendendo por sua falta de espontaneidade, gerando assim mais tensão. Com Karl, o problema primário é que ela continua com medo de lhe pedir ajuda, de algum modo ela pensa que ele se recusaria a fazer certas coisas, consideraria isso uma espécie de derrota, ou uma saída desprezível. Ela explicou a diferença entre os dois homens dizendo que o primeiro namorado era judeu, e os judeus são mais sensíveis e atormentados em relação ao sexo, ansiosos para agradar as mulheres por causa de seus conflitos particulares com as mães. O que eu poderia dizer diante de tal sabedoria? Ela me levou a pensar sobre minha própria mãe.

Voltei à superfície e a pressionei a investigar seus medos; do que exatamente ela tem medo? Está claro que Karl não lhe fará mal algum; o que de fato a impede de falar com ele? Ela descreveu o que costuma acontecer à noite. Eles vão para a cama de mãos dadas, ficam deitados, e ela tem medo de dizer qualquer coisa para ele. Se dissesse o que queria, pediria a Karl para falar seu nome ou olhar para ela, ou abraçá-la. Tentei persuadi-la a fazer algum avanço na direção dele: colocar o braço sobre seu ombro, ou beijá-lo, ou lhe dizer que está assustada e que gostaria que ele a abraçasse. É exatamente esse tipo de gesto que mais a assusta. Em seguida, ela deixou escapar, meio brincando, que não tentaria nada disso, pois eu ficaria fora da cidade por duas semanas. Eu tinha esquecido que teria de viajar. A partir de tudo o que Ginny disse, tive a impressão de que ela temia que aquele fosse seu estágio final na terapia. O que aconteceria conosco, perguntei, se ela fosse capaz de falar intimamente com Karl? Sobre o que conversaríamos? Eu disse isso meio brincando, meio sério, pois acho que é de uma pertinência crucial. Ela preferiria continuar com a terapia a ficar bem e deixá-la. Sua resposta, contudo, foi muito interessante. Ela refletiu que se tornaria então alguém como sua amiga Eve. Se ela superasse isso, teria que começar a considerar seriamente sua posição lá fora, teria que ir à luta, achar uma carreira, procurar seu lugar na vida. Fiquei surpreso com sua resposta porque significa que Ginny está começando a pensar seriamente sobre essas questões. Não me lembro de já ter sentido com tanta força, desde que nos vemos, como ela mudou de verdade. De repente ela começou a avançar muito rapidamente.

E tudo isso após aquela história de "encorpada" da semana passada. Um incidente no ano que passei em Londres me vem à lembrança. De alguma forma, o que eu mais me recordava da minha análise com dr. R. foi quando ele se referiu a mim, casualmente, como alguém de extrema inteligência. Por algum motivo, aquilo significou mais do que todas as outras percepções eruditas que me ofereceu. Eu me pergunto se não ocorre o mesmo com Ginny no sentido de que, de todo o trabalho que fiz com ela, o que ela mais vai lembrar vai ser aquele dia em que eu disse que ela estava mais encorpada e atraente! Ela seguiu uma direção oposta à da paciente com que eu tinha berrado antes de nossa última sessão. Ann tinha me ligado dizendo que, pelo menos por ora, interromperia o tratamento. Sinto que realmente fracassei com ela, mas é com alívio que considero o fato de não voltar a vê-la por enquanto. De Ginny, por outro lado, sentirei falta na semana que vem. Penso imediatamente na reação de meus colegas quando falei sobre meus relatórios com Ginny um ano atrás. O primeiro comentário foi: "Sabe, eu acho que você está um pouco apaixonado pela Ginny".

1º de fevereiro
GINNY

É difícil escrever este relatório. Conversamos sobre meu empenho para falar com Karl, sobre como ele saiu pela culatra, fazendo com que me sentisse ansiosa. E sobre todas as reversões que se seguiram. Minhas desculpas ao considerá-lo forte, inabalável, e sendo essas as razões para esconder minha própria fraqueza. Agora que estamos no mesmo plano, ele tão nervoso quanto eu, continuo incapaz de conversar francamente e ainda me sinto ansiosa e sob pressão. Talvez porque as ansiedades de Karl pareçam reações naturais à sua situação atual de desempregado, enquanto as minhas parecem inatas. Karl é uma pessoa saudável no que diz respeito ao mundo, quando se trata de fazer coisas. Você brigou comigo dizendo: "e desde quando palavras-cruzadas, corridas e apostas são saudáveis?" Acho que são, fazendo da vida um jogo, tentando competir contra o tédio. Só que as doenças físicas prolongadas de Karl são um sinal de que ele está lutando contra alguma coisa. Raramente eu fico doente fisicamente e tenho tido que bancar a enfermeira para o seu eu convalescente, diversas vezes. Suas doenças, estejam enraizadas psicológica ou fisicamente, tendem a bloquear nossas vidas e cobrir de sombras qualquer plano.

A principal impressão que tive após nossa sessão de ontem foi de que eu era incapaz ou relutante para pensar em meu futuro. E que, além de não conseguir responder às suas perguntas, eu mesma não me faço perguntas.

Você me disse para trabalhar em coisas pequenas esta semana. Vou tentar.

Mas a nebulosidade da sessão me deixou ébria e entorpecida. (Talvez isso tenha mais a ver com minhas tentativas de conseguir o seguro-desemprego e ficar na fila dia após dia.)

Fiquei chateada por ter lhe contado sobre meu amigo que fuma maconha ao volante. Comecei a remoer isso e me senti sórdida como uma traidora. Deu para ver que era um prato cheio para você, que o censurou. Sempre que isso acontece, eu acabo sentindo um enorme abismo entre as gerações, e você se torna como meus pais. Além disso, era uma questão descartável. Apenas estava tentando jogar conversa fora.

Visualizo a imagem de alguém indo a lugar nenhum, sem a menor pressa. É esta minha maneira de agir. Eu tampouco gosto de falar sobre sexo. E considerando que esse assunto ocupou grande parte do que falei ontem, não é de admirar que me sinta incomodada. Parece que usar palavras para isso não é o meio adequado, o assunto acaba ficando esmagado e reduzido, parecendo que foi tratado, mas na verdade não foi. Simplesmente se tornou uma questão pornográfica em preto e branco, no lugar de todas as nuances e coisas boas que nos proporciona. Karl e eu temos muitas conversas que fluem; na realidade, nos envolvemos perfeitamente e fazemos comentários engraçados, rimos um bocado e somos felizes. E então as luzes se apagam e não há uma ponte, não há crepúsculo entre a conversa à noite e a dispersão de imagens e o ato de fazer amor, quando eu sinto de algum modo que somos estranhos e que Karl não me quer.

Foi reconfortante quando você disse que eu parecia mais perto de um começo do que de costume.

Acho que eu queria as mesmas repostas de você esta semana, as mesmas da semana anterior, sobre estar bonita e encorpada, e quando não as obtive senti que recuei, senti um peso sobre o peito, figurativamente.

21 de fevereiro
DR. YALOM

Uma decepção. Uma das sessões mais desconfortáveis, hostis e sem graça que já tive com Ginny. A sessão se segue à minha ausência da cidade durante uma semana e ao cancelamento, por parte de Ginny, na última sexta-feira. Ela começou dizendo que aquelas duas semanas não tinham sido ruins, e na verdade teve alguns dias de pleno bem-estar. Ela não sabe como começou ou como terminou, mas sabe que durante esse período perdeu seu constrangimento alienante e foi capaz de escrever e viver com certa facilidade. Nesta manhã, ela acordou horas antes do previsto, se sentindo extremamente mal. Durante todo o dia ficou ansiosa, inquieta, confusa e distraída. Disse ter tido a impressão de não conseguir se recompor, e que as pessoas ficavam olhando para ela no ônibus, que ela parecia relaxada. De algum modo, senti que, apesar da quantidade de coisas que ela disse, não dispunha de muita coisa com que trabalhar. Naturalmente, escolhi o assunto de seu despertar prematuro e o fato de ter se sentido mal o dia inteiro, e perguntei o que aquilo tinha a ver com o fato de vir me ver, e suas informações foram escassas. Na realidade, havia tão pouco assunto que fiquei convencido de que esta era a área mais importante a ser investigada.

Tentei compor o quadro de Ginny se divertindo enquanto estive fora e depois cancelando a consulta de sexta-feira, quando lhe teria sido possível (embora um tanto inconveniente) vir. Hoje ela estava nitidamente perturbada. Perguntei-lhe se ela preferia não estar ali. A partir desse ponto, as coisas ficaram bem piores. Descobri, ao fim da consulta, que ela, de maneira equivocada, me ouvira dizer que eu não queria que voltasse mais. Quando tudo mais falhou em minha tentativa de incentivá-la a trabalhar, experimentei fazer com que se confrontasse com as razões para continuar com a terapia. O que ela queria mudar em relação a si mesma? Não existe método mais infalível para despertar a ansiedade do que fazer esta pergunta. Minha analista em Baltimore, uma doce senhora, sempre fazia isso comigo quando eu me arrastava demais na terapia. Ginny respondeu que, em algumas semanas, ela seria capaz de trazer um ensaio de 250 palavras sobre os motivos de vir me ver. Era claro que estava com raiva, e as coisas ficaram menos calorosas e amistosas entre nós do que antes. Ela observou que, quando eu retirava meus óculos e olhava para ela, meu rosto ficava idêntico ao de várias pessoas no ônibus. O que ela queria dizer com isso, conforme eu descobriria laboriosamente mais tarde, era que eu já não era mais tanto o dr. Yalom, e talvez menos ainda um amigo. Antes, ela me via como um amigo especial, sem me diferenciar qualitativamente de seus outros amigos.

Aparentemente, sua mudança de atitude em relação a mim havia sido desencadeada pela minha sugestão, na última consulta, de que, se ela reconhecesse que seu principal problema é a incapacidade de ter um orgasmo, ela deveria considerar uma hipnose específica ou terapia sexual de Master & Johnson.* Hoje, quando repeti essa sugestão, ela se surpreendeu ao perceber que a tinha praticamente descartado sem lhe dar a menor atenção;

* William Master e Virginia Johnson, autores de importantes estudos sobre a sexualidade humana na segunda metade do século XX, entre eles o orgasmo múltiplo feminino. (N. do T.)

portanto, talvez ela não esteja realmente interessada numa mudança terapêutica.

A certa altura, ela falou que não queria ter um terapeuta sexual porque isso significaria recomeçar com outra pessoa, e que ela não queria fazer isso comigo porque seria muito embaraçoso lidar especificamente com esse assunto (embora lidemos com ele o tempo todo). Ela salientou que, sexualmente, tudo está exatamente como anos atrás e que ela parece não ter feito progresso algum nesta área, o que me deixa muito mal, por não ter tido êxito no tratamento. Sugeri que isso deve deixá-la decepcionada comigo, considerando que eu deveria tê-la ajudado, mas ela negou.

Comentei, talvez com certa malícia, que provavelmente ela estava ansiosa esta manhã porque isso devia ser um sintoma quando vinha me ver. Ela concordou que podia estar deliberadamente tentando me aborrecer. Ela sabe que qualquer um ficaria aborrecido com alguém que falasse durante uma hora do jeito que ela estava fazendo. De algum modo aquilo não soou muito convincente. Eu estava confuso com o que estava acontecendo durante a sessão e lhe disse isso várias vezes, mas fizemos pouco progresso. As coisas ficaram piores. Ela replicou com diversas afirmações fúteis sobre sua determinação de passar uma boa semana, com informações interessantes para mim na próxima sessão. As coisas se desenvolveram numa espiral descendente, e eu me senti extremamente impotente e desestimulado.

Pois bem, isso foi tudo nesta consulta sinistra. Ginny está convencida de que trouxe esse sentimento com ela para o consultório, porque estava desconcentrada ao longo do dia. Talvez seja isso. Entretanto, eu estava muito distraído durante toda a sessão e não posso deixar de recordar que tive uma consulta exatamente como esta poucas horas antes; então, tenho que assumir pelo menos uma responsabilidade parcial por esta sessão infrutífera.

No final, entreguei a Ginny nossos relatórios dos últimos seis meses, que ambos leremos antes da próxima sessão.

21 de fevereiro
GINNY

É claro que, de maneira muito indisciplinada, li parte de seus relatórios antes de escrever o meu relativo à última sessão. Isso dará cor ao que poderia ter sido o mais sombrio de meus relatos.

Quando volto a pensar na sessão, sinto um pouco de raiva de nós dois. Fiquei com raiva por você ter tentado sondar por tanto tempo meu humor inerte e ansioso. Imagino, muito naturalmente, que você tentou encontrar um sapato que se adaptasse a meu pé dolorido por meio de uma múltipla escolha de raciocínios: eu estava ansiosa porque perdemos duas semanas? Foi por causa de minha irmã? De Karl? Fui sua sócia condescendente. Finalmente, o humor e o sentimento eram prelúdios para um de meus raros resfriados, e o homem da Bayer podia ter nos dito isso e nos livrado do assunto.

Como eu cheguei já derrotada, você falou sobre a terapia não estar levando a lugar algum. Perguntou se eu pensava que aquilo ainda era uma terapia. Acho que respondi "Não", mas sem pensar. E sugeri que eu deveria escrever 250 palavras sobre minhas metas. Fosse você mais do que um amigo e se eu o considerasse um, poderíamos chegar a algum lugar?

Li apenas alguns relatórios naquela noite, mas bastou para me deixar com peso de chumbo. Eu me senti tão pesada que precisei ir para a cama. É engraçado, em seus relatos pressinto um sentido de risco, de que tudo está exposto. Nos meus, tudo é ligeiramente alegre e enigmático, nada é afirmado com simplicidade. No meio da semana, lendo os relatórios, tudo relacionado a mim pareceu muito desanimador. Senti vergonha. Na semana passada, eu acusei você brandamente de querer encerrar a terapia. Você disse que eu estava colocando palavras em sua boca, mas quando li os relatórios ficou óbvio para mim que você estava entediado e deprimido, sentindo-se preso a meu mergulho estático.

Não consegui me concentrar nisso por muito tempo. Então me lembrei de uma cena com M.J., o líder do grupo de encontro. Ele estava falando com uma moça que tinha uma vida muito mais miserável do que a minha.

Ela a dramatizava maravilhosamente, de modo que todos nós experimentamos sua vida e nos sentimos solidários. Então, M.J. disse que ela tinha passado por vinte anos miseráveis e teria ainda outros vinte bem à frente. Ele se ofereceu para dançar com ela e tentou fazer com que ela risse, mas ela se agarrou àquela imagem sagrada de infortúnio e aos seus velhos hábitos. Ele ficou em volta dela como um sapo e lhe fez uma oferta de dança livre de dor e de recordações. De algum modo, ela percebeu o que estava fazendo, e um sorriso involuntário se desenhou em seu rosto. A partir de então, sua vida mudou realmente. Ela fez com que mudasse. Eu ainda era uma esponja que parecia nunca estar completamente cheia de piedade. Eles me disseram que eu estava num buraco e nunca conseguiria sair. Então eu fiquei sentada lá, como faço em seu consultório. As piadas não eram apropriadas. E você acompanha meu ritmo e nos arrastamos juntos. Teria sido divertido se eu trouxesse um baralho; assim, quando ficássemos travados, pelo menos poderíamos terminar numa jogatina animada.

Dessa forma, mecanicamente, eu disse que mudaria, me forçaria a isso. Não mudei. Mas de algum modo me sinto mais viva.

Sobre a terapia sexual. Nessas duas últimas semanas, tenho pensado em como seria agradável, mas na sessão não consegui assumir a responsabilidade, levantar e perguntar o que você queria dizer exatamente e como lidar com isso. Então comecei fazer graça. Era como sugerir terapia sexual para uma menina de três anos.

Quando quero me concentrar, a conspiração interior cria pequenas imagens que me desorientam. Em vez de responder às suas perguntas, eu olhei para seu rosto e o comparei com o de um cara que mal conheço, que é atraente com uma barba assim. E como você estava meio jogado na poltrona como um estudante, confortavelmente lendo um livro ou tomando uma cerveja, achei fácil divagar. Se tivesse podido deixar extravasar em som minha fantasia, alguma coisa teria acontecido, mas não, eu saio apenas perguntando o preço das atitudes e dos sentimentos, porém não compro nada. E assim não resta nada diante de você e de mim. Como aquela vez em que vi sua meia. Eu me senti como um cachorrinho que pudesse se agachar e começar a morder sua meia do lado do avesso, e esses pensamentos levianos cruzam minha trajetória adulta a todo instante.

Capítulo 5

Uma última primavera (29 de fevereiro — 3 de maio)

29 de fevereiro
DR. YALOM

Durante a semana, eu e Ginny lemos os relatórios um do outro. Eu estava me sentindo um pouco desconfortável ao ir à nossa consulta porque, embora tivesse reservado boa parte do dia de hoje para lê-los, algumas circunstâncias inevitáveis (como visitas de fora da cidade) haviam limitado severamente meu tempo livre e me obrigado a passar os olhos bem rápido na maioria deles, em especial nos meus. Isso foi particularmente lamentável, considerando que Ginny os tinha lido todos com extrema atenção. Diferentemente da primeira vez, agora ela os tinha lido várias vezes, e conseguiu até citar algumas frases.

Foi uma sessão comovente e intensa para mim, e acho que para Ginny também. Uma das coisas mais surpreendentes que ela fez na sessão foi exatamente o que faz em seu relacionamento com Karl: fugir do palco de emoções reais. Ela evitou tanto o aspecto positivo quanto o negativo de seus sentimentos em relação a mim, até que eu a empurrei para eles. Os negativos surgem primeiro; eles derivam de eu ter mostrado seus relatórios iniciais para Madeline Greer, a psiquiatra assistente social que conhece Karl. Evidentemente, apressei-me em dizer que Madeline não lia nenhum dos relatórios há mais de um ano; seria impensável que eu os mostrasse para ela depois de descobrir que conhecia Karl, e de qualquer maneira ela também não os teria lido. Obviamente, Ginny estava profundamente desconfiada e tinha o direito de sentir uma raiva intensa da liberdade profissional que eu havia tomado ao compartilhar o "material de seu caso" com uma colega. Acho que eu me sentiria terrivelmente magoado se isso tivesse acontecido comigo. Ainda assim, ela manifestou somente uma centelha de indignação. Havia desconfiança mais evidente em sua declaração de que lamentava ter me contado sobre seu amigo (aluno de pós-graduação em sociologia) que fuma um baseado todas as manhãs, porque eu poderia usar isso contra ele.

Ela ficou muito chocada com a alternância que ocorreu em nossas sessões — depois de uma boa consulta, invariavelmente havia uma "decepção" na seguinte. Notou também uma discrepância entre nossas respectivas avaliações das sessões, com ela as achando boas e eu as considerando fracas. Angustiou-lhe descobrir que eu tinha ficado muito mais desanimado e deprimido por ela do que havia levado-a a crer. Perguntei se ela percebera algumas das coisas positivas que eu dissera, e Ginny reconheceu isso, admitindo que alguns de meus comentários a fizeram se sentir ótima. Foi pouco a pouco que nós abordamos a parte completamente positiva de minhas anotações, e ela fez isso admitindo que eu havia de fato revelado mais sobre mim mesmo do que ela de si própria — referia-se ao incidente em que meu colega disse que talvez eu estivesse apaixonado por ela. Com delicadeza, Ginny tocou no assunto, perguntando quem era esse analista e em seguida comentando minha coragem ao me mostrar tão franco e aberto. Entretanto, evitou o centro da questão: a palavra "apaixonado". Quando lhe perguntei especificamente qual tinha sido sua reação, ela disse, com óbvia emoção, que havia experimentado uma sensação de inutilidade e que desejava de fato mudar para mim, naquele momento. Discutimos sobre o fato de ela ler os relatórios em casa, onde precisa escondê-los numa gaveta quando escuta os passos de Karl. Eu observei, como meses atrás, que parecia um romance em que a heroína esconde freneticamente cartas de amor ao perceber a aproximação do marido.

Outro exemplo de uso terapêutico das anotações dependia de seus sentimentos em relação a publicá-las. Ela falou sobre essa questão, mas não me perguntou diretamente se eu pretendia publicá-las. E quando indaguei com toda a sinceridade o motivo de não me perguntar, ela se aprumou num esforço para formular a questão, depois de eu dizer que não as publicaria sem sua permissão. Ginny passou então a relatar algumas de suas fantasias em que jogava gasolina sobre os relatórios e os queimava em meu consultório, mas acrescentou que seus receios tinham mais a ver com a ideia de ferir Karl do que com a de revelar a si mesma. Ela disse também que minha escrita havia se aperfeiçoado desde a última leva de relatos. Em seguida me perguntou se eu estava pensando seriamente em estabelecer um prazo para a terapia, assim ela poderia se preparar para alguns meses de trabalho intensivo. Eu lhe respondi que não tinha certeza, mas que um prazo lógico seria o final de junho, já que vou sair de férias durante os três meses do verão. Ela se desviou da questão sobre o término de nossas consultas perguntando para onde eu iria, e nós não conseguimos ser mais explícitos sobre suas impressões em relação ao fim das sessões dentro de quatro meses. Sua atitude evasiva e minha própria ambivalência, eu suspeito, se tornaram parceiras por trás de nossas costas.

A última coisa que ela mencionou foi uma revista *Sports Illustrated* que vira na sala de espera com meu nome escrito; ela perguntou se eu a lia, porque Karl também o fazia. Eu lhe disse que me interessava por esportes, mas aquela revista era mais do meu filho do que minha. Ainda assim, me agradou o fato de ela perguntar aquilo diretamente. Na realidade, esta foi mais uma sessão em que percebi que Ginny é uma mulher madura. O sorriso afetado se foi, ela estava menos envergonhada do que nos últimos tempos, e as vibrações entre nós foram excelentes. Ela falou sobre como todos os pequenos problemas desapareceram; estão superados o estágio do dinheiro da gasolina, o mau humor no pôquer, sua incompetência culinária e a limpeza das mesas. Agora, interessavam as questões mais importantes — sua vida, seus direitos, seu futuro com Karl. Na verdade, pela primeiríssima vez ela teve a fantasia, ao vir de ônibus hoje, de que no futuro ela e Karl morariam em casas diferentes e se veriam só como namorados. Também foi interessante notar que minha interpretação sobre sua necessidade de fantasiar acerca de outra pessoa, agindo de maneira injusta com ela para poder se sentir justificadamente com raiva, foi bastante eficaz para sufocar essas fantasias. Elas não ocorreram mais.

Uma sessão boa e aplicada, que concluí com um sentimento de alívio, porque, verdade seja dita, eu tinha me contido muito pouco nos relatórios que ela lera. Eu estava sendo tão honesto com ela quanto posso pensar em ser com qualquer outra pessoa.

29 de fevereiro
GINNY

Não importa o que acontecesse, eu não queria uma sessão como a da última vez e me preparei internamente para ficar calma e animada. Comecei essa preparação na noite anterior, relendo os relatórios em vez de assistir à televisão. Foi uma leitura menos emocional do que a primeira. Anotei algumas citações que mexeram comigo. Eu sabia que Madeline seria mencionada e tentei recordar o sentimento ardente que tive da primeira vez que li que você estava mostrando os relatórios a ela. E, além disso, eu tinha perdido o relatório que escrevi para você. Finalmente, descobri que eu o tinha escondido em minha gaveta de calcinhas, que está tão cheia de outras coisas que ele acabou sendo empurrado para trás e caiu na gaveta de baixo, onde Karl guarda suas cuecas. Seu relatório viajou das minhas calcinhas até as cuecas de Karl. Só hoje eu o achei na gaveta. Thomas Hardy* daria boas risadas dessa ironia.

De qualquer maneira, a sessão começou um pouco mais tarde, já que eu esperei que viessem me buscar em vez de tomar a iniciativa e ir até sua porta. Em minha cabeça, eu tinha me vestido melhor do que de costume. Isso me deixou um tanto constrangida, pois pensei que você poderia achar que eu estava me exibindo para você. Mas isso não foi mencionado e ficou para trás. Eu tentei um primeiro movimento, perguntando sobre os relatórios. Mas você levou a melhor nessa. Ambos fizemos a mesma observação

* Thomas Hardy (1849-1928), poeta e romancista inglês. (N. do T.)

— sobre o efeito pendular das boas e más consultas. Você me falou de sua decepção com minha retenção, tanto nas sessões quanto nos relatórios. Não tenho como responder a isso. Tenho apenas músculos superficiais; é tudo o que sei usar. A primeira camada. É a contradição entre nós, já que tenho certeza de que não consigo me aprofundar mais sem lágrimas ou emoções. Sinto-me resistente quando você espera mais do que posso dar. Acho que tudo isso foi concebido para conversarmos e que a situação da terapia, com nós dois sentados em poltronas de couro, confortáveis, me dificulta muito a encontrar meu pânico. Não estou acostumada a achar minhas palavras enterradas em grande profundidade — elas são basicamente uma energia de superfície, improvisações. Tenho a desesperada impressão de nunca conseguir irromper através disso, simplesmente conversando e respondendo às perguntas.

Em seguida, mencionamos Madeline. Você ficou mais uma vez desapontado com minha desconfiança em relação a você. Isso não significa nada para mim; não posso assumir a responsabilidade por dar início a um sentimento negativo e achar que isso possa de fato magoá-lo. Então, quando você diz que devo desconfiar de você, isso simplesmente passa por mim como água. Não muda o que sinto em relação a você. Não há desafeto em minha desconfiança. Isso é algo que está acabando. Eu me sinto desanimada. Porque não desconfio de você.

Muito embora eu sentisse que podia olhar para você durante a sessão, não adiantava nada, considerando que eu não tinha nada a dizer.

Mencionamos limitar a terapia a mais quatro meses, para concluí-la quando você viajar para a Europa. Isso ainda parece tão distante que não me assusta. Sinto-me ao mesmo tempo tão tensa e tão relaxada que não pareço capaz de me obrigar a fazer desses quatro meses os mais concentrados e importantes, e amarrar todas as pontas soltas. Vejo a mim mesma indo embora com uma choradeira.

Quando você explicou sobre seu colega e aludimos ao assunto do amor, eu me dei conta de como estava longe, pois me senti voltando com aquelas palavras e ficando novamente vulnerável. Excitei-me com um pouquinho de emoção e sensação, depois parei.

7 de março
DR. YALOM

Uma sessão curiosa. Começou como um árido passeio pelo deserto — desolado e vazio, mas, de um modo estranho, prazerosamente perfumado. Por fim, a imagem do passeio mudou, mas a fragrância permaneceu, e acabamos, eu acho, nos sentindo muito próximos e profundamente envolvidos. Ela começou com um paradoxo. Primeiro, tinha vomitado um pouco antes porque se sentiu de repente enjoada ao subir os degraus até meu consultório. Em seguida, disse ter passado uma semana relativamente boa. Tentei o melhor possível investigar o enjoo, apalpando às cegas até ficar tão cansado que aceitei calmamente a explicação pouco convincente de ela ter experimentado uma massagem facial gratuita numa loja de cosméticos de Palo Alto. Fiz uma vigorosa tentativa de perguntar por que diabos ela faria uma massagem facial pela primeira vez na vida a caminho do consultório hoje (sendo bastante esperto, sugeri que talvez a tivesse feito para mim). Não, ela objetou delicadamente em resposta à pergunta que não fiz e prosseguiu me contando sobre o ótimo desconto para cosméticos faciais que ela estava planejando aproveitar já há algum tempo. Tentei encontrar a trilha que conduzia a seus sentimentos em relação à interrupção da terapia no verão, mas só voltamos a isso mais tarde, quando se revelou essencial para alcançar um material rico considerável.

Bastante resistência, mas resistência suave. Ginny me disse o quanto estava confortável e disposta, nem um pouco ansiosa, mas simplesmente não havia sobre o que conversarmos. Karl conseguiu um emprego de meio expediente. As coisas estão sem dúvida melhorando para os dois, disse, rapidamente. Ela lançou no ar, como um miolo de pão qualquer, o fato de o sexo estar agora muito melhor entre eles e que têm tido conversas psicológicas mais íntimas. Às vezes me surpreende o jeito como meus pacientes agem, esquecendo todos os meses de trabalho que tivemos para chegar a este ponto, e então, como se fosse pelo mais absoluto capricho, resolvem me informar sobre o progresso que fizeram.

Em seguida, ela pergunta se pode continuar vindo durante quatro meses mesmo que continue sem nada a dizer? Pressiono-a sobre seus sentimentos em relação ao fim da terapia em junho e acentuo ainda mais isso dizendo que "são só quatro meses". Ela nega qualquer sentimento mais forte, imagina como será divertido me escrever uma carta no futuro e cede à fantasia de procurar por mim, quando voltar para a cidade já famosa. Havia muita emoção associada a essa fantasia, e seus olhos ficaram marejados; continuei encurralando-a até as lágrimas, que pareciam estar perguntando: "Eu arrumaria tempo para vê-la?" Ela disse que a fantasia de me visitar a enchia de prazer. Poderia mesmo acontecer? Eu respondi: "O que seria capaz de impedir?" Tendo lido todas as minhas anotações e me conhecendo tão bem, ela poderia ter concluído qual seria minha resposta. Sim, ela se deu conta disso.

Mais uma vez, passamos algum tempo falando sobre sua escrita. Ela disse que está tendo um bloqueio de verdade há três semanas, que praticamente não escreveu nada, e ao mesmo tempo não sente tanta falta, porque seus dias têm sido plenos. Só sente falta de escrever quando nota que não há mais nada de importante a fazer e está desperdiçando seu tempo, mas tudo tem ido muito bem com Karl, e ela considera sua vida prazerosamente atraente. Perguntei se eu não tinha me aliado tanto a seus escritos que agora ela os via como meus, e não como seus. Talvez ela não escreva para evitar me dar satisfações. Mas ignorei minha voz interior e, como o pai de uma miniestrela de Hollywood, sugeri que fizéssemos uma tabela diária e programássemos duas horas de escrita amanhã de manhã. Ginny pareceu acolher bem a ideia. Ela terminou a consulta com uma pergunta estranhamente direta. Como seria se viesse me ver mais do que uma vez por semana? Talvez uma semana entre as sessões seja muito tempo (sua terapeuta anterior tinha dito que, se não a visse três vezes por semana, não valeria a pena continuar). Isso deixa claro para mim como deve ser dolorosa para ela a ideia de interrompermos por completo nossas sessões. Ela não se permite acreditar realmente que a terapia será interrompida e sempre imagina que me verá quando eu voltar das férias de verão. Acho que tenho lidado com isso da mesma forma, porque não consigo imaginar de fato não voltar a vê-la.

7 de março
GINNY

É difícil escrever qualquer coisa diferente sobre a sessão a partir do que comentamos enquanto ela ainda estava acontecendo.

A parte importante foi quando discutimos meus sentimentos em vez de ideias aleatórias. Senti-me punida momentaneamente. Quando penso em deixar você, fico triste. Ainda assim, brinquei em parte com a ideia de interromper as sessões imediatamente e só aparecer quando tiver algo para dizer. Não sei por que eu disse isso e então, logo em seguida, perguntei se a terapia mudaria, caso eu pudesse vir duas vezes por semana. São duas maneiras de romper meu baluarte e interferir nele contra a terapia tal como ela tem sido. É como se você soubesse que seu marido vai sair de casa a menos que você faça alguma coisa.

Dessa vez você me perguntou se eu queria continuar falando sobre um certo assunto, meu enjoo. Você já deve ter descoberto, lendo os relatórios, como às vezes o culpo por insistir em tópicos inúteis.

Fiz uma massagem facial porque tive a oportunidade, ao entrar na Macy's a caminho de seu consultório. E os perfumes, os delineadores para os olhos e o batom, tudo isso me fez sentir ligeiramente enjoada e entediada.

Há uma diferença muito grande entre apenas dizer as coisas para você — o garoto me segurando, a moça dos cosméticos, o corte de cabelo — e realmente sentir algo. É como se eu estivesse ali, mas houvesse também um intérprete que só traduz um terço do que é dito, nas duas direções. E, quando ele não traduz, posso ficar à vontade (embora fingindo estar tensa). Talvez eu sinta que as coisas ficarão mais intensas após o término da terapia. E posso ser masoquistamente serena, extasiada com minhas próprias travessuras e fantasias, e minha penúria superficial. E agora estou muito empanturrada de terapia e consolada por você; então, mesmo quando fico desesperada em relação à minha imobilidade, levando você a bocejar, acabo me sentindo rejuvenescida e feliz estando perto de você, sendo ouvida por você, papai Yalom. Até a hora de escrever o relatório, quando me forço a olhar para dentro e ter uma projeção pessimista. Mas por que me sinto efervescente num momento e desconsidero isso como sendo algo irreal no instante seguinte?

15 de março
DR. YALOM

Ginny começou me garantindo que passou algum tempo escrevendo ontem, mas logo recolheu sua "oferenda" me informando que foram somente alguns fragmentos sem inspiração. Chega! Chega dessa transferência sem-vergonha, contratransferência, minueto. Esta é a última dança. Ela não pode ser para mim o escritor que eu sempre quis ser. Não devo ser para ela a mãe que vive por intermédio de sua filha. Então deixei bem exposto para nós. "Por que você me provoca com seus presentes sobre sua escrita? (Por que eu me deixo provocar?) Por que você não escreve durante a semana, em vez de esperar regularmente até a véspera de nossa consulta? (Por que eu quero tanto que você escreva?) Você está escrevendo agora só para mim? (Por que não? Eu deixo claro que isso me agrada!)" Ela não respondeu, mas não importa, eu estava falando também para mim mesmo.

Rapidamente, mais uma vez, ela mencionou alguns avanços obviamente bastante positivos. Por exemplo, Karl ficou zangado e lhe disse que não quer mais sair para jantar com ela, que é um desperdício de dinheiro, e não pretende gastar dinheiro à toa (isso aconteceu um dia depois de perder 25 dólares em apostas). Aparentemente, Ginny se manteve firme e lhe disse que queria sair para jantar. Qual era a vantagem de trabalhar e ganhar dinheiro se não podia fazer as coisas que estava com vontade? Então ela saiu de casa e levou o cachorro para passear. Quando voltou, fantasiou que talvez Karl a deixasse de uma vez, e para sua grande surpresa (não para a minha) foi exatamente o oposto: ele se mostrou solícito, até pediu desculpas. Ela pareceu confusa em relação a isso, e eu lhe disse que, quanto mais se opuser a ele, mais ela será apreciada como uma pessoa independente. Eu disse: "Ninguém gosta de uma pessoa insípida", meu adágio psiquiátrico do dia. Ambos achamos graça disso. Outro incidente tinha a ver com a vida sexual deles. Certa hora, excitada, Ginny vestiu uma roupa bem bonita, mas Karl obviamente não estava interessado em sexo naquela noite, o que a atormentou o bastante para que despertasse no meio da noite. Ela disse a ele o que a estava incomodando, e ele levou isso muito a sério e discutiu amplamente o assunto com ela.

Depois disso, ela parecia estar realmente expansiva, procurando ao redor coisas sobre as quais falar, e eu tive enfim de lhe dizer que ela parecia estar melhorando e, por uma vez, precisava concordar comigo. Não há dúvida quanto ao fato de que está se sentindo cada vez mais à vontade consigo mesma. Ela disse que a decepcionava que a terapia tivesse que ser desse modo — havia esperado alguma ruptura miraculosa, cheia de som e fúria. Sua vida, mesmo que esteja começando a se tornar mais satisfatória, não tem "mistério". Outras pessoas têm uma vida secreta, traem, têm casos ou aventuras; vivem dramaticamente, enquanto ela não tem emoções comparáveis em sua vida e, além do mais, não lhe restam escolhas, há sempre uma única opção em tudo o que faz. Tentei debater este ponto de maneira lógica. Está bastante claro que ela dispõe de escolhas em quase tudo o que faz. Apenas se vê como uma pessoa sem escolhas. Mas isso não nos levou muito longe.

Em seguida, falou sobre a decepção da mãe com ela. Aos olhos de sua mãe, ela não tem carreira, casamento nem filhos, portanto é uma insignificante. Abordei o assunto de casamento e filhos e incitei-a mais uma vez a considerar se pretende se casar e ter filhos, e, em caso afirmativo, o que vai fazer em relação a isso? Continuaria com Karl se tivesse certeza de que ele nunca lhe daria essas coisas? Muito embora ainda nos restassem alguns minutos, ela pegou sua bolsa e fez menção de ir embora. Evidentemente eu a estava pressionando demais, mas apesar disso a repreendi por não compartilhar com Karl algumas de suas esperanças no futuro, já que ela quer dividi-lo com ele. Ela nunca disse para ele que deseja ter filhos ou tentou pressioná-lo em relação ao casamento. Talvez eu esteja sendo insensato e irrealista, esperando que ela o enfrente com essas questões.

Talvez ela esteja fazendo isso com mais bom senso, no ritmo correto. Porém, ela tem 27 anos, o melhor período para uma gestação já está quase na metade, e eu pensei que deveria remexer um pouco mais na ansiedade, cutucando-a com esses assuntos. Veremos na próxima semana.

Quis saber se havia algo que ela queria me perguntar hoje, só para continuar ajudando-lhe a ser assertiva. Ela me perguntou como eu achava que a sessão estava indo, e eu lhe disse que achava que as coisas estavam aconchegantes e confortáveis e que ela estava procurando assuntos para conversar. Ela logo entendeu isso como uma repreensão, acrescentando que, na próxima semana, vai trabalhar duro para encontrar algo para abordarmos. Mencionou o tema do fim das consultas, dizendo que tinha estado muito deprimida na véspera (normalmente nos vemos às terças-feiras, mas esta semana nos encontramos na quarta-feira por conta de uma reunião do comitê da qual eu precisava participar). Ela perguntou se, quando eu parar de vê-la, um grande espaço vazio se instalará em sua vida.

15 de março
GINNY

Quanto mais dócil a sessão, mais difícil de escrever os relatórios. Na maior parte do tempo, eu estava me divertindo com as coisas que dizíamos — o que eu falei e fiz com Karl durante a semana. Então, poucos minutos antes das cinco, quando eu estava pronta para ir embora e você nos concedeu alguns minutos extraordinários, senti que todas as coisas boas escorriam pelo ralo, enquanto você reformulava as frases sobre o que tinha acontecido comigo sob uma luz diferente e eu concordava. Por exemplo, o fato de eu não ter nada a dizer sobre as mudanças, sentindo que não possuía liberdade ou um eu secreto, que minha escrita é entediante etc. Estou me subestimando. Dei destaque às coisas ruins.

Quando cheguei em casa, me dei conta de que havia lhe dado munição para condenar minha mãe (ela me escreve dizendo que minhas cartas iluminam sua existência, de certo modo em frangalhos). E também por eu dizer que Karl e eu somos enfadonhos ("a primeiríssima vez", você diz), parece que estou traindo meus relacionamentos. Detesto essa terapia de mocinhos e bandidos. É assim que as coisas fazem sentido em minha mente. E o mais estúpido é que eu também adoro cartas, elas iluminam minha existência, e que eu e Karl somos enfadonhos como você e eu somos enfadonhos. Por que as coisas não podem simplesmente ser, sem que pareçam ruins ou erradas?

E agora minha lista de verificação sobre meu progresso:

carreira
casamento
filhos

Você põe a culpa em minha família, muito embora este pequeno teste tenha tido origem em minha cabeça. Minha mãe nunca disse essas coisas. É mais como uma avaliação externa de mim mesma que dou à palavra "mãe". Mas é injusto. Sou eu representando a mãe. Abafando minha realidade cotidiana.

De qualquer modo, tudo isso pareceu acontecer nos últimos cinco minutos, quando lancei outra vez minha âncora no esterco.

Mas ontem pareceu ter sido um grande dia. A terapia não prejudicou. Senti-me bem até chegar em casa.

4 de abril
DR. YALOM

Não vi Ginny nas últimas duas semanas. Numa delas eu estava fora da cidade e na outra ela cancelou a consulta porque estava trabalhando. Ela chegou alguns minutos atrasada, me viu sentado em minha poltrona e, submissa, perguntou se devia esperar do lado de fora. Depois, contou-me como ficou decepcionada e sem energia porque teria preferido entrar no consultório e dizer com emoção: "Rapaz, que bom ver você", ou algo com o mesmo efeito. Ela havia me telefonado algumas vezes naquele dia sem conseguir falar comigo, e minha secretária não sabia se eu a estava esperando; então, ela pegou o ônibus para vir, sem saber ao certo se eu estaria lá. Concluo isso pelo jeito como ela sentiu raiva, logo que entrou na sala, de modo que pareceu quase assustada ao me ver.

Entretanto, ela imediatamente se lançou em seu relacionamento com Karl, que está sendo submetido a muitas turbulências. Ao que parece, de modo repentino e drástico, Karl mudou, em consequência de um confronto explosivo com Steve, um amigo próximo. Steve parece ser uma pessoa cujos julgamentos são ameaçadores, e foi bastante duro com Karl. Eles discutiram furiosamente. Karl estava tão tomado pela raiva que saiu correndo de casa para se acalmar. Depois, decidiu se submeter, voltou para conversar num tom conciliador e a partir daí Steve o humilhou ainda mais cruelmente. Depois que Steve foi embora, Karl desabou, chorou um pouco e, em seguida, se mostrou muito mais disposto a examinar seus sentimentos. Ficou algum tempo conversando com um amigo, que sugeriu que Ginny e ele participassem de um grupo de encontro em Berkeley. Karl, para a grande surpresa de Ginny, mostrou-se bastante favorável à ideia. Em consequência disso, ele tem se revelado muito mais aberto com Ginny; tem estado afetuoso, gentil e educado com ela, capaz de dizer algumas coisas que nunca disse antes. Por exemplo, só agora ele contou que houve dias em que ficou profundamente ressentido com ela. Aos poucos, todo o substrato não mencionado do relacionamento está se tornando disponível para ser examinado. Ginny, de algum modo, está encorajando Karl a agir assim, mas, em geral, ela não está falando muito mais com ele do que fazia antes. Pelo menos é o que me conta.

Apesar de todas essas notícias boas, faltou energia à sessão de hoje. Ela parecia tensa, um pouco retraída, um tanto desanimada consigo mesma por não se sentir mais próxima, e não consegui encontrar meio algum de trazer à tona esses assuntos. Tive participação na repressão a seus sentimentos. Acho que há algo em mim que não permite que as pessoas expressem alegria e entusiasmo naturalmente.

No mês passado, ela trabalhou em sua escrita, teve uma semana excelente, duas razoáveis e uma terrível, na qual entrou em parafuso por conta de um inchaço em sua bochecha que a mergulhou em horrendas fantasias cancerígenas, até que um médico lhe assegurou a benignidade do problema.

A certa altura, ela perguntou se eu achava que seu caso era sem esperança. Eu lhe disse que aquela não era de modo algum minha impressão, embora não estivesse sendo totalmente honesto, considerando que estava me sentindo desconfortável e preocupado com a inércia entre nós. Ela disse que se sentia desesperançada porque tantas coisas boas estavam acontecendo e ainda assim, de algum modo, ela não estava reagindo a elas emocionalmente, como devia. Lenta e inexoravelmente, as rodas da mudança começam a ranger; de certa forma tomo parte nisso, nos momentos em que não tenho certeza de como agir, mas Ginny, pouco a pouco, está mudando, evoluindo e crescendo. Seu relacionamento com Karl, embora eu seja informado por um narrador suspeito, está claramente se aprofundando e se tornando mais significativo.

Então ela disse que desejava poder ser sempre como era no grupo de encontro de M.J., pois nessas ocasiões era capaz de participar de modo tranquilo e entusiasta. Concordei que era fácil desempenhar um papel num cruzeiro de férias, e ela não tardou a perceber meu comentário mordaz. Mas ela vê tão bem quanto eu que o papel que representa no grupo de encontro não pode ser de maneira nenhuma generalizado fora dele; ela permanecia ilesa em seu relacionamento com outras pessoas, apesar de alguns dias mágicos de sentimentos reais no começo.

Algum material de transferência surgiu, e eu não soube como aproveitar. Quando levantei-me para apanhar meu cachimbo, sedutoramente ela perguntou: “Você ofereceria a uma dama um charuto Tiparillo?” Mais tarde, mencionou que um amigo dela escrevera uma carta da Alemanha se queixando do sistema burocrático e da vida lá, em geral. Isso pareceu relevante em nosso relacionamento e provavelmente para seu desejo de que eu não vá à Europa neste verão, mas ela não pareceu interessada em acompanhar minha investigação.

Resumindo, uma sessão meio decepcionante para mim, pessoalmente, porque permanecemos distantes e sem envolvimento, e ainda assim, ao mesmo tempo, fiquei contente porque ela me contou boas notícias sobre as mudanças que anda fazendo externamente.

4 de abril
GINNY

Adiei estas anotações, então você precisa vê-las com um distanciamento de mais ou menos seis dias. No início da sessão, achei você diferente, como se estivesse aborrecido ou inamistoso. Três semanas haviam passado desde a última consulta, mas desta vez você não tratou disso.

Eu estava muito preparada, achando que você seria injusto comigo, pensando que você não estaria lá. A tarde toda, intercalei pequenos fragmentos de fantasia com meu milkshake (na cantina da universidade). Eu estava conspirando na minha atarefada mente de quinta categoria todas as possibilidades de você não estar lá, porque nossa consulta havia sido adiada. No ônibus, também, eu mal tinha começado a ler *A redoma de vidro*, de Sylvia Plath, que me comoveu muito. Eu estava muito ansiosa para sofrer de modo intenso como a heroína do livro. Estava mais envolvida com ela do que comigo mesma.

Não me lembro muito bem do que aconteceu, exceto que ao final, como antes, era como se tivesse traído aqueles que são mais próximos de mim.

Contei a você sobre a semana anterior, sobre o fim de semana com a briga surpreendente e esclarecedora entre Karl e Steve, a reação de Karl e como isso estava mudando nossa vida. Mas, mesmo assim, não posso acreditar que eu faça algo além de inventar ideias em minha cabeça, e nunca puxo a descarga para saírem na forma de emoções ou reações às coisas. Se houve uma boa oportunidade para eu dar um pio, foi na semana passada, quando estava finalmente começando a acontecer. Mas, em vez de aproveitá-la plenamente, premeditei problemas e agi como se o que aconteceu já tivesse acabado. Você ficou insistindo que, agora que os portões da honestidade e da dor tinham sido abertos (por Karl), seria difícil recuar para nossa existência anterior, e esse era o momento de conversar com Karl, não apenas ouvi-lo, o que foi um bom conselho — e então você pergunta sempre: "Muito bem, o que você gostaria de lhe dizer?", o que me deixa perplexa. Tenho um estoque de defeitos e fraquezas e imagino que não seja capaz de conversar sem trazê-los à tona, portanto, como de hábito, não consegui responder. Sinto que eu preciso mudar muito para Karl, mas neste instante o que devo fazer para ele é estar perto e ouvi-lo. Admiro a maneira como ele deixa suas emoções fluírem. Acho que ele está trabalhando em outra coisa, um rio bem mais caudaloso do que apenas nosso relacionamento. Talvez em sua família ou em outros começos, que estão muito distorcidos e enterrados nele. Seria triste e egoísta de minha parte pedir algum tipo de ação agora; além disso, acho que suas reflexões vão ser conduzidas a nós. A briga abriu nosso relacionamento e me fez ver coisas em Karl que eu apenas suspeitava.

Também mencionei o inchaço em meu rosto (inchaço soa mais experimental do que protuberância). O inchaço prejudica meus melhores momentos e me ajuda, deprimida, a ficar côncava. Acho que trabalhamos pouco o lado hipocondríaco. Estou sempre me contendo. Se eu tivesse deixado meus piores receios espirrarem, isso teria ajudado. Você me tranquiliza um pouco, dizendo que não há nada com que me preocupar nessa parte de meu rosto.

11 de abril
DR. YALOM

Ginny começou a sessão de modo diferente. Leu para mim algo que vinha escrevendo enquanto esperava para entrar. Era basicamente um relato de seus sentimentos naquele dia, do que passara pela sua cabeça ao fazer compras, e era bastante comovente, como vinhetas lampejando com brilhantes metáforas. Senti um imenso prazer ouvindo-a ler para mim e, mais uma vez, estou convencido de seu considerável talento. A outra impressão que tive, porém, foi que aquilo tudo era muito frívolo, e indaguei se ela algum dia escreveria sobre questões maiores, mais interessantes. Aqui estou, "pegando carona na viagem de Ginny", julgando a obra somente pela profundidade da questão que ela aborda. Nos últimos meses tenho estado absorto na leitura de Heidegger só porque ele lida com as questões mais básicas de todas — o significado do ser —, mas tem sido uma terrível aventura de autopunição para mim, considerando que sua linguagem e seu pensamento são agonizantemente opacos. Por que devo esperar que outros tratem das mesmas esmagadoras questões?

Houve outras razões que a levaram a ler isso para mim, em vez de simplesmente compartilhar. No seu relato, ela menciona o fato de ter se candidatado a alguns empregos, o que poderá levá-la a encerrar a terapia ainda mais rapidamente, e mencionou também que Karl está pensando mais seriamente em começar uma terapia. E é claro, ironia das ironias, está pensando em entrar em contato com Madeline Greer, a única pessoa no mundo a ter lido seus relatórios. Seria muito constrangedor para Madeline tratar de Karl, eu acho, sabendo que tem um segredo que pode partilhar com ele. Quando falei com Ginny sobre esses receios, ela sentiu como se fosse um obstáculo para o tratamento dele. Naturalmente, está tudo muito além das proporções, pois, entre tantas pessoas no mundo, por que ele precisa se consultar com Madeline? É ainda mais absurdo pelo fato de Madeline atender em Palo Alto, enquanto existem centenas de bons terapeutas em São Francisco.

Ginny estava encantadora hoje, bem-arrumada, com uma blusa atraente e uma saia longa. Notei também que nossas poltronas haviam sido colocadas mais próximas uma da outra pelo faxineiro e me senti à vontade sentado perto dela, enquanto ontem, com um paciente do sexo masculino, ao ficar incomodado pela proximidade, afastei as poltronas. Ela falou mais um pouco sobre o inchaço em seu rosto. Eu me levantei para examiná-lo a fim de ver se havia razão para tanta preocupação, considerando que seu médico sugerira que poderia ser algum tipo de excrescência, eu comecei a ficar um pouco alarmado, achando que pudesse se tratar de um tumor no seio da face. Não parece ser nada grave, talvez uma infecção da glândula lacrimal. Naturalmente, contudo, Ginny exagera nas proporções e em sua fantasia é um câncer roendo seu rosto por dentro.

Ela está sem dúvida bastante animada. As coisas estão cada vez melhores com Karl, embora tenham seus períodos de depressão. Eu me esforço para fazê-la compreender o fato de ter tido um período positivo com ele e que, agora, ela mudou as regras do que pode ou não pode ser conversado, e isso deveria lhe dar alguma força. E que, quando as coisas saem errado, ela tem realmente o direito de dizer: "As coisas não estão indo tão bem para nós como estavam alguns dias atrás — vamos conversar sobre isso". Perguntei o que a impedia de dizer isso a Karl, além do "puro pavor". Nesse ponto, eu estava sendo agradável e esperto com Ginny, curtindo o prazer de fazê-la rir.

Conversamos sobre Karl começar um tratamento e sobre como ela se sentia em relação a isso, já que o seu estava no fim. Ela sentiu um pouco de raiva que Karl começasse sua terapia justamente agora, talvez um pouco preocupada com todas as novas exigências que ele lhe faria. Falou então de sua fantasia em que ele estava do outro lado da porta, razão pela qual ela estava falando em sussurros. Perguntei o que ele poderia escutar. Ela disse: "Olha, se ele me ouvisse dizer que sou estática e não vou mudar, como fiz há alguns instantes, acho que tudo estaria acabado". Neste ponto, Ginny exprimiu seu senso de precariedade do relacionamento, como se uma afirmação ouvida ao acaso da pessoa com quem se tem obviamente um envolvimento profundo pudesse provocar uma ruptura total. Quando coloquei as coisas nestes termos, ela pôde ver o absurdo de sua preocupação, mas ainda assim não pareceu estar convencida.

Conseguimos abordar uma implicação interessante da decisão de Karl de fazer terapia, que é o fato de o terapeuta ajudá-lo a ver todas as coisas negativas em relação a Ginny, assim como eu ressaltei todos os aspectos negativos de Karl durante nossa terapia. Pensando nisso, admito que Ginny estava certa. Obviamente, nós nos concentramos em seus traços negativos porque foi isso que Ginny me apresentou como problema, e eu nunca lhe pedi que falasse sobre suas características positivas. Quando lhe perguntei isso hoje, ela citou algumas. Foi até um pouco além e observou que tem sentido o tempo todo que eu quero realmente que ela rompa com Karl. De certa forma, isso significa que por um bom tempo, vários e vários meses, na realidade, ela deve ter tido uma impressão de estar me desafiando de alguma maneira ao continuar com ele. Isso me pareceu importante, e olhei para meu interior e pensei no assunto por um longo tempo. Acredito honestamente, e lhe disse isso, que nunca quis explicitamente que rompesse com Karl, mas esperei que ela fosse capaz de fazer esse relacionamento funcionar mais do que antes. (Incidentalmente, posso acrescentar, embora não tenha lhe dito isso, que se eles continuarem a se relacionar como fazem agora, então eu não me sentiria muito transtornado se rompesse com ele, pois ela evoluiu tanto que é capaz de conseguir outros relacionamentos, possivelmente mais profundos.) Eu queria que ela visse a diferença entre incitá-la a deixá-lo e tentar fazer com que ela chegasse à conclusão de que tem o direito de deixá-lo. Assim que se desse conta de que a decisão de sair ou ficar era sua, tanto como de Karl, ela não precisaria mais viver desamparadamente sob a espada afiada dele, que, no momento, com a pronúncia de uma palavra errada, ou com a execução de um ato errado, cairia e destruiria para sempre o laço entre eles.

O último tema foi algo que surge com frequência, e não sei bem como lidar com ele. Ela observou como era desprovida de emoções. Gostaria de dizer de modo bem animado que Karl vai realmente iniciar a terapia: "É possível uma coisa dessa?" Ela continua se martirizando por demonstrar tão pouca emoção para mim. O que posso fazer sobre isso? Acho que até certo ponto sua queixa é válida, considerando que ela ainda se comporta incomumente gentil e meiga comigo — nunca perde a paciência e com frequência é um pouco infantil. Por outro lado, contudo, gosto bastante de Ginny, e se ela estivesse agindo de outra maneira, isso seria representar um papel. Muita emoção passa entre nós, e eu acabo sentindo que ela está julgando a si mesma com muito rigor e injustiça. Estou sempre lhe dizendo: "E se você tivesse dito isso de um jeito diferente, o que significaria? Para mim, significaria apenas que você está fazendo de conta que é algo diferente do que realmente é". Ela fica dizendo que não está satisfeita com seu modo de ser, que não consegue ser suficientemente espontânea. Chega a mencionar seus fracassos de espontaneidade, ocorridos nos grupos de encontro anteriores, de maneira a punir a si mesma. Tentei fazer com que percebesse como isso era terrivelmente insignificante, se comparado às mudanças na vida real que ela tem sido capaz de promover com Karl nesses vários meses, e comigo. Tudo isso, porém, apresenta uma qualidade circular, pois já passamos por isso muitas vezes. A certa altura, ela falou sobre a visita de um amigo que tem um filho de um ano e meio e que ficou surpresa quando a criança quis que ela, Ginny, repetisse certas coisas várias vezes. Ginny se sente do mesmo modo na terapia. Existem coisas que ela gosta de dizer e outras que gosta de me ver fazer diversas vezes. (Psicoterapia e cicloterapia.)

Por fim, tentei fazer com que admitisse que realmente iríamos encerrar a terapia em alguns meses. Ela nunca aceitou isso por completo; sua fantasia de me escrever longas cartas é apenas mais um modo de negar o fim das consultas e de "nós" enquanto nós. Acho que nas próximas sessões terei de dedicar mais tempo aos seus sentimentos em relação a mim e àqueles que estão interligados ao seu relacionamento com Karl, no qual sou por vezes usado para despertar ciúme. Ela me surpreendeu sugerindo que eu poderia vê-los, os dois juntos, durante uma ou duas sessões. Acho que farei isso — pode ser uma maneira construtiva de ajudar no processo de encerramento.

11 de abril
GINNY

Na semana passada, quando lhe contei que Karl também estava querendo ajuda, você pareceu surpreso. Eu podia ter desconfiado de sua inflexibilidade quanto ao fato de ele vir regularmente ver Madeline. "É tão longe... Ela não é a única terapeuta..." Era como se somente eu pudesse ser a prima-dona, e isso estava errado — porque neste momento estou estável, é Karl que está sofrendo, que precisa de ajuda. Sinto-me culpada também porque a única pessoa em que Karl confia — Madeline — está fora de questão para ele, de certa forma. Quero muito que ele faça terapia, embora isso me assuste um pouco. Acho que, com os dois analisados, nossa vida será menos inconsequente. Espero que Karl me desafie, e não apenas me condene.

Nós falamos sobre o quanto eu mudei — fico mencionando este antigo eu, e isso deve ser desencorajador para você. Quando você estava falando sobre o quanto eu mudei, pensei: "Por que não posso ser simplesmente feliz?", "Por que preciso ficar agarrando as coisas em desespero para voltar ao passado e citar os grupos de encontro para mostrar aonde cheguei?" Você gosta do seu argumento sobre mim e K — que você não está tentando nos separar, e sim me fazer perceber que eu tenho a liberdade de partir, se quiser, que posso fazer uma escolha, e não ser apenas o reflexo para algo que ele fez. Pois bem, eu também gosto do meu argumento. Eu me sinto tão confinada, quero a liberdade de não agir como eu faço — ser capaz de ter segredos, ser exuberante sem câmaras de eco, não ficar sempre falando comigo mesma e não ouvir sempre a mim mesma.

Li o diário para você a fim de impressioná-lo, ganhar sua simpatia, mostrar o que consigo fazer com facilidade, alegremente. Isso tomou cinco minutos das minhas compras.

19 de abril
DR. YALOM

Uma sessão estranha, com ares de *vaudeville*. Muito esquisita e muito intrigante. Ginny entra e diz de um modo bem exaltado que gostaria de ler para mim uma sátira que escreveu. Ela leu então uma paródia de nossa última sessão, que escrevera durante a semana. Era absolutamente hilariante. Morri de rir enquanto ela lia. No entanto, estava repleta de referências às impressões sexuais em relação a mim, sua necessidade de me agradar, de fazer com que eu aprenda com ela. Perguntei-lhe se seria justo eu usar o conteúdo da sátira para nos auxiliar na análise durante a consulta. Ela tratou tudo de um jeito leviano e evasivo. Usamos a palavra "leviano" várias vezes, e realmente havia um caráter leviano, estimulante. A certa altura, ela disse que se sentia como se estivesse dando cambalhotas para trás ou sapateando sobre minha mesa. Nunca a tinha visto tão altiva.

Na verdade, aconteceram muitas coisas boas com ela — tinha conseguido um emprego bem-remunerado de meio expediente, um trabalho de pesquisa durante os próximos quatro meses, no qual trabalhará com crianças; ela foi até uma clínica médica, fez um exame minucioso e conseguiu um atestado de boa saúde (o inchaço em seu rosto se revelou sem consequência); ela tem escrito com certa facilidade, e as coisas em geral têm ido bem para ela.

Entretanto, há uma face sombria: Karl se torna cada vez mais deprimido. Ele tem se afastado dela, tido acessos de choro e momentos de desânimo nos quais não se dispõe a falar com ninguém. Ele tem começado aos poucos a investigar a possibilidade de fazer um tratamento. Outra coisa é que os pais de Ginny não estão bem devido a uma grave doença de sua irmã.

Assim, em alguns aspectos, sua leviandade e euforia não eram puras. Meu palpite é que, embora admita alguns sentimentos superficiais de "eu deveria me sentir culpada", ela esteja curtindo o fato de outras pessoas sofrerem, enquanto ela está por cima. Num certo momento, ela se comparou a uma barata-d'água deslizando sobre a superfície com toda liberdade, enquanto os outros, seus pais, sua irmã e Karl, por exemplo, estão meio submersos, como latas flutuando com sua tinta descascando, talvez até como peixes poluídos sob a superfície. Esta foi uma das vezes em que vi claramente o que estava acontecendo com ela e, assim mesmo, optei por não precipitar nenhuma interpretação. Senti que podia facilmente acender sua culpa e dar início a uma deflagração depressiva. É demasiadamente humano sentir-se bem quando os outros estão mal. Acho que ela e Karl estão numa gangorra, na qual não é possível que ambos estejam em cima ao mesmo tempo. Karl ainda discute e implica com ela, mas agora ela não precisa levar muito a sério suas críticas; de certo modo, ela conseguiu o que queria há tanto tempo — a depressão dele é a garantia de que não será abandonada. A alegria dela transborda; ela liga o rádio quando volta do trabalho, sente-se cheia de vida, tem visto seus amigos e escrito um monte de cartas engraçadas. Receio que lhe aguarde uma recaída, e é provável que se sinta deprimida após esta consulta. Mas, em longo prazo, acho que ela está claramente numa trajetória ascendente.

Tive dificuldades para saber o que fazer durante a consulta; analisar aquela alegria teria resultado na sua dissolução. Tentei explorar alguns de seus sentimentos sexuais em relação a mim, que foram revelados na sátira. Sem chance. Ela se esquivou, dizendo se tratar somente de fantasias, que quando começa a escrever ela apenas se deixa levar e elas não significam necessariamente alguma coisa. Escreveu a parábola só para aviltar seus sentimentos e a si própria. Em seguida, disse que tinha algumas fantasias agradáveis em relação a mim — se me visse socialmente, ela gostaria apenas de caminhar ao meu lado, me enlaçar com seu braço e se sentir próxima de mim.

Conversamos novamente sobre Karl e sobre o que ela podia fazer para auxiliá-lo. Tentei ajudá-la a se dar conta de que talvez seja hora de se mostrar particularmente útil para ele. Talvez, sendo mais aberta e direta com Karl, mesmo com alguns de seus sentimentos negativos, pode haver um meio de revelar afeto verdadeiro. Estou pensando nos encontros em grupo para viciados em drogas, o Synanon Game, no qual um ataque grosseiro é frequentemente chamado de "amor bruto". Ela conseguiu entender isso porque uma de suas amigas está agindo exatamente assim com o marido.

Mesmo sexualmente, as coisas estão se abrindo um pouco, porque ela foi capaz numa manhã, recentemente, de dizer a Karl que estava a ponto de ter um orgasmo e que poderia tê-lo alcançado se ao menos o namorado tivesse lhe tocado. Ele respondeu a isso de modo bem casual, dizendo: "Não posso ler sua mente, por que você não me disse?" Tentei ressaltar o fato de ela ter dado o difícil primeiro passo, e deveria achar mais fácil no futuro lhe dizer o que ela precisa, ou melhor ainda, guiar sua mão para onde deseja que ela esteja. Ela simplesmente não quis discutir esse assunto comigo, alegando que isso traria má sorte para todo o resto; então, também não insisti. Ao fim da sessão, eu estava me sentindo desconfortável, sem saber para onde ir agora de modo a lhe ser útil. Tenho sentimentos bem confusos. Estou muito contente de vê-la parecendo mais feliz, se sentindo bem, e, além disso, sinto que muito disso tem base sólida, mas tenho a incômoda impressão de que tudo pode vir a desabar muito rápido porque, para Ginny, os bons sentimentos que têm seu fundamento sobre os infortúnios dos outros acabarão por se dissipar. Veremos.

Sátira de Ginny
O DESAJUSTE

Pensei em escrever uma sátira da sessão que seria meu eu imaginado, com o qual sempre o provoco.

Enquanto andamos, chega uma loura irascível, ofegante e loquaz — as palavras transbordam como uma xícara de café. O doutor respira fundo, esperando aventura. Olhar diabólico. Moça mostra inchaço no rosto ao doutor. Por ser infinitesimal, doutor se aproxima e o toca — toca no rosto da moça, depois no pescoço, nos cabelos. Moça recua, arqueia-se para trás, e com um grito horrível explica como ela não está em sua melhor forma, conta-lhe várias fantasias de carícias trocadas com o médico durante a *happy hour* no bar. O doutor gostaria de interromper com perguntas e interpretações, mas a moça nunca para de revelar segredos. Durante a sessão, sua tez passa de rubor feminino (de Elizabeth Arden) a branco mórbido, à medida que ambos, amor e morte, percorrem seus pensamentos. Ela deságua enfim num choro sereno, dizendo como seu namorado está ficando adorável, como ele pensa em abrir um salão de massagem com ela (para compensar o prejuízo fiscal) e como ela não merece nada disso. O doutor diz que ela parece ainda mais inchada do que na semana anterior. Ela lhe entrega seu relatório da terapia — cinco páginas, espaçamento simples —, todos os gestos, queixas, reflexões e sonhos registrados.

Quando se vai, mais forte do que mil massagens faciais, ela se sente relaxada, jovem. Será capaz de pular os obstáculos com um único salto. Nesta semana, não cairá na armadilha do chão da sua cozinha, e sua mesa não ficará bagunçada como a igreja St. Vincent de Paul. Todos seus silêncios serão puros. Ela avançará no mundo.

O doutor a conduz até a porta. Ele gostaria de ir para casa comer uma panela de carne assada, mas não ousa: há muito a escrever. Sua memória está inflamada. Aprendeu coisas demais sobre a moça.

Ela passa andando pelo túmulo de Stanford, e o sol da primavera pisca para ela de cada árvore. Ela se sente em harmonia com os cactos e a palmeira.

Dentro do ônibus da Greyhound, seu rosto rígido afasta todos os passageiros do Terceiro Mundo que estão dentro do veículo. Vá com a Greyhound e deixe as minorias para nós. Ela ocupa um banco inteiro e cai no sono. Seus sonhos, como aparelhos de ditafone, reproduzem a voz e o toque do doutor. Enquanto o ônibus se afasta, ela jura para si mesma que dedicará todos seus livros "ao seu doutor". E então, para não pensarem que é para seu quiropódico ou ginecologista, ela assinará: "Para o dr. Y., que me deu a liberdade para chorar, o vigor para voar e dez razões para não morrer".

Escrito pela senhora Ajuste.

19 de abril
GINNY

Ontem eu pensei que nós éramos exatamente como dois amigos se encontrando. Mas só eu falava de meus problemas. Eu estava realmente feliz e teria ficado mais à vontade se aquilo não fosse uma terapia. Adorei o modo como você riu com o texto que escrevi. Depois, é claro, você quis saber se seria justo usá-lo como testemunho, como um incentivo à consulta. E eu interrompi o que você estava querendo fazer. O que eu escrevi foi uma caricatura maior do que o original, e por meio dela tanto me expus quanto me protegi. Fui também terrivelmente sarcástica, que é o modo mais fácil de ser para mim. Só mais tarde, no ônibus a caminho de casa, pensei que podia tê-lo desapontado, atormentando-o com isso e depois interrompendo a discussão.

Tentei transferir parte de minha energia para a sessão, pensando em Karl e me sentindo culpada. Nada disso, porém, foi emocional. Talvez porque, na realidade, não me sinta culpada; chego a dar boas-vindas ao que está acontecendo a fim de nos ajudar.

Parte de mim julga toda a sessão superficial. Mas a parte que ri e relaxa se diverte imensamente.

Nunca pensei que seria capaz de ficar exaltada como ontem, até você fazer isso vir à tona. Ao fim da consulta, contudo, me senti desgastada. Sou preguiçosa demais para lutar por alguma coisa, achar um caminho em linha reta e segui-lo. Em vez disso, sucumbo aos velhos agasalhos para me cobrir com eles.

23 de abril
DR. YALOM

Uma das consultas mais lentas que já tive. Os minutos se prolongavam interminavelmente. De repente, foi como se não houvesse absolutamente nada para conversarmos. Como se Ginny houvesse vasculhado todas as nossas consultas do ano passado, escolhido as partes mais tediosas de cada uma, enrolando-as como um enorme novelo, e hoje ficasse lançando-o contra a parede por uma hora em meu consultório. Eu não estava me sentindo muito bem, tinha dormido mal, e fiquei me perguntando se o problema era eu. Mas acho que não. Várias coisas aconteceram hoje, e eu estava preparado para o que mais viesse. Simplesmente ela não trouxe questão alguma com a qual pudéssemos trabalhar, e tampouco eu fui capaz de achar um jeito de fazer com que ela falasse sobre qualquer coisa. Na verdade, ela chegou e disse diretamente que não sabia sobre o que iria falar; havia pensado nisso, mas desistira e resolvera não planejar nada. Sugeri que déssemos uma olhada no calendário e programássemos nossa agenda; finalmente, nos restam cerca de oito sessões. Ela quis ter certeza de que poderíamos nos rever no outono, só para comentar sobre o verão, e ela poderia também me escrever na Europa, e então perguntei brincando se ela poderia trocar algumas sessões em junho por outras em setembro. Disse-lhe que gostaria de vê-la em setembro, mas só para recapitular o verão. Tentei deixar claro que o "encerramento" seria em junho.

Em seguida, ela me disse que Karl tinha começado a terapia, que, aparentemente, seria bastante útil. Ela se perguntou se não ficaria com ciúme de toda a atenção que Karl receberá; talvez ela tenha que fabricar algumas queixas convincentes. Depois disso, um longo e fútil nada. Toda vez que ela mencionava alguma coisa e eu tentava me agarrar àquilo, simplesmente não havia nada. A alegria que sentira na última consulta havia durado vários dias. Ela sabe que deveria usar o tempo que nos resta para alguma coisa útil. Seus amigos lhe dizem que ela deveria entrar num acordo com seus pais. Ótimo, então tento averiguar o que significa "entrar num acordo". Ela não tem a menor ideia. Quanto mais a pressiono, mais me dou conta de que não há nada ali que valha a pena. Ela tem um amigo que frequenta diversos grupos de encontro e está realmente "aprendendo quem ele é". Tentei explorar isso com ela, mas ela reconhece que os "momentos altivos" dos grupos de encontro não lhe são mais úteis. Falou sobre não responder a certos insultos que Karl lançou contra ela — substâncias envelhecidas e não nutritivas. Sentando-se mais ereta, comentou sobre seu sentimento de que deveria aproveitar mais a vida, as oportunidades... Já não sei mais de que diabos ela está falando e tento, perguntando-me se isso não seria na verdade a voz de sua mãe, confrontando todos os "deveria" que ela traz ao seu redor.

Imagino que eu gostaria de ouvi-la dizendo que tudo está realmente indo bem, para minha própria tranquilidade. Porém, até onde posso avaliar, as coisas vão bem, tão bem que ela precisa se esforçar para manter a capacidade de se apresentar como uma paciente. Existem somente algumas poucas áreas desconexas, tal como sua incapacidade de se opor a Karl em algumas ocasiões, e também alguns sonhos inquietantes, um dos quais com um tema lésbico. Mas nunca trabalhei muito os sonhos com Ginny porque ela se esconde atrás deles e eu estou tentando encontrá-la, não entendê-la. Neste estágio da terapia, eu podia ver o sonho que ela apresentava como realmente era: uma Lorelei* me chamando para uma terapia sem fim. Eu simplesmente tapei os ouvidos e lhe disse que sempre terá sonhos como esse — faz parte do ser humano. Não tenho muita certeza de querer que ela fale sobre isso. Talvez tenhamos de fato terminado e eu esteja arrastando demais. De qualquer forma, estou certo de que esta

* Sereia de uma lenda germânica cujo canto leva os marinheiros a naufragarem. (N. do T.)

sessão terá sobre ela um efeito sedativo. Já estou me sentindo muito mal com isso. Sinto que nada fiz para ajudá-la; tudo o que tentei foi com indiferença, porque eu parecia saber antecipadamente que não seria de todo útil.

23 de abril
GINNY

Acabei confundindo a consulta com a noite que se seguiu. Na verdade, a noite drenou todo o divertimento da sessão. Na manhã seguinte, acordei odiando você. O modo como me comportei na consulta — loquaz, jovial, piegas, nem um pouco segura interiormente sobre como estavam indo as coisas, pedindo para você descobrir, não mencionando coisas novas, dizendo sim, eu estou feliz, sim, estou triste, sendo anedótica em vez de emocional, como se fosse uma marionete.

De qualquer modo, naquela noite, todos os meus receios mais terríveis vazaram. K. me perguntou por que eu estava tão tímida com ele e, se estava com tanto medo, por que tinha ficado com ele por tanto tempo? São coisas óbvias que, no fundo, sempre pensei, mas você me disse que eu estava repreendendo a mim mesma sem razão. A mesma terrível qualidade estagnante em mim nesses últimos meses nas sessões não havia sido notada. Como na consulta, não posso dizer nada para ele sem praticar antes em minha mente, com todo um fundo musical de vozes enlatadas e escárnio. Nas sessões em que me desanimo e você diz: "No que você está pensando?", então minha cabeça se agita ligeiramente, eu sorrio e digo alguma coisa. E isso é progresso? Você devia ter me dado um chute ou me atirado para fora. Preferia ter sofrido com você, ter minha dor testada por você, com quem não compartilho todos meus sentimentos, móveis e comida. Eu preferia ter reagido a isso, como um teste, a me afogar agora, à noite. O primeiro traço de silêncio, de crítica, de necessidade por parte do Karl, e o medo mais surpreendente explodem e parecem uma âncora que afunda, mantendo-me morta por oito horas. Não consigo dormir, imagino os piores ângulos de meu destino, fantasio profusamente mesmo enquanto a coisa está acontecendo e algo me está sendo requisitado. Odeio todo o aspecto reparador que me faz sobreviver de dia. Dou as mãos à pior Ginny das noites que antecediam as provas para a faculdade, ou de qualquer exame que exigisse alguma coisa de mim.

De qualquer maneira, paro temporariamente de escrever isso porque não tem nada a ver com você ou com a consulta, e se dirige, ou deveria se dirigir, contra mim. Você é somente um acessório, tendo compartilhado de nossa horinha esfuziante.

Esqueci sobre o que conversamos durante a sessão. Perguntei a você como faria para me mudar — isso era material de recheio. Você disse que eu poderia ser mais assertiva. Ah, sim, você disse que eu tinha muita dificuldade de pensar em algo errado. Que piada.

3 de maio
DR. YALOM

Uma para cima, outra para baixo. Ginny tinha razão: as sessões se alternam de modo surpreendente em sua expressividade. Esta foi uma sessão bizarra na qual me senti, por um lado, ocupado (com isso quero dizer que eu estava fazendo o que quer que se espere que eu faça com as pessoas: estava trabalhando porque havia algo em que senti que podia cravar os dentes) e, por outro, francamente desesperado por causa de Ginny. Não pude evitar o sentimento de que talvez nada tivesse mudado, de que ela estivesse tão fodida quanto sempre esteve, de que talvez os behavioristas tivessem razão e eu devesse tentar somente lidar com seu comportamento, dando-lhe instruções sobre como mudar e como se comportar. Uma impressão que persistiu de modo surpreendente nos primeiros 15 ou 20 minutos, mas que em seguida, aos poucos, começou a fazer mais sentido.

O evento crucial da sessão de hoje ocorreu na semana passada, logo após nossa última consulta. Naquela noite, ela estava na cama com Karl, e ele perguntou: "Ginny, por que você tem medo de mim?" Aparentemente, ela teve dificuldades para lidar com a situação. Não conseguia responder, ele continuou pressionando, e ela acabou se sentindo uma fracassada, deixando as coisas ainda piores. Pois bem, eu já havia feito muitas reflexões sobre isso, algumas das quais partilhei com ela. Primeiro, eu disse que aí estava o muito esperado convite. Ela sempre se lamentou por ser impossível conversar com ele, por ter de abafar seu medo e seus sentimentos — pois era assim que Karl queria —, mas agora ele tinha finalmente oferecido um convite inequívoco para uma discussão verbal aberta. Tentei encenar (*role play*) com ela, dando-lhe sugestões sobre o que ela poderia ter respondido; tentei fazer com que formulasse aquilo que realmente temia. Que terror era esse que a paralisava e emudecia? Ela respondeu que tinha medo de que ele a deixasse; mas, devido ao fato de ele ser tão crítico em relação a todas as mínimas coisas que ela faz, ela tem medo também de sua presença. Na encenação, reforcei quase todas as declarações que ela fez. Praticamente qualquer forma de expressão é melhor do que o mutismo, melhor do que ser a bolha ou a sombra que, imagino, ela sempre deve ser com ele. Talvez eu estivesse sendo muito duro com ela, mas continuei tentando fazer com que visse que tem bastante coisa a dizer para Karl, mas não acho que consegui passar a mensagem do modo mais incentivador. Perguntei-lhe se preferia continuar com a encenação ou conversar sobre o motivo de ter medo de mim — esta última opção está mais próxima de uma situação real. Ela disse que preferia fazer isso, então lhe perguntei por que estava com medo de mim: era porque às vezes eu ficava cansado pelo fato de ela não conseguir mudar, ou por ela agir como tinha agido na semana passada? Ela sentiu, depois da sessão da semana passada, que alguma coisa ruim estava para acontecer, que eu a puniria por não ter levado as coisas com seriedade? Admito que, algumas vezes, fico desgostoso, como na semana anterior, mas não é este meu sentimento predominante.

Em seguida, fiz uma interpretação para ela, que considero provavelmente verdadeira; ao continuar fracassando com Karl, ela está tentando magicamente me manter ao seu lado. Ela se recusa a crescer, se recusa a mudar, e isso é uma reação ao iminente encerramento das consultas.

Ela sorriu e disse: "Sabia que você ia dizer isso". Mas não conseguimos ir muito longe. Levamos também em consideração a possibilidade de ela querer afugentar Karl. Dei-lhe algumas instruções específicas de como poderia lhe responder quando ele a criticasse. Por que ele tem que ser tão crítico com ela, em geral? Por que ela nunca pode criticá-lo? Perguntei-lhe o que gostaria de dizer quando ele se queixa sobre seu modo errado de lavar a louça. Ela respondeu que algumas vezes gostaria de dizer: "Vá se foder". Eu lhe disse que, se eu fosse ele, preferiria ouvir isso a não ouvir nada. Então, mais uma vez, na sequência rotativa sem fim da cicloterapia, disse-lhe algumas palavras estimulantes e a mandei de volta para o ringue com enormes travesseiros fazendo as vezes de luvas de boxe. Ela consegue me fazer sentir seu imenso desamparo.

Sugeri que pensasse seriamente em trazer Karl ao consultório na semana seguinte. Ela insinuou que poderá muito bem fazê-lo, se ele estiver disposto. Esta, sim, seria uma consulta fascinante!

3 de maio
GINNY

A sessão foi útil para mim. Você tomou uma atitude mais ativa. Depois que eu contei o fiasco diante de Karl, me perguntando por que eu sentia medo, fizemos uma encenação. Quando Karl me perguntou, fiquei congelada, e, o que quer que tenha me passado pela cabeça, eu não disse nada. Estava sendo guiada por controle remoto, ocupada demais demolindo a mim mesma para fazer qualquer coisa que ajudasse.

Mas desta vez, como por encanto, quando você me perguntou por que eu estava com medo, a frase conseguiu me tocar. O que sei é que eu paro de tagarelar por dentro e dá um branco passageiro em minha mente, e algo melhor se apodera de mim. Você me deu a confiança de que qualquer coisa que eu dissesse à pergunta de Karl poderia ser uma resposta, desde que eu falasse e não enterrasse o que iria dizer.

Eu não sabia que você pensaria que eu estava manipulando o fracasso para mostrar que precisava de terapia e de você. Mas, quando pensei nisso, pareceu exatamente o que você pensaria. Acho que, pela primeira vez, você está enganado. Tenho o mau hábito de não falar com clareza. De me perder. Todo esse tempo de terapia tem sido como um desvio vertiginoso, sendo eu que não quero encontrar a estrada certa. Não consegui responder a Karl; em geral não respondo a você. Sinto-me melhor. Não quero ser precipitada. Se eu tivesse tido mais êxito com você, também o teria tido com Karl, e vice-versa. Não é porque quero manter o impasse que tivemos que eu fracasso com tanta frequência.

Quando você me falou como se sentiu em relação à sessão anterior — que ela tinha sido "repulsiva" —, isso me causou grande impacto. Não no momento (na hora, achei agradável). Mas, desde então, tenho pensado nisso ("repulsiva" faz com que me sinta mal). Só penso em mim mesma. O que eu mesma penso que outra pessoa está pensando, se pudesse conhecer suas reações em vez de imaginá-las. E eu sei o que você dirá: "Pergunte".

Para remover parte da culpa por sujeitá-lo aos meus surtos, é claro, fantasio que estou escrevendo um diário para você neste verão. Seria melhor do que os relatórios. E, entregando-o a você no outono, pelo menos teria que vê-lo mais uma vez. A fantasia se deteriora. Penso em como eu teria que ridicularizar outras pessoas ao falar sobre elas. E fico contente que não tenha que escrevê-lo.

Não me lembro de quem foi a sugestão de trazer Karl à sessão. Meu palpite é de que foi sua. Uma oferta bem generosa. No momento, achei que seria maravilhoso. Quando você pensa como isso costumava me assustar, nota o quanto me deu inspiração ontem. Em seguida, você fez uma piada sobre meus maiores receios — uma sessão forçada, com você perguntando a Karl quando ele pretende se casar comigo. Engraçado, quando V. (a terapeuta anterior) fez uma sessão comigo e meus pais, eu não disse nada. Eu era como uma pequena divindade com seu retrato na parede. Dava para ter consciência de que eu estava ali, entusiasmada, torcendo para ambos os lados contra mim, no meio.

Quando voltei para casa, pensei que restam umas quatro sessões. Não posso desperdiçar nenhuma, dividi-la com alguém, bancar a ingênua imaculada mais uma vez, quando sei que já estou alguns passos além disso. Se Karl vier, quero que seja realmente bom.

Eu me sentiria como um mártir que sacrifica uma consulta porque é a coisa certa a se fazer. Mas eu sonho de fato com uma boa sessão com nós três.

Capítulo 6

Cada dia mais perto (10 de maio — 21 de junho)

10 de maio
DR. YALOM

Entrando no mundo. Algo muito diferente aconteceu hoje. Ginny trouxe Karl com ela. Eu estive cansado o dia todo porque dormi pouco na noite anterior, e consequentemente me arrastei, sonolento, até a sala de espera para chamar Ginny e convidá-la a entrar no consultório. De repente, vejo aquele homem sentado ao seu lado e concluo que deve ser Karl. Ao fim da última sessão, sugeri seriamente que ela o trouxesse, mas, como ela nunca tinha aceitado sugestões semelhantes no passado, não me ocorreu de fato que ela pudesse ter a coragem de transmitir o convite e que Karl o aceitasse. Sempre que considerávamos tal gesto, Ginny não achava que Karl concordaria com a ideia. De qualquer modo, ali estava ele. Meu cansaço e minha sonolência logo desapareceram, e eu surfei uma onda forte de interesse por toda a sessão. Na verdade, foi uma das sessões mais interessantes de que me recordo há muito, muito tempo.

Karl era bastante diferente do que eu imaginava. Eu o visualizava como um indivíduo de cabelos pretos, rude, muito barbudo, que se mostraria fechado ou desafiador em relação a mim. Em vez disso, ele era o oposto, um rapaz deliciosamente aberto, franco, gentil — tinha cabelos louros lisos e compridos, e era extremamente bonito. Ginny estava bem-vestida e elegante, e eu senti bastante prazer por estar ao lado daquelas duas pessoas incrivelmente atraentes que, apesar de tudo mais que tivessem a dizer, nutriam obviamente sentimentos afetuosos e carinhosos um pelo outro. Algumas vezes, durante a consulta, senti pequenas pancadas de ciúmes, pois sempre havia considerado Ginny minha e, de repente, percebi que ilusão distorcida isso havia sido. Ela tem sido muito mais de Karl do que minha. Ele vive com ela o dia todo, dorme com ela à noite, e eu a tenho por uma única hora na semana. Mas esses eram apenas pensamentos transitórios, eu estava muito interessado em Karl, e ele falou a maior parte do tempo. Com uma autoconfiança acentuada no início da sessão, enquanto eu bebia uma xícara de café, ele perguntou se podia tomar uma também. Percebi que eu havia sido negligente não lhe oferecendo um café e o conduzi até a sala ao lado, onde ele se serviu sozinho com desembaraço significativo.

Comecei sugerindo que levássemos em consideração o problema que existe entre eles dois, e logo em seguida passamos a usar de modo muito construtivo nosso tempo. Com revigorante franqueza, Karl falou sobre seu aborrecimento com os defeitos de Ginny — as louças mal-lavadas, os jantares mal preparados etc. Ele desejaria que ela fosse mais competente e mais eficaz. Ginny reagiu afirmando que a cozinha estava imaculada hoje, e então Karl passou para um nível de exigência um pouco mais elevado — que ela fosse capaz de lidar com os problemas do mundo exterior. Gradualmente, ouvi com clareza o que Ginny tem dito e que não avaliei completamente, que é exatamente o que Karl está lhe dizendo: "Seja algo além do que você é. Seja diferente. Na verdade, seja como eu". Esperei o momento propício e finalmente sugeri a mesma coisa a Karl. Eu queria dizer isso gentilmente, de modo que ele não se sentisse atacado, pois imagino que estivesse se sentindo como um forasteiro constrangido ali, comigo e com Ginny, que passamos tanto tempo juntos, sozinhos. No entanto, ele aceitou minha interpretação com extrema facilidade. Mais tarde, conseguimos concluir que não somente ele tem ideais claros para Ginny, que ele elaborou de modo explícito, mas que tem também fortes ideais para si mesmo, e ele reagiu com bastante vigor quando identificou certos traços nela que ele detestava em si mesmo. Ele não gosta de sua docilidade e sua passividade, e certamente detesta quaisquer vestígios desses traços em si mesmo.

Fiquei orgulhoso de Ginny hoje. Ela não parou de se manifestar, respondendo a Karl; chegou mesmo a mencionar a questão de ser deixada por ele, mas disse isso tão rápido que passou despercebido. Relutei em abordar o assunto, já que estávamos quase no fim da consulta e era um tema carregado. Ela revelou o quanto o temia, e ele confessou que a assusta, talvez até sem intenção. Ele foi rápido; entendeu facilmente que há um preço a pagar ao aplicar seus próprios padrões a Ginny — ela esmaga partes de si mesma que ele gostaria de ver. Acho que foi uma percepção muito importante para Karl — ele a ouviu e, acreditem, permitiu que fosse registrada.

Karl não é uma pessoa fechada, defensiva, e posso supor que a terapia funcionaria para ele. Aparentemente, ele tem alguns graves problemas de identidade e uma incansável tendência de ser a pessoa que acha que seus pais esperam que ele seja. Ele tem muito trabalho terapêutico à frente, mas uma força considerável no ego.

Estou curioso para ver o próximo relatório de Ginny, pois me pergunto o que esta consulta significou para ela em termos de transferência para mim e em termos de sentimentos sobre mim em relação a Karl. De algum modo, eu sempre subestimei Karl, nunca o apreciei e nunca entendi o que potencialmente bom Ginny podia obter para si, e, de modo inverso, consigo ver como Ginny é atraente de tantas maneiras para Karl.

Ao fim de sessão, tentei confirmar minha impressão de que a consulta havia sido construtiva, perguntando se eles haviam sido capazes de conversar livremente desse jeito em outras ocasiões. (Será que nunca vou parar de precisar de aplausos?) Evidentemente, eles disseram que não, que estavam conversando muito mais abertamente agora. Tentei estender isso para o futuro a fim de deixar novas opções abertas, perguntando a Ginny se ela poderá daqui para a frente falar com Karl quando estiver se sentindo de alguma forma esmagada por ele. Ela disse que achava que seria capaz.

10 de maio
GINNY

Foi tão engraçado ver você aparecendo à porta, pronto para me acolher, e então se surpreendendo ao ver Karl.

Naturalmente, eu não tinha pensado no que aconteceria, ignorava o inevitável. Fiquei orgulhosa de vocês dois. E meus silêncios, algumas vezes, pareciam uma acusação contra mim, então fiquei tagarelando.

Aprendi muitas coisas. Houve um momento em que pareceu que eu compreendia meu comportamento em relação a Karl. Não imaginava que ele estivesse tão insatisfeito assim. E depois eu pensei sobre isso por distração e raiva. Percebi o quanto eu havia me envolvido com as compras de comida, cozinha e limpeza, ou com recriminações por não ter feito a faxina, e que esse expediente integral não estava sendo nem um pouco reconhecido. É claro, eu sei que na terapia sempre exagerei, tendo a superestimar o caso, e talvez Karl, com o luxo de uma audiência, tenha exagerado também.

Você ficou enfatizando como as coisas funcionavam unilateralmente, com Karl brandindo todas as críticas contra mim. Todos os meus sentimentos eram respostas a algo que ele um dia tinha pensado sobre mim. Todas as suas metas eram as suas e todas as minhas eram as nossas.

Nunca pensei que Karl pudesse me inibir, mas talvez isso seja verdade. Acho que você se enganou, sugerindo que eu deixe deliberadamente um copo sujo de modo a atingi-lo onde dói. É claro, eu sempre aborreci as pessoas fazendo as coisas só pela metade, sem dar continuidade. Eu esmoreço, ainda que sem intenção. Respiro pela metade e nunca expiro completamente.

Depois da consulta, estávamos animados, com tudo o que fora trazido à superfície. E, quando começamos a refletir sobre o que havia sido dito, parte de meu ânimo foi surpreendido por uma medonha contracorrente. Karl sentia que era meu medo imenso de que ele me deixasse, o que o enclausurava; medo de que eu ficasse em pedaços. Ele queria que eu tivesse minha própria vida. Considerava que essa fraqueza era a parte mais vil de mim. Ele quer que eu tenha minha própria vida, e eu quase terminei a frase — assim ele não terá medo de me deixar.

As mesas foram viradas. Sempre pensei que estava protegendo você dos abusos de Karl. Mas ele achava que você era maravilhoso, inteligente. Fiquei quase arrebatada quando ele expressou o desejo de voltar. Ele achou que foi fraqueza de minha parte ter considerado a possibilidade de não voltar com ele.

Eu realmente gostei da sessão e me senti grata a você. Você me pareceu ser um verdadeiro amigo.

10 de maio
KARL

Eu não tinha a menor ideia do que esperar, embora, como acabara de iniciar uma terapia em grupo, parte do nervosismo que poderia haver sentido tenha sido atenuada. Ainda assim, eu me senti entrando num território de pouca visibilidade, nunca o tinha visto antes, e talvez agora pudesse descobrir se ele existia mesmo. Assim que entramos em seu consultório, vi que você estava bebendo café e pedi um pouco; acho que, mais do que o café, eu queria um tempo para me orientar.

Acabamos sentando na forma de um triângulo, com você no ápice, já que estava contra a parede mais curta. Eu me perguntei se devia sentar ao lado de Ginny ou ela ao meu lado, mas logo fiquei contente que estivéssemos cada um em seu lado na sala. Isso me permitiu falar de modo mais solto, e eu fiquei confortável por estar exatamente afastado de vocês dois. Tinha espaço para me mexer e o que quer que eu dissesse, mesmo algo que não tivesse sido dito ates, não parecia se dirigir a você ou a Ginny — era mais como se fosse impulsionado dentro de uma imensa bola de palavras através do espaço, dando tempo para a recepção ser elaborada.

Meu medo era de que nós nos afastássemos do assunto, tentando enfiar nossas maiores emoções dentro das caixas de nossos menores pontos de contrariedade, o que estava acontecendo na terapia de grupo e andava me deixando com um sentimento de desconexão com eles, irritadiço, meio fora de controle por nada. Mas, quando comecei a falar, senti como se estivesse vindo do âmago e que o que eu estava dizendo era exatamente o que eu sentia. Às vezes, eu me perguntava por que não tinha sido capaz de falar antes. Seus poucos comentários ajudaram a nos empurrar para os desvãos inexplorados. Acho que parte de minha tranquilidade vinha da descoberta de que eu não teria Ginny e você, que sabia mais sobre mim do que eu mesmo, jogando contra mim. Eu havia decidido não lutar se isso acontecesse, já que eu tinha tido grande parte de minha autoconfiança demolida recentemente e os resultados foram bons; mas o pensamento na nossa sessão de choque e perplexidade, e nos dias seguintes, ou quanto tempo levasse para voltar a tratar disso, não era atraente. Quando vi que isso não aconteceria, me senti generoso.

De vez em quando, ficava com medo de estar falando demais, mas também temia que eu não fosse capaz de dizer essas coisas importantes daquele mesmo jeito novamente. Ainda me atormenta o fato de não ser o mesmo ouvinte que fui certa vez. Sempre supus que, se me recolhesse e fechasse as pessoas lá fora, elas martelariam para entrar; em vez disso, eu acho que frequentemente elas apenas fecham *você* do lado de fora. Mas durante a sessão tive certeza de que estava sendo ouvido, e isso quase me deixou inebriado.

Por outro lado, descubro ao escrever isso que estou mais fascinado com minhas próprias respostas e motivações do que com as considerações de como Ginny se sente ou se sentiu em relação a isso tudo, e suponho que de algum modo, um dia, terei de descobrir se é assim que eu trato as pessoas, se é assim que trataria qualquer mulher amada ou se é assim que trato Ginny apenas. Se no fim for a última hipótese, e se isso significar que eu deveria deixá-la, seria muito difícil por duas razões paradoxais. De um lado, eu acharia horroroso ter de enfrentar a vida sozinho novamente, mas, de outro, sinto-me preso porque acho que se deixar Ginny a estarei destruindo, que depois desse tempo juntos em que permiti que ela construísse seus dias em volta de mim, seria abominavelmente cruel de minha parte deixá-la só. Eu temeria partir por causa dela e por minha causa, e assim eu avanço e recuo dentro de um cômodo em que me sinto cada vez mais inquieto; ao mesmo tempo, tenho medo do que encontraria do outro lado da porta — pelo menos o cômodo é familiar e com frequência reconfortante — e medo do que aconteceria dentro do cômodo quando eu saísse. Sobre isso, eu e Ginny conversamos depois de deixarmos o consultório, mas não sei ao certo o que devo fazer. Com frequência, quando ela me aborrece, eu penso, bem naquele instante, que a estou julgando com base em valores superficiais que eu já deveria ter superado a essa altura. Digo a mim mesmo que sinto o que sinto porque ela não se encaixa no padrão adolescente de serenidade do qual não me livrei, embora pareça indigno de mim e dela; e não sei o bastante sobre mim mesmo para dizer se o que estou vendo nesse terreno baldio é um diamante ou alguns lampejos de raios de sol refletidos num caco de vidro.

24 de maio
DR. YALOM

Depois da última sessão, eu não tinha certeza se hoje receberia Ginny sozinha ou com Karl, mas ambos apareceram outra vez, e, para minha surpresa, Karl me entregou um longo relatório que eu não havia solicitado. Ginny, quase se desculpando, observou que o seu estava ainda opaco e confuso, nem sequer o tinha datilografado. Ela parecia extraordinariamente desconfortável e incapaz de se decidir a me entregar seu relato. Essa abertura acabou prevendo com exatidão seu comportamento durante o resto da consulta.

Começamos com Ginny dizendo que a última sessão havia sido ótima, agradável enquanto durou, e que, em seguida, eles tinham conversado bastante. Ela não sabe ao certo quais eram as outras repercussões que resultaram de nossa consulta, mas sabe que eles têm conversado mais e brigado mais. Respondendo à minha pergunta sobre o conteúdo dessas discussões, avançamos bem rapidamente para um terreno importante. A maior parte da discussão se passou entre mim e Karl, com Ginny se mantendo bem à margem. Ela explicou um pouco depois que estava cansada e um tanto alheia às coisas, porque tinha dilatado os olhos no oftalmologista mais cedo e também porque conseguira um novo emprego. Mas a história não parava por aí.

Karl imediatamente abordou a questão de ter medo de deixar Ginny porque ela ficaria arrasada. Se sempre existiu um ponto essencial para um casal, é este — eu e Ginny em muitas ocasiões já debatemos os motivos de ela não conversar com Karl sobre o futuro de seu relacionamento. Foi uma experiência fascinante ficar sentado ali e ouvi-los discutir tão casualmente, algo que Ginny temera abordar durante meses a fio. Karl receava que ela ficasse deprimida e despedaçada caso ele a deixasse, e que depois ele ficaria soterrado pela culpa quando percebesse o que tinha feito com ela. Perguntei sobre os efeitos nele próprio, e ele admitiu temer o mesmo para si; nunca gostou de morar sozinho e não tem certeza se é isso o que quer. Sente-se, porém, tentado pelo desafio, com a impressão de que isso é de algum modo uma deficiência sua, nunca ter sido capaz de se virar de modo inteiramente autossuficiente. Na minha opinião, morar juntos porque têm medo de morar sozinhos é uma base precária para um relacionamento, e eu disse isso. É difícil imaginar algo que seja durável quando foi erguido sobre uma fundação tão inconsistente.

Durante toda a sessão, tentei encorajar Ginny a se manifestar, de modo que Karl ficasse sabendo o que ela estava pensando e se sentisse menos obrigado a ler sua mente. Um bom exemplo disso ocorreu numa longa discussão que tiveram recentemente, detalhada demais para ser abordada no momento, mas que se resumia ao fato de Ginny querer sair com os amigos, Karl se recusar a fazê-lo e depois consentir em sair assim mesmo, quando notou na expressão tristonha de Ginny que ela ficara muito aborrecida. Acabou que os dois não se divertiram. Não era possível para eles explicar claramente um para o outro como a ocasião era importante para cada um e então tomarem uma decisão conjunta, o que de algum modo abriria espaço para suas respectivas necessidades? (Mais fácil falar do que fazer, eu disse a mim mesmo, enquanto refletia sobre os fracassos semelhantes com minha esposa.)

Sugeri que Ginny podia estar investindo naquela aparência frágil, já que era um meio de manter Karl ligado a ela. Obviamente, ela não gostou do que eu disse. Na realidade, essa interpretação é semelhante a outra que fiz com frequência sobre seu relacionamento comigo, isto é, que ela precisava continuar enferma para me manter a seu lado. A certa altura da consulta, ela se mostrou uma Ginny não tão frágil assim, quase vigorosa, ao refutar com veemência uma declaração de Karl. Quando ele disse que ela não compreendia como era importante para ele um determinado artigo que estava escrevendo, ela revidou, quase com violência: "Como você pode saber?", e continuou, demonstrando que estava plenamente ciente dos sentimentos dele e que tinha tentado, ainda que sem eficácia, transmitir a ele sua própria preocupação em relação ao artigo em questão. Tendo tantas vezes incitado Ginny nos bastidores, senti total satisfação vendo-a se defender.

Karl, em seguida, voltou ao tema da incompetência de Ginny, citou um exemplo de uma festa recente, na qual ela havia se mostrado muito tola porque não entendera uma piada que, obviamente, todo mundo tinha entendido. No consultório, Ginny pareceu dolorosamente constrangida — ela não sabia muito bem por que não havia entendido a piada. Além do mais, aquilo deixou Karl muito desconfortável. Na verdade, todos os três ficamos presos na malha do desconforto. Eu não sabia como transformar aquela cena constrangedora em algo construtivo, exceto destacando que todas as exigências de mudança eram muito unilaterais; Karl faz várias exigências a Ginny para que mude, mas ela nunca faz exigências comparáveis a ele. Ela disse que o que gostaria realmente de mudar em Karl são suas críticas constantes a ela, o que contribuiu para criar um nó impressionante. Karl pareceu pouco à vontade, e estava de fato; tentei descobrir o motivo. Acho que ele está apenas começando a pressentir que suas exigências em relação a Ginny são irrealistas e injustas. Mas acabamos não nos aprofundando muito no assunto.

Questionei a incapacidade de Ginny de criticar Karl, e ambos concordaram que, até dois ou três meses atrás, ele era praticamente irredutível. Na verdade, se ela o criticasse, ele se tornava irracionalmente furioso.

Consequentemente, só uma Ginny obsequiosa e ofuscada poderia ter permanecido com ele. Perguntei também se sua chamada incompetência não seria de algum modo uma função da incapacidade de criticá-lo abertamente, e se a única forma de retaliação disponível para ela não seria a de uma agressividade passiva — continuando a fazer as pequenas coisas que o irritavam. Karl realmente entendeu a interpretação, porque ela sustentava aquilo em que sempre acreditara — que Ginny poderia, se quisesse, cuidar das tarefas domésticas. Ginny acolheu a interpretação com um sorriso doentiamente lânguido. De modo geral, acho que ficou enervada com a sessão. Tentei verificar isso no fim da consulta, perguntando se ela se sentia atormentada pelos dois homens que pareciam estar se dando tão bem. Isso a fazia sentir-se fora do triângulo? Ela se esquivou de mim e de minha pergunta e, ao fim da sessão, pareceu sair furtivamente do consultório. Karl, por sua vez, agradeceu-me calorosamente e apertou minha mão.

Embora eu não tenha ficado com uma boa impressão ao fim da consulta (deixei que ela acontecesse por uns dez minutos numa vã tentativa de reaver um pouco do vigor da semana passada), está claro que essas sessões mudaram alguma coisa para melhor entre os dois: eles não ficarão mais distantes e fechados, obrigados a recorrer à leitura dos pensamentos e palpites. Algumas regras do relacionamento estão agora alteradas em definitivo. Concordamos que o casal voltaria nas próximas sessões, e então Ginny teria as duas derradeiras consultas para si mesma. Desejei ter começado a ver os dois juntos há muito mais tempo. Tudo está avançando muito rápido agora.

24 de maio
GINNY

Imagino que tenha deixado Karl falar a maior parte do tempo. Estava muito cansada, no limite de uma enxaqueca que, à noite, atingiu seu ápice. Algumas das coisas que eu disse pareciam não vir de lugar algum (como lhe falar que eu tinha começado a trabalhar), mas eu estava confusa e não sabia como participar da consulta.

Você parece muito mais orientador nessas sessões, propondo questões, recapitulando. É claro que Karl lhe fornece muito mais informações do que eu já forneci.

Achei engraçado que uma de minhas principais fantasias (estar sozinha, morar sozinha) seja também a de Karl. É uma aposta irrealista comparar nossa existência tão compartilhada. E repreender com vigor nossas fraquezas respectivas de precisar de alguém. Escutando Karl contar isso, pude identificar e constatar como é uma postura fácil deixar a imaginação descontrolada.

Karl não pensava que seria eu que partiria, o que coincidiu com minha própria avaliação. Eu costumava falar com você, e você dizia: "Muito bem, por que não poderia ser você a ir embora?"

Parece que durante a maior parte do tempo em que estive em terapia com você minha vida doméstica estava emperrada e estática, eu e Karl tacitamente no limbo, um pouco feridos e tentando nos curar.

Karl também parecia estar passando pelo mesmo processo que eu na terapia, cheio de dúvidas quanto ao valor de nosso relacionamento, a tal ponto que o veredito surpreendente parecia ser ir embora, e ainda assim ambos tentamos evitar essa direção, porque basicamente gostamos um do outro. Fiquei comovida com seu dilema diamante/caco de vidro. Qual dos dois sou eu? Com todas essas embalagens de papelão, imagino que uma verdadeira embalagem de vidro tenha algum valor.

A sessão parecia tocar suavemente em questões importantes, cruciais, mas era como se estivéssemos predispostos a ser gentis um com o outro e apenas observar as antigas e permanentes feridas, sem tentar abri-las até a infecção.

Eu queria dez minutos sozinha com você. Porque eu e Karl temos falado sobre sexo durante as duas últimas semanas e estamos avançando nisso. Mas senti que não poderia mencionar isso na consulta. Era como se eu fosse uma dobradiça rangente na porta da conspiração. Você agiu de modo mais construtivo quando nos pediu para explorar o modo como deixamos que o outro saiba o que sentimos. Acho que conseguimos todos manter o senso de humor. Fiquei surpresa ao descobrir que Karl achava que eu não me interessava por seus escritos. Pensei que tivesse demonstrado um interesse imenso e construtivo. É verdade que a certa altura ele mudou seu estilo literário, abandonando um tom pessoal e evocativo por um mais profissional e abstrato (escrevendo mais para o mercado comercial — nada menos que a *Playboy*), e eu preferia o primeiro, porque estou realmente faminta por relances da família e das lembranças de Karl, e acho que a escrita mais pessoal sobre sua infância e adolescência ajudou a sentir sua imaginação e o conteúdo negligenciado dela. Naquela noite, alguns amigos apareceram, interrompendo o silêncio sob o qual Karl escrevia; eu não tinha percebido que minha popularidade para ele havia despencado, que ele estava furioso, encarando tudo como um sinal de que eu não me importava com sua escrita, pois não dissera a meus amigos para não aparecerem. Eu teria revidado, se ao menos soubesse que estava sendo atacada silenciosamente.

Desde as duas últimas sessões, sinto-me mais capaz de me virar sozinha porque vejo Karl levando as coisas a sério e fazendo julgamentos constantes sobre mim; que minhas evasões e silêncios não são apenas manchas vazias, e sim grandes nódoas obscuras contra mim. Só o fato de virmos aqui juntos faz com que nos sintamos muito mais próximos. E estamos mais atentos a tudo — brigas, conversas etc.

Gostaria que isso tivesse começado mais cedo, pois não dá para fazer duas coisas ao mesmo tempo. E ficaria íntima de cada um de vocês.

24 de maio
KARL

Na segunda vez, acho que me senti confiante demais e quis uma reprise da semana anterior, que tinha sido muito proveitosa. Eu estava menos consciente de sua presença e me sentia como se estivesse no meio do palco, que é por onde costumo evoluir quando começo a ficar seguro numa situação.

No entanto, descobri que não estava conseguindo ser muito fiel aos meus sentimentos, que a conversa ficava se desviando e as questões se tornavam manufaturadas, já que estávamos com um terapeuta; esse é o tom das discussões com alguns de nossos amigos dos quais Ginny gosta e eu não. Por outro lado, o que melhor saiu dessa consulta pareceu ir bem fundo — estou pensando na sua suposição de que Ginny continua com uma espécie de descaso pela cozinha etc., como um protesto contra os valores segundo os quais eu a julgo, mas que ela não tem para si; enquanto, ao mesmo tempo, ela tem medo de me enfrentar diretamente. Embora a frase seja confusa, fui direto ao assunto.

Não acho que eu tenha aprendido o que esperar das outras pessoas. Ontem à noite, voltei para casa por volta das onze, depois de jogar cartas. Eu estava chateado comigo mesmo por ter ido jogar, já que havia um trabalho para fazer e era uma noite que eu poderia ter passado com Ginny. Estava com medo de uma recaída. Conversamos durante várias horas, e eu comecei a me sentir melhor e mais à vontade, a confiança renovada de que poderia fazer o que quisesse. Sem Ginny, eu teria passado a noite triste, cada vez mais convencido de meu despropositado e supremo fracasso. Falei tudo isso para ela, o que foi realmente a cereja do bolo. *Por onde andei todos esses anos?*, perguntei-me. Por que nunca percebi que confortar e compartilhar são coisas de valor e representam algo que não existiria sem Ginny? Considerando que estou apenas começando a me dar conta do que ela pode fazer por mim, só comecei a perceber agora o que posso fazer por ela.

Acho que isso, na realidade, é tudo o que tenho a dizer, porque o que falei até agora foi apenas sobre os grandes momentos. Não sei direito o que acrescentar. Você me verá apenas mais uma vez e Ginny só mais duas outras vezes, e suponho que deva estar interessado na relação entre nossos encontros e o que está acontecendo entre mim e Ginny. Não posso ter certeza, já que ainda estou tão perto disso tudo e quero continuar assim por enquanto. Acho que tive sorte em poder vê-lo quando o fiz, considerando que era um momento crucial para nós, mas foi também num momento em que eu já estava pronto para ouvir o que podia ter tido medo de ouvir antes. Acho também que o que aconteceu na primeira visita me permitiu ver que os problemas podiam ser resolvidos, e a segunda sessão ajudou a isolar parte dos problemas. Outro assunto: na segunda sessão, fiquei preocupado em chatear você quando a discussão desviava para aquilo que eu mesmo considero chato. Fiquei espantado quando você escolheu exatamente essas questões — digamos, a louça suja — para abordar. Mais tarde, resolvi que eu poderia estar usando consistentemente o tédio como uma defesa. Há coisas que de fato me entediam, mas podem ser também um mecanismo conveniente que me mantém cego para aquilo que eu deveria ou poderia ver.

Será que esse progresso que fizemos teria sido alcançado sem nossos encontros? Não sei. Não acho que teria acontecido tão rapidamente, já que você agiu como um catalisador que conseguiu me fazer relaxar o bastante para me abrir com Ginny.

Acho que é tudo o que posso dizer neste momento.

31 de maio
DR. YALOM

Estou nesse ofício há muito tempo, mas a consulta de hoje representou um dos apogeus em minhas experiências como terapeuta. Fiquei tão feliz que em duas ocasiões quase cheguei às lágrimas. Foi muito bom, por uma vez, ver os frutos de um trabalho árduo e longo. Talvez eu esteja exagerando num espírito de autoenaltecimento, mas não creio. Fiquei me recordando de todo o tempo e esforço que consumi trabalhando com Ginny e também de seu acentuado empenho durante todos esses meses. Tudo parecia ter sido direcionado para hoje, e tudo se encaixou — todas as questões sobre as quais Ginny falou comigo, todos os medos que eram tão irracionais, todas as coisas que ela temia dizer, o medo de mencioná-las, o medo de enfrentá-las, hoje ela os enfrentou durante a sessão e tem enfrentado sozinha com Karl nos sete últimos dias. Quando penso em tudo pelo que passamos e, agora, em como avançamos rapidamente, começo a crer mais uma vez no meu trabalho, no ofício lento, às vezes intoleravelmente lento, de construir bem e com firmeza.

Os dois chegaram se sentindo muito, muito bem, em relação ao outro, dizendo que haviam passado grande parte da semana juntos de uma maneira que nunca tinham experimentado antes. Conseguiram expor seus sentimentos sobre a partida de Karl, sobre o medo que Ginny tinha dele e tantos outros assuntos nunca mencionados e cruciais que isso acabou os aproximando. Karl disse que, de repente, a casa parecia diferente para ele, que era a primeira vez na vida que queria realmente estar com alguém e perto de alguém. E então a primeira parte da sessão foi como um banquete de testemunhos. Fiquei só saboreando. Em seguida, me perguntei em voz alta se devíamos ficar colhendo nossos louros ou desvendar novos territórios. Nenhum dos dois conseguiu pensar em algo mais sobre o que quisesse discutir. Secretamente, eu queria que Ginny trouxesse à tona algo que ela nunca ousou mencionar para Karl — seus pânicos noturnos, quando ficava aterrorizada e assustada para dar expressão às suas necessidades sexuais. Delicadamente, sugeri que ela se aventurasse nesta área sensível, salientando que era difícil para mim a proposição de certas questões, porque eu temia estar traindo a confiança dela. Ela bancou a moça ingênua, me garantindo que eu podia propor qualquer assunto que desejasse. Respondi que não sabia quais. Karl riu e perguntou se eu queria que ele aguardasse lá fora. Hoje Ginny foi esperta, inteligente e adorável. Quando eu disse: "Pois bem, vou arriscar e escolher um aleatoriamente", ela falou, impassível, que se fizesse a pergunta certa eu ganharia um prêmio.

Embora eu quisesse de fato que eles discutissem sobre sexo, achei melhor que começassem por um tópico mais seguro. Perguntei a Ginny como ela se sentia agora em relação à família de Karl, se ainda pensava que ele tinha vergonha de apresentá-la a eles. Eles falaram brevemente sobre isso, e perguntei depois se não tinham deliberadamente atenuado o assunto. Em seguida, passaram a falar sobre os sentimentos de Ginny em relação ao noivado de sua irmã e, depois, sobre o relacionamento ruim com o amigo deles, Steve. Quando Karl começou a explicar sua briga com Steve, tive de confessar que já estava sabendo; deve ter sido uma estranha experiência para ele, tendo me visto apenas duas vezes e percebendo que eu já o conheço muito bem. Sinto-me próximo de Karl e gosto dele. Tenho que cravar as esporas em mim mesmo para me arrancar desse obscuro papel de casamenteiro. Meu trabalho com Ginny não depende de eles se casarem; o que importa na realidade é a qualidade do relacionamento deles. Uma vez experimentada, uma intimidade profunda e honesta ficará com cada um deles para sempre, mesmo que nunca mais voltem a se ver. Acredito, com a fé de um convertido, que este encontro poderá enriquecer futuros amores, ainda não conhecidos.

Então, Ginny declarou, rapidamente, que por sinal ela tinha conversado com Karl sobre sexo na noite anterior. Fiquei perplexo, embora tenha tentado não demonstrar. Especificamente, ela lhe disse que "precisa de alguma ajuda" para se satisfazer plenamente. Em seguida, ficou deitada por duas, três horas, tremendo, com medo de ter realmente importunado Karl, e depois teve coragem de perguntar como ele se sentia (ele estava acordado também, preocupado com outras coisas). Ele respondeu que não tinha de modo algum ficado chateado por aquilo. O medo de Ginny era de que, após terem se sentido tão próximos durante todo o dia, agora, de certa forma, ela estivesse "estragando" tudo ao mencionar um problema, como se isso pudesse arruinar aquele dia perfeito. Eu queria que Karl a fizesse saber que era o contrário, na verdade. Era exatamente o inverso: quando expõe um "problema", ela não o afasta, e sim o aproxima. Karl concordou comigo, e eu lhe disse que desejava que ele o dissesse mais uma vez. E, aos poucos, falei para ele de forma bem explícita o que Ginny já havia sugerido, que era praticamente o último segredo que lhes restava — que o pior momento do dia para Ginny era a noite, e que seu medo do que aconteceria depois de apagar a luz é o que atormenta seus dias. Uma vez que isso ficou bem claro, e assim que Karl ficou sabendo, senti que havia sido um dos atos terapêuticos mais poderosos que já tinha realizado. Repeti-me algumas vezes de modo que ele pudesse entender completamente. Reiterei a Ginny que agora ela podia compartilhar suas ansiedades com Karl e que o pânico noturno não precisava voltar a acontecer.

Desse ponto, passamos para minha pergunta a Karl sobre se o inverso era também verdadeiro e se ele alguma vez tinha se preocupado com as críticas de Ginny ou com sua maneira de julgá-lo — ele respondeu que não. Então pressionei mais, perguntando se ele queria saber se ela se preocupava com ele, e ele disse que sim, que isso o deixava bastante apreensivo. Em seguida ingressamos num território interessante em que ele admitiu que, deliberadamente, não se permite pensar sobre isso porque assim não precisa temer perder algo, ou perder Ginny. Eu lhe disse que ele estava pagando um preço muito alto por sua indiferença fingida e sua ostensiva falta de temor — o preço era a distância, distância dos outros e de seu amor pelos outros. Ele concordou comigo, acrescentando que era por isso que o que tinha acontecido na noite anterior havia sido uma experiência tão incomum para ele; hoje, ele mal podia esperar para chegar em casa e se sentia muito bem por poder conversar com Ginny. Imaginei em voz alta, que todo esse negócio deve ter uma longa história. (Acho que eu disse isso para ajudá-lo a começar a pensar em seu passado, em preparação para sua própria terapia.) Acabamos redistribuindo nossas três últimas consultas. Ginny quer que Karl venha outra vez na próxima e, talvez, na semana seguinte. Primeiro ela disse que queria pelo menos duas sessões para si mesma, mas agora ela diz querer só a última. Ela se dá conta, assim como eu, de que as sessões conjuntas são enormemente importantes.

31 de maio
GINNY

A última consulta foi a mais traumática das três. Eu levei coisas que seriam de seu agrado — o fato de eu e Karl conseguirmos agora conversar mais abertamente. Mas você agiu como se fôssemos dois mentirosos presunçosos (não tão forte). É claro, eu estava sentada sobre um barril de pólvora, e quando você começou a buscar novo material, perguntando sobre os assuntos importantes que não haviam sido tratados, eu soube que o fim do meu silêncio estava próximo. Na noite anterior, num acesso de afeto e sinceridade em relação ao Karl, comecei a abordar o assunto de meus problemas sexuais. Assim que o fiz, percebi que estava falando demais. Estávamos justamente ficando íntimos, e antes que eu pudesse saborear isso por mais tempo, apresentei um problema que é tão imenso e crucial, um problema que, como você sempre reiterou, não era um bom começo. "Comece com coisas pequenas, como o dinheiro da gasolina", disse você, mas nós estávamos próximos demais para ficarmos falando do pedágio da ponte e coisa e tal. Enfim, conversamos sobre sexo por um tempo naquela noite e, depois disso, quando tentamos dormir, teve início meu habitual momento de desespero. Não estava disposta a ficar agitada e criando uma úlcera até o amanhecer, então perguntei a Karl o que ele achava do que eu tinha lhe dito. Ele falou que estava contente que tivéssemos conversado sobre aquilo, e que avançaríamos a partir daquele ponto.

Então, no dia seguinte, quando você perguntou quais eram as novidades, fiquei muito nervosa. Estava quase desmaiando, sentada ali, dizendo que não havia nada de errado. Depois, você abordou a relutância de Karl em me apresentar aos pais dele. Esta questão não era crucial — eu não me importava que você a mencionasse ou não, porque Karl não estava só me preservando de seus pais; ele preservava a si mesmo da presença deles. Acho que ele precisa ir sozinho até a casa dos pais antes de me levar com ele. Mas desconfio de que você esteja sondando só para saber até onde pode ir nos assuntos sagrados.

Abordei o assunto do sexo, me sentindo tão ridícula e matriarcal, como se estivesse na meia-idade com uma xícara de chá e um tema de discussão. Eu não queria desperdiçar a sessão com minha inexpressividade. Não consigo me lembrar direito sobre o que conversamos, a não ser que eu falei bastante e desejei ser agraciada com uma anistia e nada me fosse censurado a partir dali.

Ao tocar no assunto, me senti aberta às mais maravilhosas esperanças e aos piores castigos. Agora, todo dia é como terapia. A meta é a mudança. Não acredito que jamais tenha sido esta minha meta. Não preciso mais que você interprete o papel de Karl: ele o desempenha o tempo todo agora, e eu tento falar de determinados assuntos com ele. Os segredos e as intrigas que tínhamos estão começando a acabar, e não sei o que está ocupando seu lugar. Estou fazendo contato com reações viscerais. Karl interpretando a si próprio é mais vigoroso do que você o interpretando. Só porque existem consequências.

Tentei tranquilizar Karl, depois da sessão, de que não é toda noite que fico ali estendida, à beira da devastação. Gostaria de ter começado isso há muito tempo. Agora existe uma contracorrente muito forte.

Estou ficando cara a cara com minha própria resistência.

31 de maio
KARL

Não tenho comentário algum a fazer sobre a sessão em si. Durante toda esta semana e a anterior andei ocupado com meu artigo, e, como tenho trabalhado bem, não estou preocupado com um trauma psicológico excessivo, que poderá me impedir de continuar. No entanto, tenho tentado fazer com que Ginny se abra, e algumas coisas estão sendo ditas, mas isso tem sido de modo um tanto unilateral, considerando que sempre me certifico de que estou sob total controle de mim mesmo antes de lhe dizer qualquer coisa sobre mim. O que lhe digo gira ao redor dessa essência; não lhe conto meus receios e minhas compulsões mais profundos e medonhos, possivelmente porque eu mesmo não os encaro, mas também porque seria um desabafo que me deixaria sem ação diante dela, e não sei bem se é isso o que eu quero. Não será isso, me pergunto, algo a ser preservado para outra pessoa? Por outro lado, como Ginny, eu tenho dificuldade para experimentar sensações imediatas, particularmente as físicas, sem me sentir irônico em relação a mim e à situação, portanto não sei se o problema é meu ou se ela é que está errada, e que com outra mulher o problema das sensações não se apresentaria assim tão forte.

7 de junho
DR. YALOM

Esta será, provavelmente, a última vez que verei Karl, já que as duas últimas sessões foram prometidas somente a Ginny. Esta consulta foi, sob muitos aspectos, deprimente, se comparada à da semana passada, e eu fiquei um pouco decepcionado pelo suspense, pela cautela, pela tensão e pelo distanciamento durante a consulta. Ginny estava obviamente ansiosa; suas pernas cruzadas bem apertadas e seu pezinho sacudindo para trás e para a frente. Karl dava a impressão de estar bem relaxado. Ele fez algo que eu nunca vira alguém fazer em meu consultório, que foi retirar suas pesadas botas, ficando só de meias. Ginny ficou perplexa, perguntou o que ele estava fazendo e disse que queria que ele estivesse pelo menos usando meias remendadas, já que uma delas tinha um furo. Percebi que, de algum modo, aquilo era um comentário de Karl a respeito da sua e da minha paridade, o que era importante para ele na manutenção de seu lugar no relacionamento entre nós três. (E por isso não falei nada.)

Com muito trabalho e esforço, finalmente conseguimos desenterrar uma questão. Na noite anterior, enquanto assistiam aos resultados das eleições, Ginny caiu no sono e Karl gritou com ela, dizendo que ela nunca mudaria. Isso foi citado por Ginny. Quando Karl contou a história, ficou claro que o que tinha querido dizer com "você não muda nunca" era que ele tinha alguns planos sexuais para aquela noite. Estava esperando que Ginny se mostrasse mais viva e disposta, e em vez disso ela adormeceu. Foi muito preocupante para mim a percepção de que Ginny tivesse negligenciado a menção ao componente sexual da história; fico apreensivo quando penso como ela pode ter sido uma narradora dos eventos indigna de confiança no passado e quanto tempo podemos ter gastado abordando questões que eram as mais puras e diáfanas em substância.

De qualquer forma, ficou claro que Ginny se sentia censurada por Karl; ela era a ré, e ele, o juiz. O incidente na noite das eleições representou um microcosmo do que acontece entre os dois. Eu disse a Ginny, por exemplo, que ela dispõe de uma imensa quantidade de evidências que demonstram o quanto ela mudou, mesmo nas últimas semanas; como então ela pôde aceitar que ele tenha se referido a ela como uma pessoa que não muda? Esta foi uma tentativa magnífica da minha parte, mas totalmente sem impacto.

Outra tentativa foi contrastar suas diferentes percepções da mudança. Karl quer algum sinal comportamental exterior, enquanto Ginny efetuou diversas mudanças em seu sentimento em relação a ele, embora isso não possa ser traduzido em comportamento. Sugeri então a Karl que tentasse adentrar no mundo empírico de Ginny, a fim de perceber o sentido de mudança para ela. Essa excelente sugestão foi parcamente aceita.

O que fiz em seguida, e que em geral produz resultados quando há algo de estranho na atmosfera, foi comentar minha impressão de que tudo estava hostil hoje. Karl disse que andava se sentindo estranho e isso tinha algo a ver com o encontro de seu grupo de terapia. A partir daí, ele logo admitiu que parece ter uma necessidade de dominar as pessoas e encontrar novas pessoas em torno da questão da dominação. Quando consegue dominar alguém, ele perde o interesse e o descarta. Mas aquelas pessoas que apresentam um desafio são as mesmas cujas opiniões o preocupam, talvez mesmo indevidamente. Tentei fazer com que ele visse como isso é diferente para Ginny, que aborda as pessoas pelo lado oposto. Na verdade, Ginny procura, disse ela, indivíduos que possam dominá-la. Adora idolatrar e idealizar as pessoas.

Tentei reforçar algumas das coisas que fizemos na semana passada para consolidar nossos ganhos. Lembrei a eles que os antigos tabus estão mortos, que tínhamos regras novas, esclarecedoras, e os encorajei a continuar assumindo riscos um com o outro. Aparentemente, eles tiveram um dia excelente no domingo, quando saíram para jantar, porque Ginny foi capaz, de alguma maneira, de deixar claro para Karl que estava com vontade de sair para jantar; eles têm conversado mais, e ela está se sentindo mais próxima dele do que nunca. De modo geral, porém, não fiquei inteiramente satisfeito com Ginny. Queria que seu desempenho tivesse sido melhor, e me senti como um pai carrancudo censurando a timidez do filho. Ela é mais esperta do que isso, ela pode fazer mais do que isso. "Levante-se e se posicione!"

Karl começou a sessão incidentalmente, como fizera na anterior, me perguntando se podia tomar um café, o que eu encaixei na mesma categoria de reações como as de retirar as botas. Enquanto ele pegava seu café, Ginny mencionou que desejava que tivéssemos começado isso muito antes, que as coisas pareciam estar avançando muito mais rápido agora. Ela tem razão, é claro, mas esquece que eles não estavam prontos quando a tinha estimulado a trazer Karl alguns meses atrás. Às vezes, me pergunto por que eu atendo os pacientes individualmente, sem jamais receber a pessoa mais próxima dele. Não tenho certeza, contudo, da quantidade extra de trabalho que poderíamos fazer a longo prazo; talvez algumas poucas sessões como esta, antes de voltar ao cenário individual, possam ser a melhor coisa para eles.

7 de junho
GINNY

Achei difícil falar. Eu queria manter em sigilo "AQUELA COISA À NOITE". Nós não fomos muito explícitos, e eu fiquei bem pouco à vontade, porque tudo o que acontece agora causa repercussões imediatas. Fui eu que enfim abordei o assunto? Em relação ao fato de eu ter caído no sono na noite anterior, você precisa ouvir a versão de Karl e a minha, e nós dois ouvirmos as nossas. Fiquei confusa. Você pensou que eu estivesse falando dos resultados eleitorais, quando eu estava falando sobre sexo. Achei que era óbvio, e não precisava de mais explicações. Imagino que meu empenho não seja suficiente em minha voz e minhas palavras, e elas ficam pairando em volta de mim como vapor.

Karl é uma pessoa noturna, capaz de ver televisão durante horas e depois querer que as coisas fiquem animadas após meia-noite e meia. Mas maconha e televisão sempre me deixam sonolenta, depois de alguns momentos iniciais de disposição. De manhã cedo, porém, estou ótima, revigorada, e Karl parece um feto de sete meses, despreparado para encarar o mundo; ele não fala, ele rosna. Para ele, meu hábito de dormir é um verdadeiro desvio de caráter; o dele, é incapaz de perceber sozinho.

Você concluiu que Karl achou que eu era imutável. Imagino que você tenha ficado desapontado quando eu concordei com ele, confirmando assim seu veredicto. Acredito que eu seja imutável no sentido de que, diferente dele, nunca corri atrás de nada somente para ter êxito; algumas vezes, acontece naturalmente ou como por milagre. Entretanto, deixo brotar novas folhas. E as esperanças, que são minha versão inocente, cinematográfica, de um ego. Na sessão, eu mudei, e em casa, com Karl, o alcance de minhas emoções e ousadia foi ainda mais longo. Mas, ainda assim, me deixei ser conduzida durante a consulta, e só depois de muito hesitação tomei alguma iniciativa.

Karl falou bastante sobre como ele limitou suas amizades, pois a dominação tem sido sempre crucial para ele. E então você disse que eu talvez não fosse desafio suficiente para ele, e por isso ele estava ressentido e me rejeitava com tanta frequência. Pensei que você tinha feito isso para mostrar a fraqueza dele assim como a minha. E cada uma de suas frases era como uma migalha para mim, uma frase sobre o assunto da denúncia. Você queria que eu me arriscasse; você soou a trompa para os caçadores.

Havia muitas coisas que eu queria dizer na última consulta. Fiquei constrangida e desconfortável. Para mim, Karl estava passando duas mensagens — uma brecha na porta, uma paciência, uma liberdade, um entendimento, mas, por outro lado, ele estuda alguns progressos, certa clareza de expressão, fases saudáveis. Espelho refletindo as próprias esperanças. Agora, ele espera isso de mim imediatamente, como se pudéssemos produzi-lo como leite. Especialmente no sexo; ele quer que eu arranque todas as camadas negativas dos medos e dos "eu não consigo". Uma evolução instantânea da noite para o dia. Ele está dizendo: "Quero sua liberdade agora". Ele é menos paciente do que você, menos preparado para focar um microscópio sobre minhas novas e pequenas realizações.

Estou perplexa com o crescimento de Karl. Mesmo sua fraqueza parece expandi-lo. Ele possui tantos recursos dentro de si mesmo... É como se ele tivesse a possibilidade de se tornar várias pessoas, e não permanecer entrincheirado na própria personalidade.

7 de junho
KARL

Acabei de ler o que escrevi para você na semana passada e parece ter sido escrito por outra pessoa. Não sei ao certo no que eu estava pensando e, agora, sinto que deveria ter alguma ideia, mas simplesmente não tenho. Foi fácil para mim nas primeiras sessões, quando não me sentia pessoalmente comprometido, sentar um pouco depois e pensar sobre o que tinha acontecido, mas as duas últimas consultas, após as quais me senti completamente esgotado, foram algo de que custei a me recuperar. Durante as sessões, eu não estava observando — como costumo fazer —, e agora, embora me lembre do que conversamos e de ter sentido que minha vida e meus problemas pareciam claríssimos para mim, essa impressão se foi. Não posso me exprimir agora com a mesma brevidade de antes, e a sensação de estar íntimo de você, de Ginny e de mim mesmo é atualmente muito menos intensa. Ginny e eu temos conversado, e tenho tentado transmitir para ela, dizer-lhe que pareço comprimir com força numa derradeira tentativa de manter oculto. Tudo isso foi muito perturbador para mim. Não voltei a escrever mais nada em meu artigo desde a última terça-feira, porque, quando eu sento para fazê-lo, descubro que perdi a confiança naquilo que estou escrevendo, e isso me leva a duvidar de mim mesmo ainda mais e torna difícil escrever alguma coisa. Então arranco meu corpo da mesa e faço o que posso para me acalmar. Quando consigo, o que normalmente leva o dia todo, sinto-me vazio também pela sensação de não ter feito nada de valor. Mais um dia de minha vida se vai, e não fiz nada, senão exaurir meus nervos. Ginny não pode me ajudar em nada nesses momentos, e não sei quem poderia. Meus antigos valores, ruins e restritivos como são, estão se desintegrando, e não sei bem o que colocar no lugar. Quando escrevo, isso se traduz na minha incapacidade de encontrar um ponto de vista apropriado, e eu quero escrever algo que reflita mais do que confusão. Posso entender porque os pacientes constroem uma dependência em relação a seus terapeutas, e não quero isso, então tendo a me tornar reticente no que diz respeito às próprias sessões. No fundo, acho que meu medo é que nada disso funcione. Esse é o problema com o qual tenho que lidar, mas neste instante, sentindo mais um dia de inatividade chegar, acabo ficando com medo.

14 de junho
DR. YALOM

A penúltima consulta. Comecei muito mal. Ginny bateu à porta, eu lhe disse para entrar, já passavam 15 minutos de nosso horário. Fiquei totalmente perplexo porque havia esquecido por completo nossa sessão, preocupado com algo que precisava escrever com urgência. Não acho que isso tenha relação com Ginny, porque fiz a mesma coisa com outros dois pacientes esta semana. Estou enfrentando muita pressão antes de entrar de férias este verão, pois preciso concluir um capítulo para um livro e preparar um texto para uma grande convenção anual neste sábado. Então precisei de um minuto ou dois para me orientar e murmurei alguma coisa para Ginny sobre a ausência de minha secretária, o que era verdade, e que eu tinha perdido a noção do tempo.

Em seguida, começamos, e os cinco minutos iniciais bastaram para que eu mergulhasse em desespero. Minha nossa, era a velha Ginny de sempre. As coisas estavam tensas e presas, ela disse que gostaria que Karl estivesse presente, assim ele poderia fazer a sessão fluir. Ela falou sobre seus sentimentos de inércia e os longos cercos de suas fantasias. Mencionou interromper a consulta, como já fez várias vezes. Começou a contar uma longa história sobre o fato de não conseguir ter um orgasmo com Karl e de que pressente que esse será o fator decisivo e fatal para ambos.

Eu estava começando a afundar num poço de aflição. Por que tudo tinha de ser tão infernalmente complicado? Por que não podia haver um final feliz? Por que ela não podia levar o que extraíra de mim, ficar com isso, transformar em uma parte de si mesma? Eu estava tão atordoado que agi como um autômato, cujo comportamento fora programado a partir de uma de nossas sessões seis meses atrás. Questionei sua fixação exclusiva na questão sexual. Havia obviamente muitas outras coisas importantes acontecendo entre ela e Karl. Eu achava peculiar que ela considerasse todo o relacionamento evoluindo em torno do eixo do orgasmo. Certamente, ela não iria continuar medindo seu valor em termos de unidades orgásmicas. Eu lhe disse que, se o sexo fosse realmente o problema, poderíamos fazer algo quanto a isso; ela poderia consultar um conselheiro sexual ou pessoas especializadas na técnica de Master e Johnson. Fizemos muitos outros comentários inúteis e antiquados como este, pressentindo o tempo todo uma espécie de obstinação em sua regressão repentina.

Àquela altura, de repente, recuperei a razão e comecei a usar a cabeça, e tudo ficou bem claro para mim. Eu tinha que entender o que ela estava fazendo em termos de "conclusão da terapia", que agora se aproximava numa rapidez vertiginosa. Lembrei-lhe que, embora tivéssemos planejado uma consulta no outono, seria de apenas uma hora, e que devíamos considerar aquele nosso penúltimo encontro. Em seguida, fui ficando gradualmente convencido de que a razão pela qual estava se sentindo inerte era para evitar que ela mesma experimentasse emoções fortes em relação à nossa iminente separação. Agarrei-me a essa interpretação e me mantive firme como um buldogue o restante da sessão, e estou convencido de que foi a coisa certa a fazer. Fui muito esperto ao tentar todos os meus belos truquezinhos para ajudá-la a se afastar um pouco da situação, mas ainda era capaz de exprimir seus sentimentos sobre mim no fim da terapia. Quando ela disse que estava poupando suas emoções para a próxima semana, perguntei se ela podia dizer agora o que diria depois. Perguntei se podia prever os conteúdos das cartas que me escreveria no verão. Perguntei se podia me contar como se sentiria naquele exato momento, se sua inércia não a consumisse tanto. Gradualmente as coisas começaram a sair — ela sentiria minha falta. Ela tinha ficado com muito ciúme na primeira sessão, quando eu dei atenção demais a Karl, e se aborreceu quando ele perguntou se podia voltar na próxima vez, sabendo que teria que me dividir com ele, embora o resultado tenha sido o melhor, ela admitiu. Na sua opinião, eu havia sido extraordinário no modo como lidei com Karl, e sua admiração por mim era enorme, com um sentimento de confiança imenso. Ela sentiria minha falta, haveria um grande buraco em sua vida. Ela tem me visto individualmente há quase dois anos e ficou no grupo de terapia comigo por um ano e meio, antes disso. Então ela disse que, se não estivesse realmente inerte e precisasse falar sobre seus sentimentos, choraria muito e encararia emoções muito profundas; porém, o que faria na semana seguinte? Eu disse a ela, pelo menos meia dúzia de vezes, que estava absolutamente convencido de que sua inércia estava ali hoje para impedir que ela experimentasse e expressasse o que estava sentindo. Perguntei se ela teria vergonha de me contar alguns de seus pensamentos positivos sobre mim. Ela disse que sentiria minha falta e eu respondi que também sentiria falta dela. Ela falou que tem visto pessoas na terapia em grupo no mesmo nível dela, simplesmente esperando pela pergunta certa. Indaguei-lhe qual seria a pergunta certa, e quando ela respondeu: "Quais são seus sentimentos em relação ao dr. Y?", eu repeti suas palavras. Ela começou a chorar e admitiu que estava de fato experimentando alguns sentimentos poderosíssimos que normalmente não se permite sentir; eram bons sentimentos, e ela não sabe por que não os expressava. Disse que é masoquista, porque sabe que lhe faria bem partilhar essas emoções comigo. Ela sentiria falta de meu bom humor — era diferente do de Karl.

Perguntei se o fato de tê-la feito esperar, no início da consulta, contribuiu para seu estado de desfalecimento. Ela negou, mas não fiquei totalmente convencido. Depois, disse que não se importava que eu me atrasasse, porque, de certo modo, ela podia passar um pouco mais de tempo em meu ambiente. No entanto, no começo da sessão, quando lhe perguntei o que pensava sobre o fim da terapia, ela respondeu: "Por quanto tempo mais você conseguiria me aguentar?" Como se ela fosse uma pessoa tão repulsiva que eu não pudesse mais vê-la na minha frente. Não consegui fazer com que ela elaborasse mais essa questão de autodepreciação, mas tenho certeza de que entrelaçados a todos os sentimentos positivos estão também os negativos, tais como a raiva por eu estar partindo; e sua inércia, em parte, uma punição é refletida. Tentei entrar nesse terreno com ela, comentando que, muito embora ela não estivesse experimentando nenhum sofrimento consciente comigo por causa do término das sessões, suas ações estavam expressando isso por ela. Por exemplo, ela não tem feito relatórios muito bons e está, no geral, regredindo, o que obviamente me decepciona, já que teria uma felicidade imensa com qualquer indício de progresso continuado nela mesma e com Karl.

Ela destacou vários aspectos nos quais as sessões conjuntas foram úteis; primeiro ao facilitar a comunicação entre ela e Karl a um ponto que seria inimaginável antes de minhas consultas com eles. Ela chegou até a dizer que as sessões não teriam sido todas um desperdício total caso Karl decidisse deixá-la — eles são uma coisa que ela pode possuir e carregar para outras situações.

Ela se mostrou numa expectativa quase alegre em relação às longas cartas que me escreveria, mas creio que essa seja uma maneira de evitar o término da terapia; exprimir o amor a longa distância provavelmente parece mais fácil. Hoje eu não revelei muito de meus sentimentos em relação a ela, a não ser ao dizer que sentiria sua falta, e refleti sobre a crueldade da psicoterapia, que valoriza o cuidado e, ainda assim, é capaz de interrompê-lo mecanicamente. Ela parecia muito comovida ao fim da consulta, e eu acho que a inércia desapareceu. E então Ginny fez algo que nunca tinha feito — me estendeu a mão, embora relutante. Apertei sua mão e toquei em seu ombro quando ela saía do consultório. Como foi cruel de minha parte ter esquecido que ela viria hoje. Quando estou em sua presença, ela preenche tanto a minha vida... Surpreende-me eu ter sido capaz de tirá-la de minha mente outras vezes, durante a semana. Imagino que esse tipo de compartilhamento seja necessário à sobrevivência nesse negócio louco de amor dosado por titulação.

14 de junho
GINNY

No ônibus, voltando para casa, tive bastante tempo para imergir em minhas reflexões e correntes elétricas. Você pode ter razão ao dizer que esta demonstração pública de inércia que sinto se trata de um escudo contra a experiência deste fim de terapia. Não consigo suportar esse pensamento. Talvez seja por isso que na penúltima semana eu tenha lhe trazido um resumo dos problemas e das coisas inacabadas. Para lhe mostrar que você ainda não pode me considerar diplomada.

Você disse que, se eu permitisse que meu sentimento fluísse, a terapia estaria de fato concluída. Não posso suportar a ideia de não nos vermos mais. Você ficou me perguntando se eu estava com raiva dessa configuração rígida da terapia, na qual você chega tão perto, fica tão dependente, e então interrompe tudo. Ora, claro, estou com raiva, e meu modo de mostrar isso foi por intermédio de meu antigo padrão — ferir a mim mesma, me exaurir e entorpecer, assim você saberia que estou magoada e assim você acabaria se sentindo mal.

No breve intervalo em que você quase conseguiu me fazer dar alguma coisa, sentimentos, lágrimas, eu estava sentindo um formigamento em todo o corpo, e ainda assim não fui capaz de ir até o fim, que seria mais do que a gravação existente dentro de mim, mas me aventurar e dizer espontaneamente o que magoou, o que eu senti, e dá-lo a você. Através da porta, eu pude ouvir alguém fazendo terapia na sala ao lado e chorando constantemente.

Fiz o que fiz hoje para me proteger. Você queria que eu dissesse como me sinto em relação ao fim da terapia, e, na realidade, eu não fiz isso. Eu disse que gostava de você. (Imperfeitamente.) Mas isso é diferente de pensar sobre o fim. Você achou que eu era frágil. Isso é porque eu estou cheia de malditas vedações em volta de mim. Espero que possamos nos aproximar na semana que vem, ou então me sentirei extremamente constrangida com você, como se eu tivesse fracassado.

Sempre confiei em você. E você tem sido bom comigo. Talvez eu quisesse mais, e foi por isso que lutei tanto com você este ano. (Passivamente, ao sentir várias vezes que eu não estava progredindo.) Eu me senti como se estivesse incitando você a tomar alguma atitude vigorosa contra mim. Para se livrar dessa pessoa persistente e frustrante.

Se de repente você me surpreendesse com alguns meses suplementares de terapia, não sei se ficaria muito feliz, apesar de todos esses lamentos. Parte de meu entorpecimento, eu acho, é uma reação contra a armadilha da terapia, de ter de vir aqui toda semana e lhe dizer o quanto me importo com você, comigo, com Karl. E ter que sair para a vida de maneira a poder causar dor.

Na semana passada, você ficou reiterando que queria que eu lhe dissesse o que pensava de você, não para seu bem, mas para o meu próprio. Mas acho que na realidade era para você. Então você poderia ter sentido que nós tínhamos realizado alguma coisa. Um dia, talvez no fim do verão, quando isso tiver sido absorvido, poderei contar ou escrever para você. E, com essa promessa leviana, eu saio planando. Continuo rezando sem parar para realizar algo heroico para você, hoje não, amanhã, amanhã.

21 de junho
DR. YALOM

A última consulta. Eu me sinto muito inseguro, muito triste e comovido. Meus sentimentos em relação a Ginny estão entre os melhores tipos de sentimentos que já tive. Sinto-me muito perto, muito afetuoso, muito altruísta e muito carinhoso em relação a ela. Sinto que a conheço plenamente e só lhe desejo coisas boas.

A sessão de hoje foi muito difícil, mas tem sido assim sempre. Estou de partida por dez semanas dentro de alguns dias, e tive de me despedir de tantos pacientes, tantas pessoas, que isso atrapalhou minha despedida de Ginny. Hoje, por exemplo, me encontrei com dois grupos para dizer "adeus". Um deles é formado por psiquiatras residentes que se reunirão outra vez em cerca de três meses. Mas nesse grupo havia duas mulheres que não continuarão porque estão concluindo seu treinamento; portanto, eu precisava dizer adeus a elas, e ambas ficaram muito comovidas, assim como eu, embora não tanto quanto em relação a Ginny. Mas, de qualquer maneira, foi uma semana de despedidas, durante a qual tive de encarar esse espectro do término da terapia sobre o qual andei lendo e dizer aos meus residentes que eles não estão lidando muito bem com isso. Como você "lida" com algo que está tolhendo sua evolução?

O que eu deveria fazer com Ginny hoje? Fazer com que voltasse a me falar como tudo tem sido maravilhoso, sobre o quanto a tenho ajudado a se conectar aos seus sentimentos em relação a Karl, ou tentar lhe dar algumas linhas de conduta sobre o futuro, ou então revisar seu progresso, ou o quê? Estávamos ambos atormentados, eu não menos do que ela. Nós dois ficamos vigiando o relógio. Na verdade, terminei a sessão um ou dois minutos mais cedo, pois senti que não podíamos aguentar nem mais um instante, e eu não queria apenas desempenhar o ritual de ficarmos juntos todos os 55 minutos. Perguntei-lhe em que estava pensando. Ela devolveu a pergunta. Ela estava sem força para produzir reflexões. Uma das primeiras coisas que disse foi que ficara fisicamente doente após nossa última consulta, com gripe, e que isso normalmente acontece após uma sessão particularmente ruim. Isso me pegou de surpresa e me obrigou a repensar a última consulta. Ela afirmou ter sido tão egoísta que não havia dado nada; tinha ficado realmente imobilizada. Eu lhe disse que me surpreendia ao ouvir aquilo, porque achava que ela tinha feito muita coisa. Foi bom falar sobre a semana passada; um pequeno e firme veio de "trabalho terapêutico", que conseguimos manter de pé durante a sessão de hoje.

Perguntei o que ela queria estar fazendo daqui a cinco ou dez anos. Conversamos sobre ter filhos. Ela me perguntou que idade eu tinha quando nasceu meu primeiro filho, e respondi que estava com 24 anos. Tentei singelamente saber se o fato de Karl não desejar ter filhos poderia chegar a impulsioná-la a fazer uma escolha sobre o futuro deles juntos — a já bastante desgastada questão de saber se Karl é o único dentro desse relacionamento a dispor de escolhas, um tema tão antigo e enraizado que fiquei um pouco sem graça de apresentá-lo. Isso nunca causou qualquer impacto, e Deus sabe que não será útil agora. Ela nunca será uma escolhedora ativa. Entretanto, ela é tão encantadora que sempre será escolhida, e isso é importante também, eu suponho.

Eu estava obviamente desorganizado hoje. Meu consultório se encontrava em seu habitual estado de bagunça; na verdade, parecia uma loja de sucatas com papéis, livros, pastas espalhados pelo chão. Parto em alguns dias, e ainda tenho que terminar alguns artigos. Ela me perguntou sobre o que eram, em seguida se ofereceu, de brincadeira, a me ajudar a limpar o consultório, e sugeriu que não precisávamos ficar até o fim da consulta. Tentei corrigir qualquer impressão que ela pudesse ter de que eu estivesse dissimuladamente indicando que estava ocupado demais para vê-la, mas ela sabia que não era isso que eu estava dizendo. Cheguei a considerar por um momento aceitar sua oferta de me ajudar na limpeza. A ideia me pareceu cativante. E me pergunto o motivo. Acho que teria sido um modo de lhe permitir me dar alguma coisa. Um modo também de fazermos algo juntos que não fosse nossa rotineira psicoterapia, já que é a isso que chamamos estar juntos.

Ela lamentou seu estilo habitual de planar ao longo da vida. Sugeri que poderia ser útil para ela ficar sem um terapeuta agora, se mover com as próprias forças, sem a propulsão da consulta semanal que lhe permite planar ao logo do resto da semana. Quando perguntei se ela pensava em voltar a fazer terapia, Ginny mencionou a bioenergética. Eu me retraí visivelmente, o que a levou a comentar: "Aí está você, sendo encrenqueiro outra vez". Ela teria realmente me perdoado por fixar um prazo para a terapia? Afinal, se eu realmente me importasse com ela continuaria a vê-la para sempre. A resposta não foi direta, mas Ginny percebe que existem pessoas que precisam mais de mim, embora às vezes ela tenha tentado esconder seu progresso de mim, talvez como retaliação ao fato de eu ter fixado um prazo para o tratamento. Ela falou bastante sobre o próximo outono, sobre escrever para mim, sobre eu ter seu endereço, sobre onde eu estaria, sobre continuar me conhecendo pessoalmente. Eu falei que ela podia escrever para mim na França, que gostaria de continuar em contato com ela, mas também queria que ela tivesse certeza de que estávamos realmente no término da terapia. As cartas e a sessão única que teríamos no outono não reduziam este fato. Ela disse que entendia perfeitamente.

Quando interrompi a sessão e disse: "Pois bem, acho que chegou o momento de nos despedirmos", ambos permanecemos congelados por alguns segundos. Ela começou a chorar e disse: "Você foi tão maravilhoso por ter feito isso por mim". Eu não sabia o que falar, mas as palavras que saíram da minha boca foram: "Eu também sinto isso de verdade, Ginny". E é verdade. Levantei-me e caminhei até ela, enquanto ainda estava sentada, para tomar sua mão; ela colocou um braço em torno de mim e ficou apertada contra mim por um instante, e eu levei minha mão até seus cabelos e os afaguei. Acho que foi a primeira vez na vida que eu abracei um paciente assim. Meus olhos encheram-se de lágrimas. E então ela saiu do consultório, não como uma personalidade caso-limite, uma personalidade inadequada, uma psiconeurótica obsessiva, uma esquizofrênica latente ou alguém com qualquer outra atrocidade que cometemos diariamente. Ela saiu como Ginny, e eu sentirei sua falta.

21 de junho
GINNY

Você pega minha maneira de lidar com o imprevisível e minha calma trivial, e deprecia os desvios que tomei para chegar a esse ponto. Admito que sou capaz de levar uma vida normal agora. Em seu consultório, parecia que eu estava forjando problemas. Mas às vezes minha vida parece muito limitada, sem vínculos com os nutrientes reais. Sou como uma planta caseira firmemente colocada num vaso. A menos que eu seja regada e movida, exposta ao sol e à sombra, não sobreviverei. Mas, mesmo com algumas de minhas raízes descobertas, saindo do vaso para o ar, e mesmo com um vaso pequeno demais, estou me saindo bem. Há uma chance de eu poder continuar assim sem precisar ser replantada.

Talvez, vivendo minha vida como a vivo atualmente, criando poucos problemas para mim mesma, como a casa e a comida, isso me sirva como um modesto encorajamento. E Karl agora é uma pessoa completamente diferente.

Imagino que a psiquiatria seja capaz de lançar uma ponte entre o eu real e o eu que hiberna, o eu sonhado. Encontro-me num cerco sossegado agora, resistindo ao que há por dentro. Eu me sinto bem.

Pergunto-me até que ponto posso me tornar mundana antes de merecer nota dez pela recuperação. Não quero ser dinamitada para fora de meu aconchegante e confortável eu. Prefiro me embalar na lembrança agitada. Pelo menos é o que parece.

Nosso problema, juntos, ainda é definir o que é real. Desaprovo grande parte do que você faz e eu digo durante a sessão, retrospectivamente. Suponho que eu tinha ilusões de transbordar de minha clivagem nesta última consulta com emoções e lágrimas. Tenho ido muito ao teatro. E talvez eu esteja com raiva por não ter me tornado uma doente mental sob sua orientação, e por não ter sido capaz de lutar mais com você.

E às vezes eu penso: "Mas que droga". Sinto-me como partículas de dente-de-leão, voando na brisa, sem pousar em lugar algum, ainda. Sinto-me em êxtase, muito embora o velho coro ainda cante: "O que leva você a este êxtase?" Pelo menos você é meu amigo, e pressinto o dia em que poderei bater à sua porta.

POSFÁCIO DO DR. IRVIN YALOM

A "ÚLTIMA" SESSÃO não foi meu derradeiro encontro com Ginny. Quatro meses depois, um pouco antes de ela ir embora definitivamente da Califórnia, voltamos a conversar. Foi um encontro tenso e melancólico para mim, não muito diferente de rever uma ex-namorada e se empenhar para recapturar o clima uma vez agradável e agora murcho. Não fizemos "terapia", e sim conversamos informalmente sobre o verão e a mudança iminente.

Ela adorou seu emprego de verão como professora de crianças num projeto de desenvolvimento infantil, e, em vez de redigir secas notas de pesquisa baseada em observações, ela aparentemente surpreendeu a equipe de pesquisadores com observações pitorescas e pungentes sobre as crianças. Não pude deixar de rir, imaginando a expressão dessas pessoas lendo seus relatórios.

A temível calamidade ocorrera: Karl resolvera aceitar um emprego numa cidade a 3 mil quilômetros dali. Mas se certificou de lhe dizer de mil maneiras que desejava que ela fosse com ele. Ginny se deu conta de que tinha mais de uma escolha — poderia ir com Karl, morar com ele, casar-se com ele, mas, se isso não funcionasse, se sentia à vontade com a ideia de viver sem ele. Ela parecia menos desesperada, mais confiante. Não a senti mais caindo da corda bamba da ansiedade.

Ginny se mudou com Karl e sumiu de minha cabeça durante vários meses, até o dia em que enfiei nossos relatórios dentro de uma pasta, levei-os para casa e pedi que minha esposa os lesse. Sua reação me persuadiu a considerar a possibilidade de publicação, e dez meses depois de nossa última consulta telefonei para Ginny a fim de discutir com ela o assunto. Embora apresentasse algumas reservas, mostrou-se disposta a encarar a aventura de vê-los publicados (desde que pudesse preservar o anonimato), e cada um de nós concordou em revisar sua parte, escrever um prefácio e um posfácio, além de dividir os direitos autorais igualmente. Pelo telefone, não detectei vestígio algum da estagnação desesperada, tão típica de Ginny no início de seu tratamento. Ela parecia (como, é claro, eu queria que parecesse) ativa e otimista. Tinha agora novos amigos e estava escrevendo bastante. Havia vendido seu primeiro texto literário por trezentos dólares, um acontecimento fantástico, já que era exatamente a realização de uma fantasia que ela me descrevera no começo da terapia. As coisas com Karl ainda pareciam instáveis, mas ficou claro que as regras do relacionamento tinham mudado: Ginny dava a impressão de estar mais poderosa e mais cheia de recursos.

Alguns dias depois, recebi uma longa carta dela, que cito parcialmente:

Querido doutor Yalom:

(...) não sei como me sinto. Passo por flashes de calor para expulsá-lo da minha mente até me concentrar no fator dinheiro, que cairia bem. Gostaria que meu papel fosse melhor. Olhando para trás, vejo que por vezes só gastava alguns minutos nos relatórios. Seja como for, essa sou eu. Estou tentando terminar meu romance agora — e escrever cinco páginas por dia, o que parece ótimo, a não ser pelo fato de serem necessários cerca de 15 minutos por dia para escrevê-las. Sempre escrevi rápido. Escrevo pelo método rítmico — só sons e rimas, nenhuma reflexão intelectual, nenhum raciocínio. Tudo isso parece ter sido determinado, este registro espontâneo de palavras. Minha parte parece tão malfeita(...) — você deve estar pensando que isso veio de meu subconsciente para demovê-lo do projeto de publicar. Gostaria que minha vida fosse diferente agora, assim poderia sentir aqueles relatórios como se fossem lembranças distantes, e que agora passei para coisas e emoções maiores e melhores. Eu me sentia muito emperrada numa boa parte da terapia — as únicas vezes em que conseguia me manifestar era quando chorava. Era como se eu tivesse dado um passo gigante logo que nos conhecemos, e, de algum modo, tenho dado pequenos passos para trás desde então, a não ser por alguns psicodramas melodramáticos, quando consegui ser o personagem emocional que sempre quis ser. Tudo isso é um exagero, é claro. Sei que algumas coisas maravilhosas aconteceram — a melhor: nossa amizade. Acho que os relatórios serão de algum valor, confio em você.

Deixe-me contar um pouco sobre minha vida aqui.

(...) X parece muito com Palo Alto, mas sem a exuberância e o dinheiro. A universidade data de antes dos anos 1970. O corpo de estudantes é muito calmo — se você lhes der um tijolo, ao contrário dos de Berkeley, eles apenas começarão a erguer uma churrasqueira com ele, sem nunca pensar em arrebentar vidraças. Moramos numa casa antiga com um quintal que parece ser o local onde as velhas varas de pescar vêm para morrer — é repleto de bambus vivos e mortos.

(...) arrumei um ótimo emprego como redatora *freelance* e, recentemente, vendi um conto por trezentos dólares. Tenho escrito também alguns artigos para uma revista(...) Recentemente, frequentei um grupo de expansão da consciência entre mulheres e escrevi algumas observações pessoais sobre ele que serão publicadas. Eu as enviarei para você quando saírem. Foi uma sorte eles não terem pedido a cada mulher que apresentasse sua história. Eu teria que intitular a minha "Ginny e o Dinheiro da Gasolina".

(...) o relacionamento com Karl não mudou muito. Ainda nos sentimos à vontade um com o outro, e algumas vezes carinhosos. Já tivemos nosso quinhão de dramas à noite, nos quais eu tive uma recaída e voltei a sentir um medo horrível. Ainda estou dentro daquele labirinto noturno. Somos apenas nós mesmos, o que não é emocional demais, mas amistoso. Eu me manifesto agora. Há pouco, Karl me disse que eu não tinha metas ou finalidades. Eu nos dei três meses para avaliar nosso relacionamento(...) quanto mais tempo eu ficar aqui, mais próximos eu e Karl nos sentiremos, mas não tenho nenhuma direção, e nosso futuro parece uma frase que não pode ser calada nem enunciada.

(...) estou me sentindo ótima. A maior parte do tempo, estou feliz — embora minha mente possa ir a qualquer direção. Quando me obrigo a escrever, não importa se por pouco tempo, fico feliz. Esperei tanto antes de escrever para você porque sempre me imaginei à margem, e estou esperando para lhe mandar a história que você quer ouvir.

(...) Karl, em uma de nossas brigas e seus silêncios mortais resultantes, disse: "Ah, eu estava só pensando no dr. Yalom e desejando que ele estivesse aqui". Nós dois enviamos nosso afeto.

Sua amiga,
Ginny

Então, silêncio. Assumi meu papel com outras Ginny em minha vida, participando dos dramas que se desdobraram no palco giratório de meu consultório. Não! Que pretensão! E como é falso! Eu sei o quanto de mim dedico aos meus pacientes, e a verdade é que eu dei mais a Ginny. Mais do quê? O que foi que lhe dei mais? Interpretações? Esclarecimentos? Apoio? Orientação? Não, algo oposto ao aspecto técnico. Meu coração seguiu com Ginny. Ela me comoveu. Sua vida era preciosa para mim. Eu ansiava por tornar a vê-la. Ela estava faminta, mas era muito rica. Ela me deu muito.

Cerca de 14 meses após a "última consulta", ela veio a passeio à Califórnia, e nós nos encontramos duas vezes. Na primeira, um encontro profissional/social com minha esposa, Ginny chegou acompanhada de sua melhor amiga. Queria que nos conhecêssemos, mas tinha pedido que eu não dissesse nada que revelasse que estávamos escrevendo um livro juntos. Isso gerou certo incômodo. A amiga, uma mulher de cabelos morenos encantadora, ficou por alguns minutos. Quando ela saiu, ficamos somente minha esposa, Ginny e eu. Falamos sobre os manuscritos e conversamos enquanto consumíamos xerez, chá e alguns bolinhos caseiros. Não sabendo o que queria, eu sabia o que não queria — conversa banal e a intrusão de terceiros.

Tenho horror a esse pântano profissional/social. Tentamos parecer à vontade, mas não estamos. Ginny mostra seus modos sociais. Ela interpreta, tenta divertir minha esposa, mas ambos sabemos que ela está só remando à frente do movimento da maré do constrangimento. Somos conspiradores, participamos da charada social e fingimos que não. Minha esposa me chama de Irv, Ginny não consegue pronunciar a palavra, e eu continuo minha órbita de dr. Yalom. Não lhe dou instruções explícitas sob o feitiço de alguma racionalização obscura de que ela precisa manter-me na órbita profissional para ser possivelmente usado em algum tempo futuro. Ainda mais bizarra é minha retração diante da familiaridade de minha esposa na frente de Ginny. Esqueço o que estava planejando fazer com Ginny. Ah, sim, "auxiliar num teste de realidade de modo que se dedique inteiramente à sua transferência positiva".

Alguns dias depois, Ginny e eu conversamos no conforto acolhedor e sem ambiguidades de meu consultório. Lá, pelo menos, cada um de nós "conhece seu lugar". Analisamos nossos sentimentos no encontro social. Sua amiga enalteceu tanto meu calor e tranquilidade (quanta perceptibilidade!) que Ginny quis surrar a si mesma por não ter tirado mais vantagem de seu tempo comigo. Algo interessante ocorreu antes de começarmos. Ela se apresentou à minha nova secretária, que perguntou: "Você é uma paciente?" Ginny respondeu rapidamente: "Não, sou uma amiga". Ambos nos sentimos bem com isso.

Minha esposa estava esperando para falar com Ginny sobre algumas frases do manuscrito e por duas vezes durante nossa conversa ela bateu à porta. Na primeira, eu disse que precisávamos de mais cinco minutos. Mas conversamos por muito mais tempo. E minha esposa, cada vez mais impaciente porque tinha outro compromisso, bateu novamente. Desta vez, Ginny antecipou-se a mim, para minha surpresa, e disse de forma bem firme: "Só mais alguns minutos". Quando a porta foi fechada, ela se debulhou em lágrimas, lágrimas verdadeiras, à medida que o presente nos inundava: "Acabei de me dar conta de que só temos mais alguns minutos. Não é que sua esposa o tenha o tempo todo, mas este momento é realmente precioso para mim". Ela chorou por nós dois, pelo tempo que nunca mais teríamos, pela alegria de ter, finalmente, "se manifestado" e (ai de mim) pela tristeza de não ter se manifestado mais em sua vida. (Estávamos ambos entristecidos com o reaparecimento daquele duende estraga-prazeres que lhe repreendia, mesmo em meio ao sucesso, por não ter alcançado ainda mais sucesso.)

Pouco tempo depois de voltar para casa, Ginny me enviou uma carta com notícias dramáticas:

> (...) Quando voltei para casa, eu e Karl nos tornamos novamente meio estranhos... Ele me ignorou, de certa forma, e eu me senti como uma filha ignorada pelo pai. Karl podia me privar de algumas coisas — ir nadar, fazer isso ou aquilo. Se ele não estava com vontade, nós simplesmente não íamos. Finalmente, enfrentei-o e lhe disse que não estávamos dando certo. Ele disse: "Eu sei. Quero terminar". Desta vez, não protestei, e no dia seguinte Karl já tinha se mudado. (Dois dias atrás)... Um não culpa o outro, e talvez não tivéssemos mesmo qualquer futuro. Faz dois dias, e eu sinto um vazio na barriga, mas minha cabeça está muito melhor. Não pretendo ficar mal. Estou apenas muito triste e descrente. Primeiro pensei que eu devia voltar de uma vez à Califórnia. Mas preferi manter os pés no chão e tentar levar minha vida sozinha — independente, assim está feito, e não precisarei jamais ter medo outra vez. Vou ficar aqui enquanto puder. Karl diz que não me aguentava mais. Eu acredito. Eu pressenti isso... Quero ficar saudável e forte — quero lutar para sair dessa. Estou começando a ter algumas percepções. Quando chegam meus piores momentos, quando começo a me desesperar, simplesmente tenho fé de que isso deve passar e que ninguém morre de sofrimento. (Uma frase sórdida!) Chorar, embora isso não leve a nada, pelo menos já é alguma coisa, e como você sabe sou inclinada às lágrimas. Se as coisas ficarem ruins demais aqui, vou a um médico que possa me dar algum Valium, mas sou uma cientista cristã quando se trata de tranquilizantes. Na noite passada, eu dormi bem e acordei triste, mas não exatamente assustada.
>
> Sei que conseguirei me virar por aqui, e vou começar a procurar um emprego. Sei que as próximas semanas serão lentas e dolorosas. Eu fico me lembrando e esquecendo, custando a crer que Karl não estará aqui novamente. Não nos separamos com raiva, apenas tristeza.

Embora ela não tivesse pedido, enfiei um pouco de psicoterapia gratuita dentro de um envelope e o remeti para ela.

Querida Ginny:

Sem dúvida, um choque, mas não algo que eu não tenha previsto. Sinto-me mal sabendo que você está se sentindo mal, ainda assim, não me sinto, de modo não ambivalente, mal, e posso ver pela sua carta que você também não. Acho que o fato de Karl ter sido capaz de fazer isso e aparentemente tão rápido significa, para mim, que ele tem pensado nisso há um bom tempo. Não acredito que essas coisas possam ser produzidas na cabeça de alguém sem que a outra pessoa não perceba, o que resultou numa espécie de sentimento global de entorpecimento para você e reprimiu seu crescimento durante esses meses. Tudo o que posso fazer para ajudar (algo que reconheço que você não está pedindo) é simplesmente lembrar que você está no meio do processo de superação. Após o choque e os seus sentimentos de pânico, imagino que venha um período de verdadeiro sofrimento com sua perda, e um sentimento de depressão e vazio poderá se instalar. Talvez até mesmo alguns sentimentos de raiva (que Deus não o permita), mas o curso de tais coisas é sempre algo que dura cerca de dois ou três meses, quatro até, e depois disso acho que você vai sair do outro lado mais forte do que nunca.

Estou realmente impressionado com a força que você parece estar reunindo neste momento. Se houver algo que eu possa fazer para ajudar durante esse período difícil, por favor, me avise.

Com a visão concentrada de um cirurgião que está convencido de que sua operação foi um sucesso, independentemente do destino do paciente, eu estava convencido de que a carta estava cheia de força. O rompimento com Karl não simbolizou um fracasso: o sucesso terapêutico não significa exclusivamente ela ficar com Karl (embora eu mesmo tivesse cometido esse engano durante nossas primeiras consultas). Além disso, Ginny tinha tido sua participação na ruptura final, embora uma participação menos ativa do que havia desejado. É bastante comum que um membro de um casal mude e o outro, não, e o equilíbrio do relacionamento fique tão alterado que não possam mais continuar juntos; possivelmente a evolução de Ginny superou a de Karl, ou pelo menos ela agora se deu conta disso, por causa da mania de julgar de Karl; o relacionamento é um obstáculo para seu crescimento; provavelmente, só agora ela conseguirá realmente imaginar viver sem Karl e permitir que ele a deixe. Afinal, ele sempre sugeriu que queria terminar, mas como acreditava que ela se desintegraria, ele ficava preso a ela pela culpa, o cimento mais insatisfatório para um casal. Talvez agora Karl reconheça a força dela. Talvez agora estejam ambos liberados e possam agir em seu melhor interesse.

O momento em que este livro chegou mais perto de não ser publicado ocorreu quando eu pedi a um colega, um analista freudiano devoto que respeito muito, para ler o manuscrito. Após as trinta primeiras páginas, ele comentou que era "isso o que Wilhelm Reich costumava chamar de 'situação caótica', na qual o terapeuta diz ao paciente qualquer coisa que lhe venha à cabeça". Felizmente, várias outras leituras favoráveis feitas por outros colegas forneceram segurança suficiente para permitir que eu o publicasse e evitasse alterar o texto. Ainda assim, ao reler o manuscrito, havia uma impressão de preciosismo em minhas ações, que escondem o fato de o curso integral da terapia ter se dado dentro da estrutura de um sistema conceitual generoso, porém rigoroso. Nas páginas seguintes, descreverei esse sistema e discutirei os princípios terapêuticos que guiaram meu comportamento.

Relembremos, em primeiro lugar, o estado das coisas no início de nosso trabalho individual juntos. Ginny chegou com estardalhaço à terapia individual, deixando para trás um rastro de terapeutas desencorajados e derrotados; havia lições a serem aprendidas, erros a serem evitados. Ela tinha frustrado dois psicoterapeutas com orientação analítica altamente competente que haviam se empenhado em fomentar uma percepção, esclarecer o passado, modificar os obstáculos de crescimento com seus pais, interpretar seus sonhos, valorizar e reduzir a influência de seu inconsciente sobre sua vida acordada. Um especialista em bioenergética tinha tentado sem sucesso abordá-la e transformá-la através da musculatura de seu corpo; sugeriu relaxamento muscular, novos métodos de respiração e alívio da tensão por meio do vômito. Ela conheceu e superou alguns dos melhores líderes de grupos de encontro, que não hesitavam em utilizar os métodos de enfrentamento mais recentes: grupos de maratona contínua durante 24 ou 48 horas destinados a destruir a resistência mediante pura fadiga física, grupos nudistas que encorajavam a autoexposição, psicodrama total com música ambiente e iluminação de palco dramática para permitir que se fizesse em grupo o que nunca se tinha ousado fazer na vida, "caratê psicológico" para ajudá-la a atingir e exprimir sua raiva por meio de uma variedade de técnicas de provocação, incluindo agressão física e massagem vaginal com vibrador elétrico para superar o desconforto e alcançar o orgasmo.

Ela havia resistido firmemente a meus maiores esforços e aos de meus colegas na terapia em grupo durante um ano e meio, e exaustivamente decidimos que não fazia muito sentido que continuasse. Durante todo esse tempo, contudo, seus fortes sentimentos positivos por mim e sua fé em minha capacidade de ajudá-la nunca fraquejaram. Na verdade, até então, esta transferência positiva havia sido mais um obstáculo do que um benefício para a terapia de Ginny.

Para explicar este último ponto, deixem-me mostrar a diferença entre benefícios primários e gratificações secundárias na psicoterapia. Os pacientes buscam a terapia para aliviar algum sofrimento; este alívio (e com frequência a mudança de personalidade concomitante necessária) constitui o benefício primário — a razão de ser da psicoterapia. Não é incomum, todavia, que o paciente alcance alguma forte gratificação a partir do processo real de se encontrar em terapia; ele pode aproveitar a incessante e infinita solicitude, a arrebatada atenção dada a todas suas reflexões, a presença tranquilizadora do terapeuta onisciente e protetor, o estado de animação suspensa quando nenhuma decisão importante precisa ser tomada. Não é incomum que as gratificações secundárias possam ser tão fortes que o desejo de permanecer na terapia se torne maior do que o desejo de ser curado.

Essa era a situação no tratamento de Ginny. Ela frequentou o grupo não para evoluir, mas sim para estar comigo; ela falava não para trabalhar os problemas, mas sim para ganhar minha aprovação. Conforme descobrimos pelas anotações terapêuticas, ela não fazia parte do grupo, mas da audiência, e me motivava à medida que eu avançava arduamente para resgatar outros pacientes afetados. Muitas vezes, os coterapeutas e os demais membros do grupo observavam que Ginny parecia permanecer enferma para mim; melhorar significaria dizer adeus. E, assim, ela ficou em suspensão na imensa terra devastada da abnegação, não tão saudável a ponto de me perder, não tão enferma a ponto de me afastar, frustrado.

Como transformar essa transferência em relato terapêutico? Certamente, deveria haver um meio de domar a fé inabalável, e, às vezes, irracional, de Ginny em mim a serviço de seu próprio crescimento. E, como ela havia se mudado para outra cidade, como fazer em relação às limitações estruturais que tornavam impossível que nos encontrássemos mais de uma vez por semana?

Meu plano geral era orientar a terapia quase inteiramente em torno do eixo de nosso relacionamento. Eu esperava concentrar nosso foco, o mais humanamente possível, naquilo que ocorria entre mim e ela no presente imediato, nosso território espaço-temporal devia ser o aqui e agora, e planejei desencorajar quaisquer excursões que se afastassem desse objetivo. Interagiríamos intensivamente, analisaríamos nossa interação e repetiríamos a sequência pelo tempo que estivéssemos juntos. Bastante simples, mas como isso conduziria a uma mudança terapêutica? Meu raciocínio para esse posicionamento deriva da Teoria Interpessoal.

Resumindo, essa teoria postula que todos os distúrbios psicológicos (que não são causados por agressão física ao cérebro) provêm das perturbações nos relacionamentos interpessoais. As pessoas podem procurar a ajuda de um psicoterapeuta por uma variedade de razões (depressão, fobia, ansiedade, timidez, impotência etc.), mas subjacente a essas razões e comum a todas elas há uma incapacidade de estabelecer relações satisfatórias e duráveis. Essas dificuldades de relacionamento têm suas origens no passado longínquo, nos primeiros relacionamentos com os pais. Assim que se estabelecem, os métodos perturbados de se relacionar avançam e começam a tingir as relações posteriores, com parentes, amiguinhos, professores, amigos íntimos, amantes, cônjuges e filhos. A psiquiatria, então, se torna o estudo dos relacionamentos interpessoais; a psicoterapia, a correção dos relacionamentos interpessoais distorcidos; a cura terapêutica, a capacidade de se relacionar apropriadamente, em vez de se basear em algumas necessidades pessoais urgentes e inconscientes. Embora as origens dos padrões comportamentais inadaptados se encontrem no passado, a correção das distorções só pode ocorrer no presente, e não há melhor lugar do que no relacionamento mais imediatamente presente — aquele entre o terapeuta e o paciente.

Uma premissa básica adicional se faz necessária para nos ajudar a entender como o relacionamento terapeuta-paciente pode alterar os padrões interpessoais inadaptados. O terapeuta supõe que o paciente, desde que a atmosfera seja de confiança e não estruturada, logo exibirá em seu relacionamento com ele muitas de suas principais dificuldades interpessoais. Se o paciente for arrogante, fútil, autodepreciativo, profundamente desconfiado, sedutor, explorador, alienado, apavorado com a aproximação, desdenhoso ou apresentar qualquer um do número infinito de modos perturbados que se pode ter diante dos outros, então será assim que ele se relacionará com o terapeuta. A sessão de terapia e o palco do terapeuta se tornam um microcosmo social. Não é necessária uma história, não são necessárias descrições de comportamento interpessoal. Cedo ou tarde, todo o pergaminho do comportamento trágico é desenrolado no consultório diante do olhar de ambos, terapeuta e paciente.

Assim que o comportamento interpessoal do paciente é recapitulado no palco do consultório do terapeuta, o médico começa de várias maneiras a ajudá-lo a observar a si mesmo. O foco "aqui e agora" sobre o relacionamento terapeuta-paciente tem duas pontas: a primeira, a experiência viva, à medida que paciente e terapeuta se entrelaçam num abraço curioso e paradoxal, a um só tempo artificial e ainda assim profundamente autêntico. Em seguida, o terapeuta, com o maior tato possível, muda o quadro de posição, de modo que ele e o paciente se tornem observadores do mesmo drama que estão encenando. Assim, há uma sequência contínua de encenação emocional e reflexão sobre ela. Ambos os passos são essenciais. A encenação sem reflexão se torna simplesmente mais uma experiência emocional, e ela ocorre durante toda nossa vida, sem mudança resultante. Por outro lado, a reflexão sem emoção se torna um exercício intelectual ocioso; todos nós conhecemos os pacientes, múmias iatrogênicas, tão amarradas pelas percepções e pelo constrangimento que a atividade espontânea se torna impossível.

Uma vez que o laço autorreflexivo é estabelecido e o paciente é capaz de testemunhar o próprio comportamento, o terapeuta ajuda a torná-lo consciente das consequências de suas ações, tanto sobre si quanto sobre os outros. Feito isso, tem início a fase crucial da terapia: o paciente deve, cedo ou tarde, se perguntar: "Eu estou satisfeito com isso? Quero continuar sendo assim?" Finalmente, toda estrada em todo tipo de terapia conduz a esse ponto decisivo, e o paciente e o terapeuta devem permanecer nele até a chegada do núcleo abastecedor de energia do processo de mudança: *vontade*. Fazemos débeis tentativas para acelerar o desenvolvimento da *vontade*. Em geral, travamos uma batalha com as forças da contravontade, tentando demonstrar que os riscos previstos de se comportar de modo diferente são utópicos. Nossos esforços são, em sua maior parte, porém, estéreis e indiretos; geralmente desempenhamos rituais, prestamos homenagens ou simplesmente rangemos os dentes enquanto esperamos que a *vontade* surja da vasta escuridão onde ela reside.

A estrutura terapêutica que descrevi tem ainda outra viga de sustentação, sem a qual todo o edifício despencaria. As mudanças que ocorrem no santuário íntimo do tratamento devem ser generalizáveis. A terapia é um ensaio geral; o paciente deve transferir seus novos modos de comportamento com o terapeuta para seu mundo exterior, para as pessoas que de fato contam na sua vida. Caso contrário, significa que ele não mudou, só aprendeu como existir afavelmente como um paciente e permanecerá por tempo indeterminado em análise.

O fluxograma que acabei de apresentar cheira a laboratório experimental. A psicoterapia nunca exibe uma eficácia assim tão rígida; deve ser uma experiência profundamente humana — nada que seja vital pode vir de um procedimento mecânico inumano. Nada, então, está bem claro; a terapia, como ela se realiza de fato, é menos planejada, menos simplista, mais espontânea do que sugere o fluxograma. Não é sempre que o terapeuta sabe o que está fazendo; por vezes, reinam a confusão e o tumulto;

os estágios não são demarcados com nitidez e raramente são sequenciais. A psicoterapia é uma cicloterapia, à medida que o terapeuta e o paciente, juntos, ascendem por uma escada instável, inclinada e em espiral.

Talvez seja apropriado, agora, após revisar esses princípios amplos e básicos de psicoterapia interpessoal, descrever minhas impressões iniciais da patologia interpessoal de Ginny e como eu esperava ajudá-la. Sua situação básica era de autodepreciação. Existem, afinal, muitos modos de se aproximar dos outros; algumas pessoas lutam pela dominação, outras por aplausos e respeito, outras pela liberdade e fuga. Ginny buscava um artigo primário — amor, e a qualquer custo.

Sua atitude interpessoal básica tinha ramificações penetrantes em sua vida interior e em seu comportamento exterior. Ela determinava o que devia cultivar dentro de si mesma e o que devia suprimir, o que temia e do que gostava, o que lhe enchia de orgulho e o que lhe enchia de vergonha. Cultivava qualquer característica que, na sua avaliação, a tornasse mais digna de ser amada. Dessa forma, ela nutria as partes anfitriãs de si mesma, sua inteligência aguda e divertida, sua generosidade, seu altruísmo. E suprimia características que desmentiam essa imagem idealizada de bondade; seus direitos raramente eram reconhecidos, muito menos respeitados — eram sacrificados no altar da autodepreciação; raiva, ganância, autoconfiança, independência e desejo pessoal eram todos vistos como sabotadores contra o regime do amor — todos exilados na mais remota região da mente. Só vinham à superfície de modo impulsivo, lampejos repentinos ou, severamente disfarçados, em fantasias e sonhos.

Acima de tudo, ela temia a perda do amor e vivia com medo de desagradar os outros: reagia à ameaça de perder o amor de Karl com o pânico, não diferente do pânico de uma criancinha privada dos cuidados das pessoas, necessários para a sobrevivência biológica. Além disso, ela nunca conseguia ser suficientemente amada. Não conseguia parar de pressionar a si mesma para ser melhor, mais abnegada, mais amável. Não lhe eram permitidos prazeres pessoais; se escrevia bem ou aproveitava o sexo, ou simplesmente desfrutava de seu exuberante bem-estar, o outro eu flagelante intervinha na forma de um antagonismo apropriado: culpa (e a paralisia resultante) por escrever coisas frívolas ou breves; ridicularização e constrangimento para sufocar o orgasmo iminente; acusações de indolência para envenenar seu bem-estar.

A patologia interpessoal de Ginny não era sutil; quando comecei a trabalhar com ela, esses padrões ficaram bem claros para mim, assim como as consequências para seu crescimento. No início da terapia, eu queria lhe comunicar minhas observações. Queria muito dizer duas coisas: (1) Sua busca frenética por amor é irracional; é um fragmento congelado de um comportamento antigo transportado para o presente, e inconveniente para a vida adulta. Seu pânico diante da ameaça de retração do amor, algo sem dúvida apropriado na tenra infância, é igualmente irracional; você é capaz de sobreviver sem nutrientes sufocantes. (2) Não só sua exigência é irracional como também tragicamente autodestruidora. Você não pode de modo algum preservar um amor adulto por meio de um terror e de uma autodepreciação infantis. Para se certificarem de que suas filhas conseguirão achar maridos, os pais chineses as aleijam, amarrando seus pés desde a primeira infância. Você comete ainda maior violência contra si própria. Você sufoca a pessoa que poderia se tornar, você condenou a maior parte de si a um túmulo prematuro. Você sofre diariamente suas angústias e seus pequenos fracassos, mas existe, sob tudo isso, um sofrimento ainda maior, porque você sabe o que fez a si mesma.

Mas frases não podem dizer essas coisas. Eu deveria dizê-las várias vezes, de diversos modos, mediante o abraço da terapia.

Planejei chegar bem perto de Ginny, encorajá-la a experimentar de novo todas essas necessidades antigas, irracionais, em seu relacionamento comigo: sua impressão de desamparo e a necessidade de meus cuidados, seu medo de que eu retraísse meu amor, sua convicção de que só conseguiria me segurar por meio de autossacrifício e autoimolação, sua crença de que eu a abandonaria caso ela começasse a se portar como adulta. Eu esperava que pudéssemos, periodicamente, dar um passo atrás em nossa experiência, de modo que Ginny conseguisse não apenas compreender seus padrões ao se relacionar comigo, como também apreciar a natureza deles, restritiva e defeituosa.

Assim que o relacionamento se tornou forte e uma postura autorreflexiva foi estabelecida, procurei demonstrar que ela era capaz de manter uma relação mais rica e adulta comigo. Como consequência, eu esperava que ela ficasse cada vez mais insatisfeita com sua hierarquia de necessidades, ficasse ansiosa por mudar, além de considerar a mudança uma possibilidade real. Eu podia antever várias táticas, mas a estratégia básica seria resistir, de qualquer maneira, àquelas forças que abafavam sua vontade. Por exemplo, Ginny raramente permitia que sua vontade emergisse porque temia que fosse uma raiva incandescente, que resultaria em perda total do controle, retaliação e rejeição. Ao reagir com apoio e encorajamento a todos aqueles vislumbres de expressões de autoconfiança, eu esperava demonstrar a ela a natureza caprichosa de seus medos e ajudá-la progressivamente a transformar mais de seus desejos, por meio da vontade, em ação.

A intenção de redigir e trocar relatórios me atraiu por diversas razões. Primeiramente, a mais simples: isso obrigava Ginny a escrever. Ela andava com bloqueio há meses. Eu sabia que estava em terreno traiçoeiro e que precisava caminhar com cuidado para me manter do lado dela, a pessoa que se realizava profundamente quando escrevia. Era necessário evitar considerar e estimar Ginny como um receptáculo indispensável, mas inerte, contendo um dom imenso e cobiçado.

A proposta tinha outras implicações, mais sutis. A mais importante foi reforçar o laço autorreflexivo no foco "aqui e agora". Não havia privação de emoções entre mim e Ginny; na realidade, com muita frequência me vi tentando me livrar do redemoinho de sentimentos que nos cercava. Escrever e ler os relatórios ajudou Ginny (e a mim também) a ganhar perspectiva, removê-la do olho do furacão, observar e compreender seu comportamento comigo.

Os relatórios eram também um exercício de autodescobrimento para nós dois. Eu esperava que Ginny, no ritmo de sua solidão, pudesse dar voz a algumas partes reprimidas de si mesma. Eu planejava revelar mais sobre mim mesmo nos relatos do que a vaidade pessoal e a reserva profissional me permitiam durante as sessões. Especialmente, eu esperava que ela, observando meus pontos fracos, minhas dúvidas, minha perplexidade e meu desânimo, ajustasse sua avaliação exagerada e irrealista de mim. Seu olhar infantil, dirigido a mim de baixo, com admiração, fez com que me sentisse desamparado e só. Eu queria que ela soubesse disso. Queria que ela escalasse para fora daquela vala antiquada e me olhasse, tocasse, falasse comigo de frente. Se ela conseguisse fazer isso e se eu conseguisse lhe mostrar que eu podia aceitar, na verdade, acolher, com satisfação as partes ocultas dela mesma à medida que, uma a uma, elas enfiassem suas tímidas cabeças através das treliças de sua autodepreciação, então eu sabia que poderia ajudá-la a crescer.

Ler o texto que Ginny e eu compusemos é uma experiência enriquecedora para mim; poucos psicoterapeutas tiveram a oportunidade de rever de uma dupla perspectiva todo o curso de uma terapia com detalhes assim tão extraordinários. Fico surpreso com muitas coisas. Deixem-me começar com as discrepâncias óbvias em perspectiva entre mim e Ginny. Com frequência ela avaliava uma parte da consulta, e eu, a outra. Eu deixo claro uma interpretação com bastante determinação e orgulho. Para ceder à minha vontade e apressar nosso avanço para áreas mais importantes, ela "aceitava" a interpretação. Para nos permitir passar para "áreas de trabalho", eu, por minha vez, cedia a ela, atendendo à sua solicitação silenciosa por conselho, sugestões, exortações ou repreensões. Avalio meus esclarecimentos refletidos; com um toque de mestre, dou sentido a uma série de disparates e fatos aparentemente não relacionados. Ela raramente percebia, ou sequer valorizava, meus esforços; em vez disso, parecia tirar vantagem de minhas atitudes simples, humanas: acho graça de suas sátiras, reparo em suas roupas, digo que ela está um pouco encorpada, provocando-a quando interpretávamos papéis.

A analogia a Rosencrantz e Guildenstern é importante para mim. O fato de o terapeuta ser o protagonista em muitos dramas, variados e simultâneos, *é* seu segredo definitivo e terrível. Além disso, apesar de todas as pretensões a uma autorrevelação total, é um segredo que não pode ser partilhado na íntegra. Ele explica com bastante nitidez alguns dos paradoxos da psicoterapia. Nosso relacionamento é profundo e autêntico; ainda assim, é antissepticamente empacotado: nos encontrávamos para os cinquenta minutos prescritos, ela recebia avisos programados do escritório comercial da clínica. A mesma sala, as mesmas cadeiras. A mesma posição. Significamos muito um para o outro; mesmo assim, somos personagens num ensaio geral. Nós nos preocupamos intensamente um com o outro, mas ainda assim sumimos quando nossa sessão termina, nunca mais nos encontraremos quando nosso "trabalho" estiver concluído.

Sugiro a Ginny que lutemos pelo igualitarismo, embora as anotações exponham nosso *apartheid* essencial. Eu escrevo para uma terceira pessoa "Ginny"; ela, para uma segunda pessoa "você". Eu não revelo a ela, sequer nos refúgios seguros dessas anotações, o que espero que me revele. Suas vindas ao meu consultório são a parte principal da semana; com frequência ela era uma entre vários pacientes que vejo num determinado dia. Em geral, dou-lhe grande parte de minha presença, mas às vezes não podia fechar as cortinas sobre os dramas anteriores de outros pacientes. Espero que ela me leve para dentro dela, que me deixe significar tudo para ela e, ainda assim, na maior parte do tempo, eu a mantinha compartimentalizada em minha mente. Como poderia ser de outro modo? Dar tudo a todos o tempo todo equivale a não deixar nada para você mesmo.

Apesar de os relatórios conterem um vasto número de técnicas, não tenho a impressão de que minha terapia com Ginny tenha sido orientada por uma delas. Em vez disso, as técnicas específicas foram todas consumíveis e empregadas a serviço do esquema conceitual que apresentei. Embora me assuste com as dissecações, tentarei demonstrar isso revisando algumas das técnicas e discutindo o raciocínio por trás de sua utilização.

As principais técnicas que empreguei se encaixam em três grupos: (a) interpretativo; (b) existencial; (c) ativante (com o qual quero dizer exortação, conselho, confissão e absolvição, terapia de representação de papéis de casal, modificação comportamental e treinamento assertivo).

A interpretação é uma forma de iluminação. Grande parte de nosso comportamento é controlada por forças que não estão em nossa consciência. É possível, de fato, oferecer como uma definição de doença mental que estamos mentalmente doentes à medida que somos guiados por forças inconscientes. A psicoterapia, como a pratiquei com Ginny, se empenhou em iluminar a escuridão — recuperar território psicológico do inconsciente por meio do holofote do intelecto. O processo interpretativo representou um estágio do esforço para ajudar Ginny a assumir o controle ativo de sua vida.

Que tipo de interpretações eu fiz? Por que tipo de "percepções" eu estava esperando? Supõe-se normalmente que a interpretação, a percepção e o inconsciente se refiram somente ao passado distante. Na verdade, bem no fim de sua vida, Freud afirmou que uma terapia bem-sucedida dependia da completa reconstrução dos primeiros eventos da vida, que dão forma ao aparato mental e residem agora no inconsciente. Ainda assim, em meu trabalho com Ginny, não tentei escavar o passado; ao contrário, evitei fortemente isso e a abasteci com "resistência" quando ela tentou olhar para trás.

Eu desejava ajudá-la a explorar seu inconsciente (à medida que ele a algemava), e não queria explorar o passado. Existe aí uma contradição? Posso explicar melhor minha atitude perguntando se você considera o inconsciente uma abstração que consiste de duas coordenadas: uma vertical, temporal, e uma horizontal, transcendente, transversal. A coordenada vertical temporal se estende para trás na direção do passado e para a frente na direção do futuro. A coordenada temporal histórica desenvolvente é um conceito familiar. Poucos argumentarão que eventos do passado distante, há muito esquecidos ou reprimidos, deram forma à nossa estrutura de personalidade e controlam grande parte de nosso comportamento. O que não é tão óbvio é que nós somos também controlados pelo "ainda não" — pela nossa projeção do futuro. As metas que fixamos para nós mesmos, os modos como desejamos ser considerados em última análise pelos outros, a perspectiva lançada sobre a vida pela morte, a ânsia que temos por ser lembrados, todas as formas diversas e simbólicas adotadas pela nossa necessidade de imortalidade — tudo pode estar fora de nossa consciência e pode influenciar profundamente nossa vida interior e nosso comportamento exterior. Somos tão atraídos pelo ímã do futuro quanto somos empurrados pelo ímpeto determinista do passado.

Mas foi a coordenada horizontal transcendente do inconsciente a meta particular de meus esforços interpretativos. Em qualquer momento determinado existem camadas sobre camadas de forças, operando a partir da consciência, que influenciam nossas ações e nossos sentimentos. Por exemplo, Ginny foi influenciada pelos preceitos de sua imagem idealizada, pelo sistema de orgulho que determinou que aspectos de si mesma ela valorizaria e quais ela suprimiria, pela sua necessidade irracional de amor e pela sua convicção de que a autoafirmação era nociva e perigosa. Para não haver dúvida, pode-se argumentar que essas forças transcendentes inconscientes são formadas pelas experiências passadas. Mas esta não é a questão; a causalidade temporal é uma armação secundária de referência no empenho terapêutico. A escavação arqueológica, a busca pela fonte, pela causa primordial — questões intrigantes, mas não sinônimos de processo terapêutico. Mas tampouco irrelevantes. A caça intelectual com frequência serve para manter o interesse e o entusiasmo do terapeuta; combina com a dependência do paciente para formar uma massa terapêutica resinosa fechando os dois, paciente e terapeuta, por tempo suficiente para o principal instigador de mudança — o relacionamento terapêutico — começar a entrar ação. Também gosto de cavar, mas, se puder, tento segurar minha curiosidade em estado jacente e me concentrar nas forças de múltiplas camadas, conscientes e inconscientes, que, no presente imediato, deram forma aos pensamentos, sentimentos e comportamento de Ginny.

Grande parte de meu trabalho interpretativo girou em torno da "transferência" — o relacionamento irrealista de Ginny comigo. Em vez de discutir a relutância em se levantar e defender seus direitos ou sua incapacidade de exprimir sua raiva em abstração, eu tentei examinar essas dificuldades à medida que se manifestavam quando ela estava comigo. Como consequência, tediosamente pedi a Ginny que exprimisse todos os seus sentimentos em relação a mim. Minha primeira tarefa foi ajudá-la a reconhecê-los e, em seguida, expressá-los. Tive que confiar em evidências indiretas, primeiro, e deduzir seus sentimentos. Ela negava qualquer sentimento íntimo por mim, ainda que regularmente não conseguisse dormir ou fosse tomada pelo pânico nas noites que antecediam a consulta.

Ela tinha uma enxaqueca imediatamente antes ou após a sessão, ou então vomitava a caminho do consultório. Quando eu cancelava o encontro, ela não reagia, porém faltava ou chegava atrasada à sessão seguinte, ou logo tinha episódios depressivos para me punir (por meio de culpa) pela minha falta de consideração. Com frequência, a linha mais rica ser explorada era sua vida de fantasia: Karl a deixa, eu a levo para uma cabana na floresta, cuido dela, alimento-a, envio-lhe meu assistente para uma travessura sexual. Embora ela em geral as repudie, eram suas fantasias e, portanto, seus desejos; eu os persegui como pude. Confrontei-a continuamente em relação ao seu comportamento comigo e encorajei-a a correr riscos. Por que ela não podia discordar de mim? Perguntar-me qualquer coisa? Vestir-se de modo atraente para mim? Exprimir sua decepção comigo? Ficar com raiva? Dizer que se importava comigo? Posteriormente, falarei do valor da mudança comportamental como uma técnica primária; aqui, eu empreguei o comportamento a serviço da abordagem interpretativa. Encorajando-a para que ousasse fazer as coisas das quais tinha medo, eu esperava deixá-la ciente das forças inconscientes, contrárias e assustadoras.

Assim, passei às interpretações — primeiro para auxiliá-la a reaver os sentimentos que haviam sido empurrados para o inconsciente; depois para sugerir padrões globais regulares em seu comportamento; e finalmente para ajudá-la a compreender as premissas inconscientes que determinam esses padrões.

Mas um *insight*, ou mesmo a perfeita iluminação, não basta. A mudança requer um ato de vontade. Antes, descrevi a natureza elusiva da vontade e sugeri que, de um jeito ou de outro, todas as técnicas são, em última análise, dirigidas no sentido de excitar e fortalecê-la — de mudar, de crescer e, mais importante para Ginny, de sentir *vontade*. As técnicas de interpretação são normalmente o primeiro passo para a ressurreição da vontade. Primeiro, simplesmente ajudamos o paciente a tomar ciência da corrente que o arrasta ao longo da vida. Algum objeto imóvel — uma árvore, uma casa, um silo, um terapeuta — é necessário para ajudar o paciente peregrino a reconhecer que está em movimento, e não por sua própria vontade. Uma vez que a existência da corrente é observada, então, por meio da razão, o paciente é ajudado a avaliar a força e a natureza da corrente. Assim ele se torna ciente da ausência de vontade e da forma das forças que a substituíram. O conhecimento oferece o primeiro passo para a supremacia.

As técnicas existenciais e de ativação fornecem outros passos no desenvolvimento e amadurecimento da vontade: técnicas existenciais fomentam o processo de germinação, enquanto as técnicas de ativação induzem o caule a se erguer, depois de transpor a superfície da terra. Em primeiro lugar, consideremos as técnicas "existenciais". Coloco o termo entre aspas e tremo ao usá-lo porque ele se tornou confuso e vulgarizado. Como um antigo martelinho de juiz ou uma toga acadêmica, ele é utilizado para conferir dignidade a qualquer ocasião. Consequentemente, é necessário que eu seja o mais preciso possível. Por "existencial" quero dizer uma abordagem que é vitalista, não determinista e não reducionista, que se concentra nas "suposições" da existência, nas contingências, no significado e no propósito na vida, na vontade, na decisão e na escolha, no compromisso, na mudança de atitude e na perspectiva de vida. Não há padrões estabelecidos para as técnicas existenciais; ao contrário, a abordagem é, por definição, orientada para a falta de técnica. Para fins de discussão, considero qualquer método usado para virar a cabeça de Ginny na direção dessas questões como "técnica existencial".

Qual é a relação entre esta abordagem e o desenvolvimento da "vontade"? Reconhecidamente, vaga e não sistemática. Tentei, por meio de minhas experiências interpretativas com Ginny, remover os obstáculos à vontade, fragilizar o bando da contravontade. Não posso descrever essas experiências de um modo equilibrado e metódico. Teria algo a ver com dizer que fertilizei o solo, que fui um *accoucheur** para o parto da vontade.

Tentei uma variedade de métodos para induzir, urgir, coagir Ginny a reconhecer os chutes intrauterinos de sua vontade de nascer. Repetidamente, lembrei-lhe que tinha voz e escolha em relação ao seu futuro; ela era responsável por si mesma. Tinha dado aos outros o direito de defini-la, mas mesmo esse ato era resultado de sua escolha; ela não estava tão desamparada quanto acreditava. Desafiei sua perspectiva de vida de

* Em francês, no original; significa parteiro. (N. do T.)

diversos modos. Será que ela não conseguiria visualizar seu dilema atual a partir de outro ponto de vista, da perspectiva da longa meada da sua vida? O que era núcleo em Ginny e o que era periferia — algo bastante extrínseco, algo que passaria adiante, algo que ao fim de sua vida seria uma insignificante partícula? E quanto ao futuro? Em dez anos ela ainda ia querer estar num relacionamento sem amor e infecundo — tudo isso porque não ousou se manifestar, não ousou agir? E quanto à morte? Não poderia o conhecimento da morte ajudá-la a se livrar das marés vazantes de eventos basicamente sem importância? Eu ralhei com ela ou tentei chocá-la. "O que você gostaria de ver escrito em sua lápide? 'Aqui jaz Ginny, reprovada no curso de línguas estrangeiras pelo professor Flood?' Isso basta como significado de sua vida? Caso contrário, supere, faça algo em relação a isso. (...) Os eventos diários consomem sua energia, afundam sua vontade somente quando você perde perspectiva total da vida, somente quando você acredita realmente que esses eventos são centrais para seu ser. (...) Você pode derrotá-los com seus recursos: você saberá, basta escutar e olhar com suficiente profundidade para si mesma, que os eventos e suas reações a eles serão seus dependentes — você constituiu o mundo, o evento, a reação, eles dependem inteiramente de você para existir. (...) Nada acontece, nada existe até que você o crie. Como pode então um evento ou uma pessoa controlar você? (...) Sua vontade os trouxe à existência, você lhes deu poder sobre você, e você pode retirar esse poder, porque ele pertence a você. Tudo emana de sua vontade."

Algumas vezes, achava que eu estava chovendo sobre o telhado de estanho de Ginny. Eu queria derramar, espargir as telhas com água a partir de todas as direções ao mesmo tempo. Queria deixá-la encharcada. Mas era preciso me conter, de modo a ter êxito somente no estabelecimento de uma anastomose neural na qual o corpo de Ginny obedeceria a todos os meus desejos. Uma espécie de *Ardil22** psicoterapêutico: faça o que eu sugiro, mas faça-o por si mesmo!

---

* Referência ao livro *Ardil22*, de Joseph Heller (1923-1999), uma sátira antibelicista da Segunda Guerra Mundial. (N. do T.)

Além das técnicas "interpretativas" e "existenciais", havia uma terceira faceta importante na minha terapia com Ginny. Chamo-a de "ativação", mas poderia ter outros nomes: modificação comportamental, manipulação comportamental, dessensibilização, descondicionamento etc. Não me agrada descrever essa parte de meu trabalho; sinto pouco orgulho dela — é degradante para mim e para Ginny. Ela perde sua dignidade, torna--se reificada, um objeto cujo comportamento eu devo modificar. E, ainda assim, há aqueles que reivindicam que qualquer mudança que tenha ocorrido nela foi mediada básica e precisamente por essas técnicas. E os argumentos que podem reunir serão bastante atraentes.

Então temos que ir em frente com isso. A terapia comportamental é uma abordagem à mudança com base na teoria do aprendizado. Ainda mais mecanicista do que a psicanálise fundamentada no instinto, ela ignora as percepções (*insights*), o autoconhecimento, a consciência, o significado — resumindo, grande parte do que constitui a essência da humanidade. Não que haja uma conspiração explícita para desumanizar o homem; apenas esses fatores — assim reivindicaria um behaviorista — são amplamente irrelevantes para o processo de mudança. O aprendizado se realiza no homem, como em ordens de vida inferiores, segundo determinados processos explícitos e quantificáveis — pelo condicionamento operante (recompensa, extinção ou punição de certos comportamentos); pela modelagem (imitação de algum indivíduo estimado); por princípios de condicionamento clássico (aproximação temporal ou espacial de um estímulo crítico e um indiferente); por uma postura ativa de tentativa e erro em contraste com uma atitude passiva e receptiva. A psicopatologia é um comportamento aprendido que é inadaptativo e rígido. A psicoterapia é um processo de desaprendizado de velhos comportamentos e aprendizado de novos, e se realiza segundo os princípios rigorosos da teoria do aprendizado.

Para explicar isso, consideremos brevemente a aplicação dessas técnicas. Imagine que um paciente tenha um único problema bastante circunscrito: um medo irracional de cobras. Imagine, igualmente, que, já que ele é jardineiro, o sintoma é incapacitador e a motivação para a terapia é imensa.

Um terapeuta comportamental exporia gradualmente o paciente ao estímulo temido em situações nas quais ele poderia experimentar ansiedade. Um relaxamento muscular profundo bloqueia o desenvolvimento de uma forte ansiedade. Consequentemente, enquanto estiver num estado de profundo relaxamento muscular, com frequência induzido hipnoticamente, pede-se ao paciente para que ele se imagine olhando para uma ilustração de uma cobra; depois, talvez, vendo uma cobra a 30 metros de distância; depois mais perto; em seguida para que olhe a ilustração da cobra; e finalmente, após várias horas, para que veja a cobra, e então talvez que toque em uma. O princípio é simples: exposição ao estímulo anteriormente considerado como perigoso sob situações tão seguras que a reação de medo é inibida. Se repetida diversas vezes, a sequência estímulo-medo é extinta e o novo aprendizado é transferido para fora do laboratório ou consultório de volta para a situação doméstica. A modelagem é também encorajada: por exemplo, o terapeuta pode dar alguns passeios com o paciente em terrenos de capim bem alto, ou manipular uma cobra na presença dele.

Simplifiquei bastante o procedimento utilizando um paradigma elementar, mas para nossos propósitos é o suficiente. Considere agora como as técnicas da teoria do aprendizado permearam meu trabalho com Ginny. Ela tinha um medo irracional (uma fobia, se preferir) da autoafirmação. Agia como se fosse acontecer alguma calamidade caso defendesse seus direitos ou exprimisse sua raiva, ou simplesmente uma opinião contrária.

Nosso laboratório seria nosso relacionamento; tentei criar um ambiente de muita confiança, aceitação acrítica e respeito mútuo para que a reação de medo fosse inibida. Em seguida, passei a expor Ginny ao estímulo temido, à medida que a encorajava em passos graduais a se afirmar comigo. O encorajamento tomou várias formas desde a indução, o aconselhamento e a persuasão, até o estabelecimento de modelo, exigências e ultimatos. Às vezes, eu era um tio adulador, brincalhão, ou um irritante e persistente socrático, ou um diretor rígido e exigente, ou um assistente de boxe estimulando Ginny resolutamente atrás das cordas num canto do ringue. Queria que ela emergisse, me fizesse perguntas, exigisse que eu não me atrasasse, solicitasse um horário mais conveniente, me contradissesse, ficasse com raiva de mim, exprimisse sua decepção comigo. Eu colocava palavras em sua boca: "Se eu fosse você, eu sentiria..." Quando a positividade emergiu, e ela veio de modo lento e fraco, eu lhe dei boas--vindas ("reforcei-a", se preferir). O próximo passo era a transferência de aprendizado ou generalização. Passei a incentivar a dar pequenos passos com Karl. Fiz uma encenação com ela em que eu era Karl, ensaiamos no imaginário miniconfrontos, que variavam de questões como o dinheiro da gasolina até as tarefas domésticas e às preliminares sexuais.

Cada uma dessas incursões afirmativas era reforçada não apenas pela minha aceitação, mas também pela não aparência do holocausto fantasiado. Cada ato até então perigoso tornou-se mais seguro em função da segurança do meu consultório. E então, o grande passo para o exterior: nosso encontro conjunto com Karl. Potencialmente arriscado, é claro, mas ainda assim menos do que alguns confrontos sem a minha presença.

Havia, evidentemente, muito mais modificação comportamental do que dessensibilização ao medo da autoafirmação. Ginny não conseguia ser "ela mesma" de tantas outras maneiras. Ela podia ser aceita e amada somente por meio da ação ou do desempenho, não conseguia dar voz a seu desespero, a seu medo de desintegração, a sua profunda impressão de vazio, a seu amor. Pedi-lhe que me mostrasse tudo. Tente, eu disse, estarei com você, vou escutá-la e aceitá-la totalmente.

A terapia, considerada desta forma, era um ensaio geral cuidadosamente roteirizado, um exercício de desaterrorização, um empreendimento cuja missão era tornar a si mesmo desnecessário, extinguir a si mesmo. Mas é claro que isso não era tudo. Ele recusava-se a aceitar sua sorte. A estrutura se dissolveu, os atores começaram a existir em seus papéis, o diretor se recusou a permanecer um engenheiro comportamental.

E isso é o bastante em relação à teoria por trás de minha terapia com Ginny, assim como em relação a técnicas e seus raciocínios. Retardei o máximo que pude. E quanto ao terapeuta, eu, o outro ator neste drama? No meu consultório, escondo-me atrás do meu título, minhas interpretações, minha barba freudiana, meu olhar penetrante e minha postura de suprema obsequiosidade; neste livro, atrás de minhas explicações, meus léxicos, meus esforços noticiosos e beletristas. Mas desta vez eu fui longe demais. Se eu não sair dignamente de meu santuário inviolável, é quase certo que meus críticos colegas analíticos me arrancarão daqui.

A questão, é claro, é a contratransferência. Durante nossa convivência, Ginny com frequência se relacionou comigo de modo irracional, com base numa avaliação bastante irrealista de mim. Mas e quanto a meu relacionamento com ela? Até que ponto minhas próprias necessidades inconscientes ou apenas um pouco conscientes determinaram minha percepção de Ginny e meu comportamento em relação a ela?

Não é inteiramente verdade que ela era a paciente e eu, o terapeuta. A primeira vez que descobri isso foi alguns anos atrás, quando passei um ano sabático em Londres. Nada exigia meu tempo, e eu tinha planejado não fazer nada a não ser trabalhar num livro sobre terapia grupal. Aparentemente, isso não era o bastante; fui ficando deprimido, inquieto e, finalmente, consegui tratar de dois pacientes — mais por minha causa do que por causa deles. Quem era o paciente e quem era o terapeuta? Eu estava mais atormentado do que eles, e acho que me beneficiei mais do que eles de nosso trabalho conjunto.

Por mais de 15 anos, tenho sido o curandeiro; a terapia se tornou uma parte essencial da imagem que tenho de mim mesmo; ela me dá significado, diligência, orgulho, autoridade. Assim, Ginny ajudou-me ao permitir que eu a ajudasse. Mas eu tinha que ampará-la muito, muito mesmo. Eu era Pigmaleão; ela; minha Galeteia. Eu precisava transformá-la, ter êxito onde outros haviam fracassado, e alcançar esse sucesso num intervalo espantosamente curto. (Embora este livro possa parecer longo, sessenta horas são um período relativamente curto de terapia.) O milagreiro. Sim, eu admito isso, e a necessidade não foi silenciosa na terapia: pressionei-a sem parar, dei voz à minha frustração quando ela repousava ou a consolidava mesmo por algumas horas; improvisei continuamente. "Fique bem", berrava para ela, "fique bem por você mesma, não por causa de sua mãe ou de Karl — fique bem por você mesma". Mas, muito suavemente, eu dizia também: "Fique bem por mim, ajude-me a ser um curandeiro, um salvador, um milagreiro". Será que ela me ouviu? Eu mal ouvia a mim mesmo.

De um modo ainda mais evidente, a terapia era para mim. Eu me tornei Ginny e tratei de mim mesmo. Ela era o escritor que eu sempre quis me tornar. O prazer que senti lendo suas frases transcendia a pura apreciação estética. Lutei para destravá-la, para destravar a mim mesmo. Quantas vezes durante a terapia eu voltei 25 anos no tempo, para minhas aulas de inglês no ensino médio, para a puída professora Davis, que lia minhas composições em voz alta na sala, para meu embaraçoso caderno de versos, para meu romance à la Thomas Wolf que nunca veio à luz. Ela me conduziu de volta a uma encruzilhada, a um local ao qual eu mesmo nunca ousara voltar. Tentei fazê-lo por intermédio dela. "Se pelo menos Ginny pudesse ter sido mais profunda", disse eu a mim mesmo. "Por que ela se contentava com sátiras e paródias? O que eu poderia ter feito com seu talento!" Será que ela me ouviu?

O paciente curandeiro, o salvador, Pigmaleão, o milagreiro, o grande escritor irrealizado. Sim, tudo isso. E ainda há mais. Ginny desenvolveu uma forte transferência positiva para mim. Ela superestimou minha sabedoria, minha potência. Ela se apaixonou por mim. Tentei trabalhar com essa transferência, "trabalhar através" dela, resolvê-la de um modo terapeuticamente benéfico. Mas eu tinha que trabalhar contra mim também. Quero parecer sábio e onipotente. É importante que mulheres atraentes se apaixonem por mim. E assim, em meu consultório, éramos muitos pacientes sentados em muitas poltronas. Eu lutei contra partes de mim mesmo, tive de me monitorar continuamente. Quantas vezes, em silêncio, me perguntei: "Isso foi para mim ou para Ginny?" Com frequência, me surpreendi me lançando ou quase me lançando numa sedução que só serviria para nutrir a exaltação de Ginny por mim. Quantas vezes iludi meu olho vigilante?

Eu me tornei muito mais importante para Ginny do que ela para mim. É assim com todo paciente; como poderia ser de outra forma? Um paciente só tem um terapeuta, um terapeuta tem vários pacientes. E, assim, Ginny sonhava comigo, mantinha conversas imaginárias comigo ao longo da semana (exatamente como eu conversava com minha analista, a senhora Olive Smith — abençoado seja seu coração leal), ou imaginava que eu estava ao seu lado, observando cada ação. E ainda há mais em relação a isso. Na verdade, Ginny raramente penetrou em minhas fantasias. Eu não pensava nela entre uma consulta e outra, nunca sonhei com ela, mas ainda assim sei que gostava profundamente dela. Acho que não me permiti o pleno conhecimento de meus sentimentos; então, devo deduzir, envergonhado, essas coisas sobre mim. Havia vários indícios: meu ciúme em relação a Karl; minha decepção quando Ginny faltou a uma sessão; meus sentimentos aconchegantes e gostosos quando estávamos juntos ("aconchegante" e "gostoso" são as palavras corretas — não claramente sexuais, mas de forma alguma etéreas). Tudo isso era autoevidente, eu esperava e reconhecia isso, mas o inesperado foi a erupção de meus sentimentos quando minha esposa se introduziu em meu relacionamento com Ginny. Anteriormente, eu mencionei nosso encontro social na Califórnia, após o fim da terapia. Quando Ginny foi embora, eu fiquei taciturno, difusamente irritado e, mal-humorado, recusei o convite de minha esposa para conversarmos sobre o encontro. Embora minhas conversas telefônicas com Ginny fossem em geral breves e impecavelmente profissionais, eu sempre ficava constrangido com a presença de minha esposa na sala. É até possível que eu tenha convidado, de modo ambivalente, minha esposa para nosso relacionamento a fim de me ajudar com minha contratransferência. (Não tenho certeza, porém; em geral, minha esposa me ajuda na edição de meus livros.) Todas essas reações se tornam explicáveis se concluirmos que eu estava bem no meio de um caso extremamente sublimado com Ginny.

A transferência positiva de Ginny complicou a terapia de várias maneiras. Escrevi antes que ela estava em terapia em grande parte para estar comigo. Ficar bem seria dizer adeus. "E então ela se manteve suspensa num amplo terreno devoluto e generoso, não se sentindo tão bem a ponto de me perder, não tão enferma a ponto de me afastar em frustração." E eu? O que fiz para evitar que Ginny me deixasse? Este livro garantiu que ela nunca se tornaria um nome esquecido em minha velha agenda de compromissos ou uma voz perdida numa fita magnética. Tanto no sentido real quanto no simbólico, nós derrotamos o término da terapia. Seria ir longe demais dizer que nosso caso foi consumado neste trabalho conjunto?

Acrescentemos então o sedutor, o amante, à lista de paciente curandeiro, salvador, Pigmaleão, escritor em gestação, e, ainda mais, que não posso ou não conseguirei ver. A contratransferência sempre esteve presente, como um véu diáfano através do qual eu tentei ver Ginny. Até onde fui capaz, eu o puxei, olhei através dele, recusei-me tanto quanto pude a permitir que obstruísse nosso trabalho. Sei que nem sempre tive êxito, tampouco estou convencido de que a subjugação total de meu lado irracional, necessidades e desejos teria favorecido a terapia; de um modo confuso, a contratransferência forneceu grande parte da energia e da humanidade que fizeram de nossa aventura um êxito.

A terapia foi bem-sucedida? Ginny realizou mudanças substanciais? Ou o que vemos é uma "cura de transferência", tendo ela apenas aprendido como se comportar diferentemente, como acalmar e agradar ao agora interiorizado dr. Yalom? O leitor terá que julgar por si mesmo. Estou satisfeito com nosso trabalho e otimista em relação ao progresso de Ginny. Ainda restam áreas de conflito, embora eu as considere com equanimidade; há muito tempo perdi o sentido de que eu, como terapeuta, tenho que fazer tudo. O que importa é que Ginny está não está mais paralisada e pode adotar uma postura aberta a novas experiências. Tenho confiança em sua capacidade de continuar mudando, e minha opinião é sustentada pelas medidas mais objetivas.

Ela agora terminou o relacionamento com Karl, o que, com sabedoria retrospectiva, estava retardando o crescimento de ambos; está escrevendo sem parar e, pela primeira vez, atuando bem num emprego de responsabilidade e desafios (bem diferente do trabalho no parquinho de diversões e como guarda de trânsito de uma escola); ela criou um círculo social e um relacionamento mais satisfatório com um novo homem. Acabaram-se os pânicos noturnos, os sonhos apavorantes de desintegração, as enxaquecas, o petrificante constrangimento e a autodepreciação.

Mas eu teria ficado satisfeito mesmo sem essas avaliações de resultado observáveis. Chego a tremer quando confesso isso, já que dediquei grande parte de minha vida profissional a um estudo rigoroso e quantificável dos resultados da psicoterapia. É um paradoxo de difícil assimilação, e ainda mais difícil de ser banido. A "arte" da psicoterapia tem para mim um duplo sentido; "arte" no sentido de que a execução da terapia requer o uso de faculdades intuitivas que não derivam dos princípios científicos, e "arte" na concepção de Keats* de que ela estabelece sua própria verdade transcendendo a análise objetiva. A verdade é uma beleza que eu e Ginny experimentamos. Conhecemos um ao outro, nos comovemos profundamente juntos e compartilhamos momentos esplêndidos que não acontecem com facilidade.

1º de março de 1974

* John Keats (1795-1821), poeta romântico inglês. (N. do T.)

Posfácio de Ginny

Karl e eu ficamos juntos durante oito meses no novo estado e poucas vezes estabelecemos uma conexão no nível pessoal. Meu mundo foi ficando cada vez menor. Karl partia em viagens, encontrava colegas. Vivia sua vida longe de casa. Ocasionalmente, nossas sensibilidades similares, nosso senso de humor e o jantar nos colocavam lado a lado. Mas, mesmo quando passávamos bastante tempo juntos, éramos como objetos inanimados — como uma poltrona e um sofá, perto um do outro no saguão de um hotel. Karl precisava ser interrogado antes de me dizer algo sobre seu dia ou me falar alguma coisa. Ele retinha até sua maravilhosa negligência — as longas histórias de seu dia. E minha conversa parecia vir de lugar nenhum, já que, durante o dia, eu não havia estado em lugar algum. Eu tinha medo, certa de que ele percebia a claustrofobia de minha mente e minha tensão.

Aceitei que os limites fossem ficando cada vez mais restritos. Mas comecei a me sentir muito redundante — como se estivesse vivendo uma parte de minha vida uma vez atrás da outra —, nunca indo além disso. Eu estava amando meu homem apenas ligeiramente, perdendo-o em nosso esquecimento. Eu ainda não tinha um emprego, apenas trabalhos temporários relacionados à escrita; minha disciplina era somente sazonal (quando estava quente e agradável, eu pendia para o tipo de existência de uma criança). Os dias envelheceram muito rápido, e então se tornaram longos e nefastos. Eu estava vivendo uma vida em miniatura, como um sonhador petrificado, e me sentindo envergonhada e na defensiva, porque a circunferência de minha vida tinha aproximadamente o tamanho de uma bola de gude. As horas do dia e da noite se acumulavam contra mim.

Eu tinha aversão à vida. Antes, pelas manhãs, eu costumava me levantar rapidamente, me sentindo ativa como um trabalhador agrícola latente, mas há pouco tempo eu havia sonhado que estava ordenhando meu próprio sangue para fora, por não ter aonde ir. A margem sobre a qual eu parecia estar instalada se tornou um muro. Eu me rebelava com as fantasias da escrita, da partida, vivendo energicamente sozinha — o habitual. Construindo diálogos contínuos a partir do silêncio. Usando minha vida amorosa com Karl e arrastando-a para sonhos mais plenos à noite, enquanto ele dormia. Nesse tempo todo, minha verdadeira voz no verdadeiro mundo diminuiu.

Karl e eu parecíamos ter renunciado ao namoro tão rapidamente... Não havia expectativas. Era possível ficar entediado ou pronto para partir, ouvindo o passar das horas. Pois é, eu e Karl éramos como um relógio.

Não era sempre assim. O dr. Yalom tinha realmente proporcionado a generosidade e a esperança para nós dois. De volta à Califórnia, quando Karl estava tentando viver sem o prestígio de uma experiência profissional ou um contracheque, eu lembro que costumava com muita frequência ir à biblioteca e tentar escrever. Um dia, ele trouxe de volta uma página com seus objetivos e (pequena vitória) os leu para mim. Não havia objetivos, apenas algumas ralas insinuações que tinham a ver com minha posição em sua vida. (Isso depois de quase dois anos juntos.) Fiquei magoada e falei com ele sobre isso. Não traí o que queria dizer, ainda que tenha diluído um pouco com algumas lágrimas. Eu queria ser parte de sua vida, não apenas dividir o aluguel por alguns anos. Queria algo com ele que mudasse meu dia a dia, algo sobre o qual ele pensasse e se preocupasse. Não queria ser apenas um saco de lona do qual ele se recordaria quando estivesse se mudando.

Como tínhamos passado por aquele momento de sintonia — ele, seus escritos; eu, minha angústia —, ele me prometeu que dias melhores estavam à nossa frente, e então, você sabe, eu pensei que estavam mesmo. De qualquer maneira, houve uma boa noite certa vez, quando jogamos pôquer de dados sobre um feltro verde e eu ganhei. E jantamos uma segunda vez, por volta das onze e meia, fumamos, bebemos iogurte e ouvimos música. Depois, acariciamo-nos por um bom tempo e fizemos amor. E eu reagi e me senti incrível. Mas apenas permaneci desse lado da consciência por mais algum tempo e fiquei triste, o que é um eufemismo. Nunca fui capaz de romper com o padrão, ficando totalmente relaxada e esquecida. E pensei com amargura: "Sou ridícula, sempre à margem". Minha mente era realmente inflexível e não deu seu consentimento ao meu corpo. Não conseguia me libertar da rotina que assombrava minha mente durante o sexo e a vida com Karl.

Os dias apenas ficaram piores, mais desatenciosos. Eu não havia reservado um tempo de verdade para qualquer meta ou objetivo que exigisse somente minhas próprias capacidades. Eu tinha escolhido ser um camaleão no deserto, achatado pelo sol. Só que eu tinha nervos e razões humanas. Estava vivendo irônica e murcha. E meus pânicos noturnos aumentavam e não se dissolviam pela manhã. Minha mente exprimia a debandada de meu corpo. Ficava deitada, desamparada, sacrificada, até que a luz do dia viesse arrebanhar os sentimentos, então meu corpo machucado podia partir. Esses pânicos, tenho certeza, eram causados pela falta de esperança em mim e Karl, e pelo entendimento de que em breve eu seria abandonada. (Se eu tentava conjurar o dr. Yalom nesses momentos, era apenas para inseri-lo em meu melodrama.)

Mesmo o lado crítico de Karl sumiu em meio à apatia. Ele me ignorava. Eu podia replicar quando se tratava de assuntos palpáveis, me afirmar daquele modo graças ao dr. Yalom, mas não podia exigir sentimentos. Não podia lhe perguntar sobre o futuro. Como diz John Prine, "uma pergunta não é realmente uma pergunta se você conhece a resposta".*

* *A question ain't really a question, if you know the answer too.* Trecho da música "Far From Me", de John Prine, cantor e compositor americano. © 1971, Cotillion Music & Sour Grapes Music. Uso autorizado. (N. do T.)

Eu estava apavorada; Karl pressentia minha tensão. Mas acho que era a verdade que estava me deixando tensa. É preciso cuidar de todas as emoções quando você é a única pessoa envolvida num relacionamento. Não havia intuição da parte de Karl. Eu estava inventando canções de amor e maneiras de seduzir. Noites inteiras de aconchego e falhas parciais. Eu podia ficar perto quando ele estava inconsciente.

Acho que perdi a pista de quem era Karl. Não que ele tenha deixado muitas delas pela casa que valessem a pena ser seguidas. Todas conduziam ao trabalho. Simplesmente não havia entregas. Karl era tão bom quanto qualquer um em termos de divertimento, conversas, jogos e sensibilidade latente, mas seu alcance estava se estreitando terrivelmente: na realidade, apenas eliminando algumas direções. E eu o seguia, não permitindo que minhas vontades invadissem, influenciassem, tornassem nossa vida mais leve.

Eu era como uma criança carente com um padrasto cruel; a situação era ridícula. Eu estava me levantando para lhe ceder meu lugar, mas ele saltaria no próximo ponto, de qualquer maneira.

Finalmente, desesperada, incapaz de dissipar meu próprio silêncio e a resistência partilhada da nossa vida conjunta, eu disse: "Karl, nossa vida não está funcionando merda nenhuma". E ele respondeu: "Eu sei. Quero terminar. Estou me extinguindo". E na noite seguinte ele já tinha ido embora.

Karl se foi. Mas não foi esse o dia em que minha vida desmoronou, foi só o eco voltando finalmente de um longo grito áspero. Estou assustada. Não consigo comer e não apostaria no sono que me espera. Tenho tentado separar o que é apenas necessidade, dependência, aplicação do que eram os sentimentos reais e o amor por Karl. Rádio, TV, livros seus. Além do silêncio, da ganância, da risada, dos passeios de carro. Estou tentando formular uma impressão honesta em relação a Karl, que não seja confundida com necessidades e náusea. E tentando acreditar que minha própria presença existe.

A presença de Karl ainda está em volta de mim — seu nome ainda soa familiar, não distante, não como anos atrás. Ainda o cito e conheço seus desejos e aflições. Tenho certeza de que ele não era apenas um hábito. O piano era um hábito. Desisti depois de sete anos — sem lágrimas. Algumas vezes, a partida de Karl é um sentimento; outras, uma realidade. Durante a maior parte do tempo, é uma tristeza que existe sem que tenha nascido de nenhum fato em particular. Após várias semanas, porém, eu me dei conta de que não podia permanecer nesse nível de simples e perfeita percepção de uma situação dolorosa. Karl não voltará; isso não vai acontecer, ainda que insensatamente eu o deseje com todo o meu ser (sabemos o quanto ele é imenso). Acordo de sonhos em que Karl esteve ativamente me insultando; perco-o em meu sono como o perdi em minha vida.

Esse período de tristeza e extrema depressão se tornou inóspito. Eu sabia que só podia escolher entre um desejo ou uma sentença de morte se deixasse a timidez e a condenação me reterem neste ponto de rejeição. O espaço onde meu sorriso costuma estar parece fraturado. De qualquer modo, grande parte de meu sofrimento era autoimposta e merecida — o repuxo resultante de anos de imobilidade e espera. Levando uma vida limpa como uma ardósia vazia. A partida de Karl estava conectada demais ao vazio e ao tédio de minha vida para ser inteiramente pura e sentimentalizada.

Estou assustada porque sempre pensei em mim como sepultada, exceto pelas pontas dos dedos dos amigos e conhecidos tagarelas casuais que me ajudam e riem comigo. Assim, eu sempre tive de me posicionar onde pudesse receber um tranco, e parte da vida com Karl era encontrar pessoas com ele. Eu poderia viver de apartes cuidadosamente jogados fora e ideias espertas. Eu pressentia que, se jamais perdesse meu posicionamento, só uns poucos degraus afastada da tendência principal, ninguém nunca mais voltaria a me ver, eu perderia todas as chances.

E, de fato, dei minha vida à sorte até agora. Eu me arrepiei de medo e me desenvolvi em meus transes. E agora, se a vida ainda assim segue comigo, devo sair e viver, não esperar. Parece que tudo o que fiz foi dar minha energia para os minutos, enquanto aguardava a próxima coincidência. (Coincidência — um bom nome para um cavalo que vencerá de vez em quando, mas que perderá a maior parte do tempo.) Dediquei toda a minha alma a deixar a bola passar, observando outra pessoa avançar e arremessar.

Agora tenho que avançar, ir em frente com uma vida expansiva tão diferente de mim, como diria o dr. Yalom. Uma vida em que não uso mediadores como amortecedores para me apresentar ao mundo e vice-versa; que não bata nos meus sonhos quando eu estiver fazendo a coisa mais simples e tente se envolver numa conversa franca na qual meus fios soltos não sejam recatadamente usados para me flagelar e rebaixar. Ninguém pode sondar dentro de meu cérebro e retirar alguns pensamentos; ninguém senão eu.

Percebi a diferença entre pensamento e o que tenho feito espontaneamente há tanto tempo — temer. Temendo, eu só ponderei sobre péssimas alternativas. Pensar é progressivo, expansivo. Nunca o fiz. E fantasias são pensamentos em natureza-morta, saber que você nunca fará nada em relação às suas visões. Eu costumava deixar as pessoas manipularem o lado pragmático da vida, enquanto me tornava um gênio pelas tangentes.

Homem algum jamais escolherá viver com minha osmose até que a morte nos separe. Preciso habitar em mim mesma, senão não haverá ninguém lá. Não, agora preciso avançar mais agressivamente e sem melodias mágicas ou coincidências. Sou apenas comum.

A vida ficou difícil; não havia vida amorosa para suavizá-la. Entretanto, mesmo pelos padrões dos romances mais esticados, o período de luto estava acabado. Mas algumas vezes eu dizia coisas estúpidas que me consolavam, em vez de ir levando. “Não voltarei a ver Karl com seus olhos fechados ou tocá-lo enquanto dorme.” Mas, se eu fosse ficar chorando e aninhando lembranças de Karl e de nosso tempo juntos, eu seria como uma adolescente estável repetindo sem parar uma lista antiga dos dez maiores sucessos.

Pulei o compasso final de reconhecimento de que Karl nunca voltará; perdi também um centímetro das nuvens suaves que acolchoavam meu cérebro e o afastavam da visão perfeita da aflição, mas também da alegria. Lágrimas como geleiras que levarão meses para escorrer de minha mente ainda estão lá, mas me esqueci delas. Já não choro muito. Tento ignorar uma saudade crescente dessas lágrimas. Há mais silêncio, e as poucas lágrimas estão cercadas pela raiva.

Dor, tenho que conhecê-la, e não vou mais desperdiçar meu tempo precioso com você. Que frustração para o dr. Yalom ouvir-me declamar e delirar sobre as glórias das lágrimas e dos pesadelos. Não vou mais tentar me definir pela dor e pelas lágrimas. Não preciso disso para me fazer humana. Nunca mais quero acompanhar esse círculo.

Além disso, bem no fundo, depois dos sentimentos desesperados de abandono, há uma impressão de equidade, de que na verdade eu desejei que Karl e eu não ficássemos juntos, de que eu tinha querido ir embora, perturbada com isso; esperei sua decisão, mas como de costume uma inércia surpreendente feita de piedade e medo havia me mantido nessa situação.

> Todo dia parece um pouco mais longo
> De todo jeito, o amor fica um pouco mais forte
> Seja como for, você já desejou um amor verdadeiro de mim?
>
> Um amor como o seu certamente me encontrará.*

Estranhamente, agora me reconcilio melhor com a perda de Karl do que com o fim de meu período com o dr. Yalom, embora na verdade eu nunca tenha me entregado à terapia. Nunca acreditei completamente no eu extenuado que levava para a vida do dr. Yalom uma vez por semana.

---

* Tradução livre de uma canção de Norman Petty e Charles Hardin: *Every day seems a little longer/ Every day love's a little stronger/ Come what may, do you ever long for true love from me/ Love like yours will surely come my way.* (N. do T.)

Porque eu sabia que do lado de fora (no mundo real) eu conseguia ser uma pessoa vivaz, dramática e feliz, e contava com vários amigos fiéis de longa data. E eu tinha tido conversas e dias quase normais com Karl. Mas eu não queria abrir mão da parte de mim que comovia o dr. Yalom, porque parecia que o pouco que o dizia produzia ecos mais ressonantes e mais profundos do que os gracejos e os trocadilhos que eu proferia do lado de fora. Com frequência, eu me fingi de morta, mas ainda que eu estivesse estupidamente morta, ou apenas morta, ainda sentia leveza, otimismo e motivação, eu sabia. Nunca tolerei muita dor.

Às vezes, em seu consultório, eu representava, reprimindo deliberadamente meu espírito para coincidir com a sessão de terapia. Eu podia sentir escárnio, indignação, mas raiva nunca. Ainda assim, eu queria cavar e encontrar alguma coisa verdadeira, algo em mim que pudesse iniciar e não simplesmente seguir de perto. Algum gêiser emocional, em vez do nosso jargão de *vaudeville*, com o dr. Yalom usando seu anzol psiquiátrico, e eu, minhas respostas malcriadas conscientes, para arriar a cortina.

Os relatórios também eram algumas vezes deliberadamente sombrios e sérios, ou piegas e levianos. Parecia que eu não tinha outro jargão a não ser o que já existia em mim; eu não conseguia obrigar a mim mesma a me apoderar das palavras curativas que ele queria; eu não podia fazer higiene bucal e responder a suas perguntas na mesma moeda; replicar a fala do psiquiatra careta. Toda vez que o dr. Yalom me fazia uma pergunta sobre a cura, eu ficava quieta, ou pior, sorria. Porque eu sabia como era fácil recorrer ao meu antigo eu; queria encontrar algo de novo, algo diferente da resistência dos nervos e das ilusões que me revestiam.

Não defendo a mim mesma. De certa forma, deixei o roteiro ser escrito pelos outros e então obedeci, ouvindo muitas deixas, mas retribuindo com poucas falas. Uma das perguntas mais previsíveis do dr. Yalom era: "O que você aprecia em mim, ou em Karl, ou em si mesma?" Esta pergunta estava quase tão distante quanto o outro lado da moeda: "Ginny, não há nada que você desaprove em mim?"

Eu sabia que ele estava tentando me atrair para a realidade, e suponho que eu soubesse o que era a realidade, mas isso não me causava impacto algum.

Não consigo suportar olhar para as pessoas objetivamente, embora não me importe em acertá-las com golpes de metáforas. É mais fácil que eu me adapte e aceite do que julgue. Odeio afastar as pessoas limitando-as a seus papéis, como "mãe", "pai", "psiquiatra" — cada pessoa tem sua justificativa particular. Acho que eu poderia defender todas elas, mesmo à própria custa, em minha imobilidade, porque dói mais arrasá-las, odiá-las.

Acho que realizei algo pessoal com você, dr. Yalom. Você tentou embrulhar tudo com o laço da terapia, e eu estava sempre um pouco desconfiada, ou pior, sarcástica (consome menos energia) em relação ao que você me dava como alimento, muito embora eu dissesse que estava faminta.

Sinto que haverá sempre toda uma área irreconciliada, uma lacuna na terapia — que nossas metas eram diferentes. Você não pode saber como era se sentir vazio ou, do outro lado da moeda, animadamente vivo e inspirado. Nos momentos em que me sentia livre, eu percebia que minha meta deveria ser sempre buscar aquele sentimento de aconchego, desprovido de ângulos subconscientes, de retidão. As respostas para suas perguntas diretas algumas vezes não pareciam ser minhas respostas. Eu não estava interessada na hierarquia das perguntas e respostas. Durante todo o tempo, eu não estava realmente buscando uma mudança, e sim um homem com o qual eu pudesse falar como fazia com você, que me questionava e me entendia, tinha paciência e ainda assim estava afastado de mim.

Dr. Yalom, sei que você sempre torceu por mim, tentando me resgatar da maré baixa e de volta para o fluxo das coisas. Eu o observava, fascinada às vezes, mas quando eu saía de seu campo de visão havia tão pouca corrente... Agora eu o atraio outra vez para perto de mim, como pequenas ondas, e a ilusão é de que estou avançando, e não enxertada na imobilidade do pó ou da impressão de areia.

Na verdade, eu acho que a semelhança, a metáfora e tudo isso que atirei contra você em meus relatórios e conversas (todos os cinco bilhões) são uma coisa, e eu sou outra. Usei tudo isso como um véu, até que pudesse conversar diretamente com você.

* * *

Eu não fiquei deprimida durante toda a contabilização do sofrimento. Talvez eu não tenha coragem de ser nocauteada totalmente. Esse momento é só uma fantasia. (Depois de todas as premonições e indicações que lhe dei sobre o que aconteceria comigo se eu fosse abandonada de verdade, talvez o mínimo que eu podia ter feito seria morrer.)

Por um mês, vivi uma vida privada e dolorosa. Mas, ao fim desse período, o elemento resistente em mim reagiu. Descobri que os amigos que eu tinha ainda estavam por perto. Tudo o que faltava eram a presença e a infelicidade mortais de Karl.

Estou agora no meio do dia sem sentimentos precisos de ansiedade. Consegui um emprego no qual faço algumas pesquisas e escrevo, graças aos outros que me ajudaram. Não chega a ser uma salvação, mas me dá dinheiro, portanto posso parar de acumular algumas promessas de coisas que eu devia fazer, mas não sou capaz. Sempre desperdicei meu dinheiro, não o usando para prever qualquer forma de futuro ou metas. Pessoas saudáveis parecem agarrar e conservar cada vez mais vida, enquanto as introvertidas, como eu, conservam cada vez menos.

Tenho que mudar isso — posso pressentir a distância que devo cobrir. Os amigos ficam assustadores à medida que me dou conta de que não posso ser apenas uma presença, um espírito, durante minha vida toda. Essas são algumas das mensagens que Karl me passou, só que há mais amor e altruísmo na troca. É claro, todas essas mudanças me fazem ranger os dentes, já que o desafio ainda me congela. Sei que preciso mais do que algumas frases declaratórias e algumas músicas para sair marchando. Praticamente toda tarefa deve ser trazida a um nível humano. Meus melhores amigos me dizem para selecionar minhas palavras e lidar com as coisas de modo mais cronológico, e fazer escolhas. Experimente com uma vida oposta à minha.

Não apenas parei de sofrer, como, apesar de minha resistência inicial, encontrei outro homem. Estou surpresa com o fato de o passado ter parado tão rápido. Ele se importa comigo e se sente atraído por mim. E eu me sinto atraída por ele. Na verdade, não consigo parar de tocar nele. Realmente, percebo que estou me sentindo mais como uma mulher e menos como uma menina. Meu cérebro está calculando muito menos e está mais à vontade com as vozes, que são meros ecos e sonhos que costumavam alimentá-lo. Tenho confiança de que isso ficará registrado como lampejos quentes na minha barriga e uma energia constante. O medo e o pavor se foram. Talvez tenham se transformado em ironia, o que pelo menos é mais suave e não tão monótono. Em todo caso, a ironia é algo bastante trivial em comparação aos bons dias que estou vivendo.

Entretanto, ainda há muitos problemas. Sinto que minha vida é contingente a certas seguranças — ter meu próprio canto, algum dinheiro, meu novo amigo, que quero ver com frequência. E uma amiga íntima que é preciosa em minha vida, tão íntima quanto uma sombra. E eu ainda sou desorganizada; a mesa da cozinha se estende pelo chão, por todo o cômodo. Fico dispersa várias vezes, tanto em relação às minhas coisas, que transbordam dos armários, quanto às coisas que preciso fazer.

Talvez tudo piore. Então eu poderei reagir. Eu só fico menor quando me encolho para evitar os problemas e sobrecarrego você com meu silêncio. Quero alcançar algo pessoal em minha vida, e não sair sempre atrás do desempenho. Minha mente parece realmente frouxa, como se tivesse estudado o mundo através de uma série de miragens, que tentei descrever devidamente para você, dr. Yalom. Agora, quando revolvo meu cérebro em busca de algum assunto palpável, desejo que tivesse falado mais, mesmo que não fosse tudo verdadeiro, em vez de insistir em frases cujas emoções fosse 100% comprovadas.

Eu olhava para muitos lugares em seu consultório, indo e voltando no tempo, sem me estabelecer. Agora, estou certa de que poderia encontrar seu rosto e assim encontrar o meu, e conversar serenamente ou ficar quieta. Você é o você implícito nessas páginas.

A fratura de ontem foi remendada. Minha dor é perene, mas assim também é minha felicidade.

No seu consultório eu enfileirava piadas como contas de angústia ao longo de meus dedos. Eu estava feliz simplesmente com sua companhia (que era sempre natural e generosa), mas tinha medo de viver como outras pessoas. Eu não queria realmente um consultório de terapeuta, mas um ninho; tentei fazer você se aproximar de minha hibernação e de minha calma desamparada. Você não deixou que eu conseguisse apenas assentir e fingir sonhar. Quando sua arte teve êxito, você nos trouxe de volta à vida.

Sempre que eu me encolhia, você me expandia.

1º de março de 1974

Este livro foi impresso pela Cruzado,
em 2022, para a HarperCollins Brasil.
O papel do miolo é Pólen Natural 80g/m²,
e o da capa é Cartão Supremo 250g/m².